RENE GUTTERIDGE

Mr Walsh und die vergessene Kunst der Liebe

Aus dem amerikanischen Englisch
von Ulrike Chuchra

SCM

SCM

Stiftung Christliche Medien

Der SCM-Verlag ist eine Gesellschaft der Stiftung Christliche Medien, einer gemeinnützigen Stiftung, die sich für die Förderung und Verbreitung christlicher Bücher, Zeitschriften, Filme und Musik einsetzt.

MIX
Papier aus verantwortungsvollen Quellen
FSC® C083411
www.fsc.org

SCM-Verlag GmbH & Co. KG · Max-Eyth-Straße 41 · 71088 Holzgerlingen
Internet: www.scmedien.de · E-Mail: info@scm-verlag.de

Originally published in the U.S.A. under the title:
Old Fashioned, by Rene Gutteridge

Übersetzung: Ulrike Chuchra
Umschlaggestaltung: Kathrin Spiegelberg, Weil im Schönbuch
Titelbild: © Old is New, LLC, 2014.
Autorenfoto: Author photo used by permission of Tyndale House Publishers
Satz: Satz & Medien Wieser, Stolberg
Druck und Bindung: CPI books GmbH, Leck
Gedruckt in Deutschland
ISBN 978-3-7751-5636-3
Bestell-Nr. 395.636

Zum Gedenken an Don und Helen
R. G.

Für Amber
R. S.

DANKSAGUNG

Rene Gutteridge:
Sobald ich die ersten Seiten von Rik Swartzwelders großartigem Drehbuch für *Old Fashioned* gelesen hatte, wusste ich, dass ich bei diesem Projekt mitmachen wollte. Wie jede Frau kann ich mich für eine gute Liebesgeschichte begeistern, aber diese Geschichte ist weit mehr als das. Sie traf mich mitten ins Herz. Nach der ersten Hälfte des Drehbuchs flossen meine Tränen. Und ich musste lachen. Besser kann es kaum kommen! Ich wusste, wir hatten ein starkes Drehbuch als Vorlage, und das erleichtert mir die Arbeit und macht sie zum Vergnügen. Es ist ein wenig beschämend, wenn ein Mann bessere Liebesgeschichten schreiben kann als eine Frau, aber Rik übertrifft mich in diesem Punkt wirklich – er erzählt so großartig, wie sich zwei Herzen auf einem Weg der Hoffnung und Erlösung finden, dass ich mich vollkommen darauf stützen konnte.

Ich möchte Rik danken, dass er mir sein »Baby« anvertraut hat, wie wir seine Geschichte und sein Drehbuch gern nannten. Es ist ein wahrer Akt des Vertrauens, wenn ein Autor sein Werk einem anderen Autor überlässt. Rik hat mich großzügig unterstützt und durch seine hilfreichen Hinweise hat er sehr zum Gelingen dieses Buches beigetragen. Er war auch wirklich sehr aufgeschlossen und es hat Spaß gemacht, mit ihm zusammenzuarbeiten. Für eine gemeinsame Aufgabe ist das ein großer Pluspunkt! Außerdem möchte ich Rik danken, dass er das *c* aus seinem Vornamen gestrichen hat, damit unsere Namen beide auf der Titelseite Platz hatten. Nicht auszudenken, wie winzig die

Schrift bei Namen wie Swartzwelder und Gutteridge geworden wäre, wenn er dieses gewaltige Opfer nicht gebracht hätte ...

Ich möchte auch dem Team von Tyndale danken – Karen Watson, Jan Stob, Sarah Mason und sämtlichen Mitarbeitern. Ihr habt erkannt, wie brillant Riks Drehbuch ist, und ihr wart von diesem Buch überzeugt. Es ist immer eine angenehme, erfreuliche und ermutigende Erfahrung, mit den Leuten von Tyndale zusammenzuarbeiten. Ihr habt eine bestimmte Vorstellung, wie eure verlegerische Arbeit aussehen soll, und ich bin froh für jede Möglichkeit, die sich mir bietet, daran beteiligt zu sein. Danke, dass ihr mich ins Boot genommen und dazu beigetragen habt, das volle Potenzial dieses Romans zu entfalten.

Ein besonderer Dank geht an Brandon Tylka, der Stunden damit zugebracht hat, Bilder von Filmszenen durchzusehen und an mich weiterzuleiten, damit ich eine Vorstellung von den Schauplätzen und Szenen bekam. Ohne dich hätte ich es wirklich nicht geschafft, Brandon. Jede Anfrage von mir hast du bewältigt. Vielen Dank! Danke auch an Nathan Nazario, der dazu beigetragen hat, dass dieses ganze Projekt umgesetzt werden konnte.

Zu guter Letzt möchte ich besonders meiner Familie danken, Sean, John und Cate, die bereitwillig auf einen Teil des sommerlichen Vergnügens verzichteten, damit ich an diesem Projekt arbeiten konnte. Ich weiß es sehr zu schätzen, welche Opfer jeder von euch bringt, damit ich schreiben kann. Ich bin so froh, eine Familie zu haben, die mich bei all meinen Unternehmungen unterstützt und liebt und dafür sorgt, dass ich immer festen Boden unter den Füßen und ein sicheres Dach über dem Kopf habe. Und wie immer möchte ich meinem Vater im Himmel danken. Er hat mich auf eine erstaunliche geistliche Reise mitgenommen, zu der auch das Verfassen dieses Buches gehörte. Danke für die Botschaft, die du mir laut und deutlich mitgegeben hast: dass ich mich nie auf meine eigene Gerechtigkeit stützen muss, sondern durch Jesus die Gewissheit deiner Vaterliebe habe.

Rik Swartzwelder:
Ich weiß gar nicht, wo ich anfangen soll. Ganz im Ernst, verglichen mit dieser Sache hier – meiner ersten offiziellen »Danksagung« – war es fast ein Kinderspiel, das Drehbuch für *Old Fashioned* zu schreiben. Wie kann ich in ein paar Abschnitten all den Menschen, der göttlichen Gnade und den jahrelangen Bemühungen gerecht werden, die zur Entstehung dieses Films – und dieses Buches – geführt haben? Ich fühle mich so wacklig und unsicher wie ein Kleinkind bei seinen ersten Schritten. Und gleichzeitig bin ich begeistert und überaus dankbar für die Menschen, die mich an der Hand gehalten und mich gelehrt haben zu träumen, zu wagen und durchzuhalten ...

Da dies wirklich meine ersten Schritte sind, ist es mir wichtig, zuallererst dem Vater, dem Sohn und dem Heiligen Geist zu danken. Sie haben weder mich noch diese Idee jemals aufgegeben. Es ist keine Frage: *Old Fashioned* (der Film, dieses Buch usw.) ist nicht aufgrund meiner Treue, sondern der des Schöpfers entstanden. Alle Herrlichkeit und Ehre, alles Lob gebührt dem »Schmetterlingsschöpfer«, denn er sieht Schönheit und Hoffnung und farbenprächtige Flügel an Orten, wo sich Verwandlung und neues Leben noch nicht beweisen lassen oder noch fehlen. Du allein, Herr, bist würdig.

Ein besonderer Dank geht an das gesamte Team von Tyndale House. Ihr habt etwas Einzigartiges an *Old Fashioned* wahrgenommen und auf bemerkenswerte Weise erkannt, dass Rene Gutteridge die perfekte Autorin für die Romanfassung war. Rene, du bist eine hervorragende Autorin und eine so fröhliche Person. Danke für deine Geduld mit einem Neuling und für die wundervolle Umarbeitung des Drehbuchs zu einem eigenständigen Werk, das die Geschichte ausgezeichnet wiedergibt. Allerdings fällt es mir schwer, dir die hinzugefügten Szenen zu verzeihen – sie sind so gut, dass ich wünschte, sie wären meiner eigenen Fantasie entsprungen und ich hätte sie in den Film einfließen lassen können. Aber ich schweife ab.

Dank und Anerkennung bin ich auch Gordon und Susan Toering für ihr Vertrauen und ihre Beständigkeit schuldig – ihr seid wirklich meine Schutzheiligen und ich danke Gott für euch. Danke auch an Bryan Zervos, der *Old Fashioned* vor vielen Jahren ins Rollen gebracht hat. Das war göttliches Timing, mein Freund. Danke an Nathan Nazario für den mutigen Aufbruch im Glauben und für den beständigen prägenden Einfluss, den dieses Projekt brauchte. Danke an Dave DeBorde, Jeffrey Stott und Rachel Dik für eure Unterstützung, die einzelnen Punkte zu verbinden. Ebenso an die verschiedenen anderen Gruppen von Freunden und Kameraden (leider sind es zu viele, um sie hier alle aufzuzählen), die mir mit Verstand und klugen Einsichten zur Seite standen, als ich das Drehbuch entwickelte, schrieb und daran feilte – ich bin euch sehr verbunden.

Danken möchte ich auch allen Investoren und Unterstützern, die von dieser Geschichte (und uns) überzeugt waren und den Mut hatten, das Wagnis eines unabhängigen Films auf sich zu nehmen. Der gesamten Besetzung und dem Filmteam (und all ihren Freunden und Angehörigen) danke ich für die Überstunden, die Aufopferung und den gewaltigen Einsatz. Meinen eigenen Eltern, Geschwistern und zahlreichen Mitgliedern meiner zusammengewürfelten, wunderbar ausgedehnten Verwandtschaft – ihr bedeutet mir alle sehr viel. Danke für eure Liebe, danke, dass ihr mir das Vertrauen und die Überzeugung eingetrichtert habt, dass alles möglich ist, und danke, dass ihr so ein Sicherheitsnetz seid, wie ich es nur jedem umherziehenden/abgebrannten Künstler/Träumer wünschen kann, damit er mutige Sprünge wagt.

Außerdem möchte ich Jim und Mary Seldenright, Benjamin

Hershleder, Rajeev Sigamoney, Jeffrey Travis und William und Donna Romanowski die gebührende Ehre erweisen. Jahr für Jahr waren sie da und erhielten den Hoffnungsschimmer am Leben, selbst in den dunkelsten Momenten. Sprüche 11,25.

Meiner alten Heimatstadt, in der auch die meisten Dreharbeiten stattgefunden haben, Tuscarawas County, Ohio – so viele von euch haben uns ihre Herzen (und manchmal auch ihre Häuser und noch mehr) geöffnet, dass unser bescheidenes Budget sich vermehren konnte wie Brot und Fisch auf einem Berg in Galiläa. Ihr habt mich aufgebaut und dafür bin ich sehr dankbar. Danke.

Den geisterfüllten Gemeinden und Kleingruppen und Gläubigen, die meine Seele unterwegs gestärkt haben, kann ich nicht genug danken.

Und schließlich wende ich mich an alle, die schon einmal versucht haben, einer verletzten Seele Liebe zu erweisen, lang bevor sie bereit war, diese anzunehmen oder gar zu erwidern. Euch möchte ich sagen:

Träumt. Wagt es. Haltet durch.

KAPITEL 1

Sein Tag begann ruhig und wie gewöhnlich. Das gefiel ihm und war ihm wichtig. Das Morgenlicht des Frühherbstes erhob sich im Osten, fiel schimmernd durch die alten rissigen Fenster des Antiquitätengeschäfts und brachte den Geruch von Staub, Hobelspänen und Politur mit sich.

Seit neun Jahren schloss Clay den alten Laden jeden Morgen auf, bevor die Sonne die Hülle der Dämmerung durchbrach. Das Geschäft war ordentlich und vorzeigbar; wie ein maßgeschnittener Anzug brachte es die Einzigartigkeit der Antiquitäten zur Geltung. Wie immer war alles an seinem Platz.

An diesem Morgen stand er in der Mitte des Raums, musterte ihn aufmerksam und überlegte, was er diese Woche möglicherweise für den Bestand kaufen sollte. Manche Gegenstände entdeckte er bei Haushaltsauflösungen. Andere, eher ungewöhnliche Stücke brachte ihm George vorbei. Die meisten mussten gut poliert werden, das war das Mindeste, aber üblicherweise war viel mehr daran zu tun. Wenn sie zu ihm kamen, waren sie Abfall. Aber es gab kaum etwas, das nicht mit harter Arbeit – altbewährter Muskelkraft – wiederhergestellt werden konnte. Das hatte nichts Magisches an sich, aber manchmal, wenn er fertig war, fühlte es sich irgendwie geheimnisvoll an. Ein Gegenstand wurde hoffnungslos und jämmerlich über seine Türschwelle getragen und eines Tages verließ er das Geschäft wieder als etwas Kostbares und Schönes.

Wachs wirkte Wunder, ebenso Schmirgelpapier und Farbe.

Doch die Wahrheit war, dass sich nicht alles reparieren ließ.

Er liebte diese frühen Morgenstunden, bevor die Betriebsamkeit des Tages begann. Im hinteren Teil des Ladens, hinter den Pendeltüren, befand sich sein kleines Himmelreich. Dort rief der Geruch des Holzstaubs ein Glücksgefühl in ihm hervor, das er keiner anderen Menschenseele so richtig erklären konnte.

Clay legte seine Schlüssel beiseite und stellte den Kaffeebecher ab, ohne das Licht im vorderen Teil anzuschalten. Mrs Hartnett besaß die schlechte Angewohnheit, noch vor Tagesanbruch hereinzuschneien, wenn sie Licht bei ihm sah. Er kniete sich neben den kleinen Schaukelstuhl, an dem er in den vergangenen Tagen gearbeitet hatte. Ein älterer Mann hatte ihn vorbeigebracht und kaum ein Wort gesprochen. Er hatte im Voraus bezahlt, obwohl Clay ihm versichert hatte, dass das nicht nötig war.

»Was hast du zu erzählen?«, murmelte er, während seine Finger über das inzwischen wieder glatte Holz strichen. Der Stuhl war in schlechtem Zustand gewesen, als er ihn erhalten hatte, angeschlagen, rissig, verwahrlost, und er hatte leicht nach Rauch gerochen. Immer wenn Clay an einem alten Möbelstück – oder auch an etwas anderem – arbeitete, ertappte er sich dabei, wie er darüber nachdachte, woher es möglicherweise stammte und wie es an den jetzigen Punkt gelangt war. Die meisten Stücke hatten dunkle Tage auf dem Dachboden, im Keller oder in einem Hinterzimmer verbracht, wo nie ein Schritt zu hören war. Irgendwann in ihrem Leben hatten sie wertvolle Dienste geleistet. Wenn ein Möbelstück Glück hatte, blieb es im Haus, stand aber unsichtbar in einer Ecke oder neben einem Sofa. Dort war es ein lästiger Staubfänger, ein ständiger Dorn im Auge. Am liebsten würde man es wegwerfen, doch da waren diese Schuldgefühle, weil es einmal einer Urgroßmutter gehört hatte, die ihren letzten Groschen dafür ausgegeben hatte ... oder eine ähnliche Geschichte.

Gestern hatte er die neuen Teile für den Rücken des Schaukelstuhls zugeschnitten und geschnitzt und heute würde er sie beizen. Clay griff nach dem Schmirgelpapier und ging zur Tischsäge, wo die Latten bereitlagen, in Reih und Glied wie Soldaten. Als er mit dem Schmirgelpapier über das Holz fuhr, konnte er das Knarren des Schaukelstuhls und das entzückte Lachen von Kindern in einem anderen Jahrhundert geradezu hören.

Er seufzte, krempelte die Ärmel hoch und schmirgelte schneller. Manchmal hatte er das Gefühl, *er* wäre im falschen Jahrhundert zur Welt gekommen. Heute gab es kaum noch ein Kind, das Lust hätte, in einem Schaukelstuhl am Rand der Veranda zu sitzen und zu beobachten, wie ein Frühlingssturm aufkam. Die Welt, in der er groß geworden war, war zu einem unruhigen, lärmenden, chaotischen Ort geworden. Aber hier im Laden, wo der Holzstaub durch Strahlen dämmrigen Lichts tanzte, fand er seinen Frieden.

Das Schmirgelpapier musste bald ausgetauscht werden, darum ging er in die Ecke des Raums, wo er seine Vorräte aufbewahrte, und griff nach einer neuen Packung. Im nächsten Moment zog er sein Handgelenk ruckartig zurück, weil er plötzlich einen scharfen Schmerz in der Hand spürte. Es fühlte sich an, als hätte ihn eine Schlange gebissen. Blut tropfte unaufhörlich von seiner Handfläche und er hielt seine andere Hand darunter, um es aufzufangen.

Clay sah sich suchend in der Ecke um und versuchte herauszufinden, was ihn erwischt hatte.

Dann entdeckte er die Ursache an dem alten Holzgatter, das er auf einem verlassenen Feld gefunden hatte: Stacheldraht. Die hintere Seite des Gatters war damit umwickelt gewesen und er hatte noch keine Zeit gehabt, den Draht abzuschneiden. Er betrachtete die Wunde, während er sich zum Waschbecken bewegte. Sie blutete so stark, dass ihm das Blut buchstäblich durch die Finger rann und auf den Boden tropfte.

Was für eine Sauerei.

Er hielt die Hand unters Wasser. Es war eher eine Stichwunde, aber schlimmer, als es aussah. Das Blut lief herunter und vermischte sich mit dem Wasser. Und es wollte nicht aufhören, auch nicht, als das Telefon klingelte.

Das schrille Geräusch, das die Stille des Raums durchbrach, kam von dem Telefon mit Wählscheibe, das er neben der Spüle an die Wand montiert hatte. Er nahm den Hörer ab und hielt seine verletzte Hand weiter unter das laufende Wasser.

»Old Fashioned Antiquitäten.«

»Hallo, ich bin's.«

»Lisa, hallo. Ich bin gerade ...«

»Ja, ja, ich weiß. Beschäftigt. Wie immer. Warum gehst du nicht an dein Handy? Hast du es überhaupt bei dir? Schreibst du keine SMS? Menschen möchten manchmal mit dir in Kontakt treten, weißt du. Was wäre bei einem Notfall? Und was ist mit deiner netten Tante?«

»Sie findet mich im Adressbuch.«

»Na egal, ich muss dir jedenfalls die Sachen für das Ding bringen.«

»In Ordnung.«

»Bist du heute Vormittag da? Dumme Frage. Wo solltest du auch sonst sein?«

»Im Krankenhaus.«

»Wie bitte?«

»Dort könnte ich sein. Man weiß ja nie. Vielleicht habe ich mich in einem bösartigen Stacheldraht verfangen. Ich könnte verbluten, während wir miteinander reden, und du bekommst von all dem nichts mit.«

Lisa seufzte. Sie verstand seinen Humor nie. »Ich meine es ernst. Kann ich die Sachen vorbeibringen?«

Im Hintergrund konnte Clay Lisas Tochter Cosie aus vollem Hals schreien hören. »Ist alles in Ordnung mit ihr?«

»Sie hat einen Wutanfall.«

»Also ist sie gerade in der Auszeit?«

»Du weißt doch, wir halten nichts von Bestrafung.«

»Ich weiß. Ich denke nur immer, ihr werdet eure Meinung noch ändern.«

»Ich komme dann später vorbei, ja? Und vergiss nicht, das soll die totale Überraschung werden. Also kein Wort zu David.«

»Ich schlage dir ein Geschäft vor: Ich verrate David nichts, wenn ich nicht zu der Feier kommen muss.«

»Clay, er wäre am Boden zerstört.«

»Du weißt genau, dass ich nur da bin, um die Zahl eurer Gäste zu steigern und den leeren Platz zu füllen.«

»Stimmt. Aber du kommst trotzdem. Und kein Wort. Wir sehen uns später.«

Sie legte auf und Clay hob seine Hand ans Licht. Die Blutung hatte endlich aufgehört. Er klebte ein Pflaster darauf und fing an, die Blutspuren vom Boden aufzuwischen.

Diese Lektion lernte jeder Mensch am einen oder anderen Punkt seines Lebens – leg dich niemals mit Stacheldraht an.

* * *

»Schau dir das an. Schau doch nur!« Amber nahm beide Hände vom Lenkrad und drückte die Knie von unten dagegen, um es zu fixieren. Sie gestikulierte und warf einen Blick auf Mr Joe. »Niemand versteht das. Das ist mir klar. Wirklich. Aber schau nur, wie die Straße sich schlängelt und dann hinter den Bäumen verschwindet! Man hat keine Ahnung, was nach der Kurve kommt, siehst du?«

Amber legte die Hände wieder aufs Lenkrad, dann kraulte sie Mr Joe kurz hinter den Ohren. Sie hatte ihn vorübergehend aus seiner Transportbox geholt, obwohl er zu Übelkeit neigte, wenn er während der Fahrt zu lange draußen war. »Dich beeindruckt das nicht, wie üblich. Aber ich finde, Straßen besitzen eine gewisse Schönheit. Sie stecken so voller Möglichkeiten … Natürlich kann man auch jederzeit bei einem schrecklichen Unfall sterben. Aber meistens geht es nur darum, an einen anderen Ort zu gelangen. Irgendwohin. Es geht darum, was hinter der Kurve kommt, Mr Joe. Was haben wir da?«

Ambers Jeep flitzte um die Kurve und ließ die Bäume hinter sich. Die Straße streckte sich wieder in die Länge. Die Fensterscheiben waren heruntergedreht und der Wind fuhr ihr so heftig durchs Haar, dass sie eine gute Stunde brauchen würde, um es durchzubürsten, aber das war ihr egal. Sie drehte die Musik auf. Im Radio erklang *Lovely Day* und sie stupste ihren Kater an, als könnte er mitsingen.

Dann entdeckte sie es. »Na so was!« Sie bremste und streckte den Kopf aus dem Fenster, um einen besseren Blick zu haben. »Mr Joe, schau dir das an!« Gewaltige Gebäude aus Stein schienen sich aus der Erde zu heben, verteilt über mehrere Hektar Land. Weiße betonierte Gehwege verloren sich in den Hügeln und ein dämmriges Licht beleuchtete die Äste der Bäume wie in einer Märchenszene. Am Eingang stand *Universität Bolivar,* doch es wirkte wie das mittelalterliche England.

Sie lehnte sich zu Mr Joe hinüber und zwinkerte ihm zu. »Offenbar sind wir über Camelot gestolpert. Ich hab dir doch gesagt, ich weiß, was ich tue, als wir dort hinten links abgebogen sind.«

Mr Joe miaute zustimmend.

Als sie weiterfuhr, drückte Amber die Finger ihrer rechten Hand zusammen. Ihr Handgelenk fing an zu pulsieren, was wahrscheinlich eher am Gips als an der Verletzung lag. Inzwischen sollte sie gut verheilt sein.

Auf dem Gips stand Mistys Name, gekritzelt in Rot und mit kleinen Herzen verziert.

Sie wandte ihre Aufmerksamkeit wieder der Straße zu. Sie durfte ihre seelische Kraft nicht vergeuden, indem sie an zurückgelassene Freunde dachte. Aber als sie Camelot passierte, musste sie sich eingestehen, dass es immer schwer war, nicht in den Rückspiegel zu schauen.

Trotzdem: Sie musste entschlossen vorwärtsgehen und das entdecken, was hinter der Kurve vielleicht auf sie wartete. Sie küsste Mistys Namen und beließ es dabei.

Dies war eine wunderschöne Gegend, und da sie einen großen Teil ihres Lebens auf der Straße verbracht hatte, verstand sie etwas davon. Amber betrachtete die Bäume. Manche Blätter nahmen bereits die feuerrote Farbe an, die sie so liebte. Bald würde ein kalter Wind durch sie hindurchfegen, sie in die Luft heben und sanft auf dem Boden absetzen.

Vor ihr verkündete ein Schild: »Willkommen im County Tuscarawas.« Wie sollte man das nur aussprechen?

Die Geschwindigkeitsbegrenzung verlangte von ihr, wesentlich langsamer zu fahren, also nahm sie den Fuß vom Gas. Ein Strafzettel war das Letzte, was sie jetzt brauchte, und kleine Hochschulstädte waren berüchtigt dafür, viele Polizeibeamte im Einsatz zu haben. Wahrscheinlich nahmen sie so die Hälfte ihres jährlichen Budgets ein. Ungefähr anderthalb Kilometer nach der Universität begann die dazugehörige Stadt. Sie erinnerte an ein Gemälde von Norman Rockwell. Wahrscheinlich war sie auch nicht weit von der Gegend der Amisch entfernt. Irgendwann würde sie einen Blick auf die Karte werfen müssen, aber ihre Vermutung war, dass sie sich im östlichen Ohio befand.

»Ein reizender kleiner Ort … so bezaubernd wie ein altes Coca-Cola-Schild.«

Das Auto ruckelte mehrmals und Mr Joe verlor das Gleichgewicht. Er legte seine Ohren flach. Dann geriet der Motor ins Stocken und gab gurgelnde Geräusche von sich. Amber lächelte und fuhr weiter.

Mit weniger als vierzig Stundenkilometern schaffte sie es in zehn Minuten durchs Stadtzentrum. Vor ihr lag eine kleine Tankstelle, deren flaches gelbes Dach sich über nur zwei Zapfsäulen erstreckte. Sie sah aus, als wäre sie irgendwann in den 1950ern gebaut worden, und sie schien die letzte Haltestelle zu sein, bevor die Straße sich in der Ferne verlor und außer Sichtweite geriet.

Sie fuhr absichtlich daran vorbei. Ihre Benzinanzeige leuchtete inzwischen gelb.

Dann erstarb der Motor. Mit dem letzten Schwung ließ sie den Wagen an den Straßenrand rollen und nahm die Hände vom Lenkrad. Die Tankstelle lag höchstens fünf Minuten zu Fuß hinter ihr.

Mr Joe schnurrte wieder und schmiegte sich an das leere Bonbonglas, mit dem er den Sitz teilte. Amber zog den Schlüssel aus der Zündung und entspannte sich ein wenig auf ihrem Sitz. Die Temperatur war perfekt, fast wie in der kalifornischen Küstenstadt Monterey im April. Der Himmel war strahlend blau und völlig wolkenlos.

»Was meinst du, Mr Joe? Sind wir angekommen?«

Der Kater blinzelte langsam, als kämpfe er gegen die Müdigkeit an. Amber stieg aus dem Wagen und sah sich um. Die Bäume waren immer noch üppig und dicht, sodass sie nicht weit blicken konnte.

Sie öffnete den Kofferraum des Jeeps und achtete darauf, dass nicht alles herausfiel. Kisten voller Kleider, vorsichtig eingepacktes Geschirr, Schachteln voller Fotografien. Und ganz oben lag eine riesige Pinnwand. Die bunten Nadeln, die sie irgendwo in Michigan gekauft hatte, steckten immer noch im Kork.

Sie fand es äußerst erstaunlich, dass ihr ganzes Leben im Kofferraum eines Autos Platz fand. Sie zog ihren Geldbeutel unter der Reisetasche hervor, nahm den roten Benzinkanister und schloss die Heckklappe.

Durch das offene Beifahrerfenster hob sie Mr Joe hoch und schob ihn in seine Transportbox. »In Ordnung. Du weißt, was du zu tun hast. Zeig ruhig mal die Zähne, wenn es nötig ist. Gib dir

Mühe, nicht so niedlich auszusehen, ja? Das schreckt nämlich niemanden ab.«

Auf ihrem Weg zur Tankstelle versuchte Amber alles in sich aufzusaugen. Sie entdeckte keine Ampeln. Ihr gefielen Städte, die mehr zu Stoppschildern tendierten. Die Gebäude besaßen Charakter, machten aber zum Teil den Eindruck, als würden sie leer stehen. Hinter der Reihe von Bäumen erhob sich Rauch aus Fabrikschornsteinen wie emporsteigende durchsichtige Quallen. In östlicher Richtung hinter einem kleinen Feld lag ein Gebiet, das etwas stärker erschlossen schien. Dort gab es ein paar Häuser und Restaurants, soweit sie das erkennen konnte.

Im Mini-Markt der Tankstelle tat eine Glocke ihre Ankunft kund. Es roch nach Kaffee und Motorenöl mit einem Hauch Diesel. Der Mann hinter der Theke trug einen fleckigen blauen Overall mit einem Schildchen, auf dem *Larry* stand. Er lächelte freundlich und legte seine Zeitung zur Seite. »Was kann ich für Sie tun, junge Frau?«

Amber legte einen Fünfdollarschein auf den Tisch. »Ich brauche nur etwas Benzin.«

»Mit fünf Dollar werden Sie nicht weit kommen«, sagte er. »Die nächsten hundert Kilometer gibt es keine weitere Stadt, von einer Tankstelle ganz zu schweigen.«

»Ich bleibe erst einmal hier.«

Larry grinste. »Tatsächlich? Gut, dann herzlich willkommen. Direkt um die Ecke haben wir ein tolles Fischrestaurant – man kann so viel essen, wie man will.«

»Das klingt gut. Ich würde auch gern eine kleine Wohnung mieten.«

Larry deutete auf einen Stapel Zeitungen neben der Tür. »Das ist unser kleines Mitteilungsblatt für die Gegend. Es gibt eine Rubrik mit Vermietungen.«

»Danke.« Amber nahm sich die Zeitung und ging nach draußen, um ihren Kanister zu füllen.

Als sie zu ihrem Wagen zurückkam, drückte Mr Joe sein Gesicht gegen die Drähte seines Käfigs und fixierte sie finster mit starrem Blick, weil sie ihn zurückgelassen hatte. Sie öffnete die Benzinklappe und steckte die Tülle des Kanisters hinein. Dann breitete sie die Zeitung auf der Motorhaube ihres Wagens aus.

Sie hatte zwei Kriterien – billig und möbliert. »Okay, mein Junge. Schauen wir mal, ob wir einen Platz finden, wo wir heute übernachten können.«

* * *

»Bitte schön – so gut wie neu«, sagte Clay und ließ den Stuhl vor und zurück schaukeln. »Na ja, vielleicht nicht ganz, aber schau mal, du hast auch viel durchgemacht. Jetzt habe ich dich wieder auf Vordermann gebracht. Sehen wir der Realität ins Auge: Du wirst nie wieder zwanzig sein. Aber neunzig ist das neue Vierzig.«

Clay trat einen Schritt zurück. Die Lasur würde vierundzwanzig Stunden trocknen müssen, aber der Stuhl sah wirklich gut aus. Er warf einen Blick auf seine Uhr. Noch zehn Minuten, bis es Zeit war, den Laden zu öffnen. Er seufzte, nahm einen Schluck von seinem Kaffee und malte mit einem Stück Abfallholz Strichmännchen in den Holzstaub.

Manchmal schob er es auf zu viel Koffein, aber eigentlich wusste er, dass es damit nichts zu tun hatte. Eine innere Unruhe nagte an ihm. Nicht einmal ein ruhiger Arbeitstag im hinteren Bereich des Ladens konnte ihn davon befreien. Er gab sich größte Mühe, mit seinem Platz in dieser Welt zufrieden zu sein, ja sogar glücklich. Er hatte ein einfaches Auskommen und war ein einfacher Mann. Und doch gab es da diesen winzigen Hauch von Unzufriedenheit, der unwillkommene Gedanken über seinen Lebensstand weckte.

Die Stille im Laden, die das stichelnde Rauschen seiner Gedanken normalerweise zur Ruhe brachte, wurde plötzlich unterbrochen von ... dröhnender Musik? Das war in dieser Stadt nichts Neues, aber ungewöhnlich für den Marktplatz. Die Studenten zog es sonst eher in die Gegend, wo die Bars und Restaurants waren. *Nachts.* Clay schaute noch einmal auf seine Uhr. Es war noch nicht einmal neun Uhr vormittags. Wer hörte um diese Uhrzeit so laut Musik?

Der Bass ließ die empfindlicheren Gegenstände im Laden vibrieren. Die kleinen Figuren, die sonst vollkommen stillstanden, erstarrt in ihren jeweiligen Posen, schienen ganz leicht zu tanzen.

Dann brach die Musik plötzlich ab, als wäre sie von einem Windstoß weggefegt worden.

Clay hob den Schaukelstuhl an und legte seine Hand vorsichtig darunter, um nicht an die neue Lasur zu kommen. Er wollte unten ein paar Schrauben eindrehen, um sicherzustellen, dass er stabil war, aber das konnte er im vorderen Teil des Ladens machen, wo er sich während der Öffnungszeiten aufhalten musste.

Er war gerade auf dem Weg zur vorderen Theke, da sah er sie. Zuerst bemerkte sie ihn nicht. Sie stöberte herum, ihre Finger glitten zart über eine Lampe, einen Rahmen und dann einen Stapel alter Bücher. Sie wandte ihre Aufmerksamkeit einem Grammofon mit Handkurbel zu, das seiner Schätzung nach über neunzig Jahre alt war. Sie stand einen Moment lang da und nahm die Einzelheiten des Geräts in sich auf, während er ebenfalls für einen Moment dastand und ihre auf sich wirken ließ – die lockigen braunen Haare, die ein wenig wild wirkten, als hätten sie mit dem Wind getobt, die strahlenden, fröhlichen Augen. Neben dem Grammofon bot er in einem rechteckigen geflochtenen Korb zwei Dutzend Single-Schallplatten mit 45 RM an, manchmal auch mehr, wenn er auf einen guten Garagenverkauf stieß. Ihre Finger wanderten über die Platten und blätterten sie nacheinander durch, bevor sie eine aus ihrer schwarzen Hülle nahm, sie sanft auf den Plattenteller legte und die Kurbel ein, zwei Mal drehte. Die Musik erwachte zum Leben, erst verzerrt und langsam, doch dann erklang ein leichtes und hübsches Soloklavierstück. Dave Brubeck, dank seiner ungewöhnlichen Taktarten leicht zu erkennen.

Ohne Vorwarnung drehte sie sich zu ihm um. Aus einem Grund, den Clay selbst nicht erklären konnte, hob er den Schaukelstuhl ein wenig nach oben.

Die Frau lächelte. »Sie sehen aus, als wären Sie im Gefängnis.«

Er blinzelte. Dann merkte er, dass er sie durch die Latten an der Rückseite des Stuhls anschaute. Schnell ließ er ihn sinken. Warum starrte sie ihn so an? Ihre großen braunen Augen musterten ihn, als wäre er eine interessante Antiquität. Er fühlte sich auch wie eine Antiquität, also passte das eigentlich ganz gut.

»Mir gefällt Ihr kleiner Laden«, sagte sie. »*Old Fashioned*. Das ist pfiffig.«

Sie warf ihm einen weiteren konzentrierten Blick zu, als könne sich etwas Unterhaltsames ereignen, dann setzte sie die Erkundung des Ladens fort.

»Kann ich Ihnen irgendwie helfen?«

Und dann hörte er den Schrei. So vertraut er auch war, er zuckte trotzdem jedes Mal zusammen. Zwei Sekunden später flog die Tür auf und der winzige Tornado stürmte herein, mit wirbelnden Armen und hitzigem Gesicht.

Das Schreien verstummte, als Cosie sich an Clays Bein klammerte. Sie sah zu ihm auf, grinste und rümpfte die Nase. »Hallo!«

Er strich ihr über den Kopf. »Hallo, Cosie.«

»Du musst dir das anschauen!«, sagte Lisa.

Clay seufzte. Auf diesen Satz folgte fast immer etwas, das er nicht nur nicht sehen *musste*, sondern meistens auch nicht sehen *wollte*.

Lisa stellte ein Plastikteil in der Mitte des Ladens ab.

Es war ein Töpfchen für Kinder. Rosa und weiß. Geformt wie eine Burg. Die Gestalt einer Prinzessin an der Seite wirkte überwältigt vor Begeisterung, was wahrscheinlich dazu ermutigen sollte, auf altehrwürdige Bauten zu pieseln.

Clay wusste aus Erfahrung, dass es völlig sinnlos war, Widerstand zu leisten, wenn Lisa sich etwas vorgenommen hatte. Er grinste die Frau, die im Laden stand, verlegen an und zuckte entschuldigend die Achseln. Merkwürdigerweise wirkte sie völlig ungerührt und schien sich dafür zu interessieren, was als Nächstes passieren würde. Vielleicht entging Clay auch einfach das Besondere der Situation.

Oder auch nicht.

Lisa hockte nun am Boden und winkte Cosie zu sich her, mit Gesten, die ausladend genug waren, um die Aufmerksamkeit eines Elefanten zu wecken. Ihre Stimme wurde zwei Oktaven höher, eine Technik, die wahrscheinlich dazu dienen sollte, eine Zweijährige zu gefälligem Verhalten zu bewegen.

»Komm schon, Cosie. Mach Pipi.« Sie klopfte mit der anderen Hand auf das Töpfchen.

Aber wie üblich starrte Cosie sie nur an und zeigte keinerlei Interesse für das Ereignis.

»Mach's für Mami. Mach Pipi. Mach Pipi.«

Clay warf einen Blick auf Cosie hinunter. Sie rührte sich nicht vom Fleck. Aus unerfindlichen Gründen erheiterte ihn das. Ihm gefiel es irgendwie, dass sie sich gegen die ungewöhnlichen Erziehungsmethoden ihrer Eltern sperrte und es vorzog, genau wie andere im stillen Kämmerlein zu pinkeln.

Lisas Stimme hob sich mit jeder Sekunde. Ihre Augen wurden groß. Richtig groß. Wären nicht ein Töpfchen und ein Antiquitätengeschäft im Spiel gewesen, hätte man meinen können, sie würde kurz vor einem grausamen Tod stehen.

»Cosie! *Mach Pipi!*«

Offensichtlich setzte bei Cosie jetzt auch Taubheit ein.

Dann gab es eine Bewegung. Cosie machte einen Schritt und aktivierte damit das Stroboskoplicht in ihren Turnschuhen. Wenn Clay zu lange daraufschaute, bekam er Kopfweh.

Noch ein Schritt. Clay hätte schwören können, dass er Tränen in Lisas Augen sah. Lisa klatschte genau zwei Mal in die Hände und nickte.

Noch ein Schritt. Dann noch einer. Cosie stand jetzt über dem Töpfchen und starrte in das Plastikloch. Cosies zartes Lächeln veranlasste Lisa, wie ein Leuchtturm zu strahlen.

Dann hob Cosie ihr Bein und einen Moment lang glaubte Clay, sie wolle es machen wie ein Hund. Doch stattdessen versetzte sie dem Töpfchen einen Tritt. Und noch einen. Die Burg überschlug sich auf dem Holzboden. Und jetzt war aus dem kleinen Lächeln ein ausgewachsenes Grinsen geworden. Während Lisa ein langes Gesicht machte.

Sie stand auf und schnappte nach Luft. »Cosie! Nein!«

Clay konnte nicht widerstehen. Er ging zu Lisa hinüber und legte den Arm um sie. »Ich bin so stolz.«

Sie schüttelte seine Hand ab und war offensichtlich am Boden zerstört. In diesem Moment hing der gesamte Wert ihres Lebens davon ab, ob ihr Kind ein Burgtöpfchen in der Öffentlichkeit benutzen konnte. Clay hatte nicht die Absicht, es laut auszusprechen, aber die Tatsache, dass die Kleine genug Verstand besaß, um nicht mitten in einem Antiquitätenladen zu pinkeln, erfüllte ihn mit der Gewissheit, dass Cosie im Leben gut zurechtkommen würde.

Jetzt erst bemerkte Cosie die Frau, die in den Laden gekommen war, und nahm sie als fremdes Gesicht wahr. Sie versetzte dem Töpfchen einen weiteren Stoß mit dem Rand ihres Schuhs, verschränkte die Hände hinter dem Rücken und grinste die Frau an.

Lisa griff schnaubend nach dem Töpfchen und reagierte erst

jetzt auf die Tatsache, dass außer Clay noch jemand anderes im Laden war. »Wer sind Sie?«, fragte sie.

»Ich habe die Wohnung im ersten Stock.«

Clay fiel die Kinnlade herunter. »Wie ...?«

Lisa warf Clay einen Blick zu, der den altbekannten Vorwurf enthielt: *Du erzählst mir nie etwas.* Clay kratzte sich am Kopf und war genauso verwirrt. Cosie rannte zu ihm und er hob sie hoch. Unbekümmert fuhr sie wie immer mit den Fingern durch die Haare an seinem Hinterkopf, während alle drei die Frau anstarrten.

Lisa forderte ihn mit einer Geste zu einer Erklärung auf, aber er wusste nicht, was er sagen sollte. Niemand wohnte dort oben. Er musste es wissen. Schließlich war er der Vermieter.

»Ich musste nur noch den Schlüssel holen«, sagte die Frau. Sie hatte etwas Kindliches an sich, ein schelmisches Funkeln in den Augen, das ihn an Cosie erinnerte. Sie schien um die dreißig zu sein, aber er war nicht besonders gut darin, jemandes Alter zu schätzen.

Clay räusperte sich. »Den Schlüssel?«

Sie lächelte nur, zwinkerte Cosie zu und verließ das Geschäft. Clay eilte ihr nach und drückte Lisa ihre Tochter in den Arm.

»Was geht hier vor?«, fragte Lisa, eine Hand in die Hüfte gestützt, aber Clay ging einfach zur Tür hinaus, weil er das selbst erst herausfinden musste.

Die Frau stand draußen auf dem Gehweg. Sie holte etwas aus der Tasche, die über ihrer Schulter hing. Einen Stift. Dann streckte sie ihre Hand aus und er bemerkte den Gips daran.

»Unterschreiben Sie bitte.«

»Äh ...« Clays Gesicht fing plötzlich an zu jucken – ein sicheres Zeichen dafür, dass er gerade seine Komfortzone verlassen hatte. Er kratzte sich leicht und hoffte, der Reiz würde verschwinden. Sie stand einfach nur mit ausgestrecktem Arm da. Und lächelte ihn an. Blinzelte mit ihren großen Augen.

Also unterschrieb er. Es schien eine Menge Platz zu geben. Er blickte zu ihrem Jeep und entdeckte eine Katze auf dem Beifahrersitz. Sie beobachtete ihn scharf, während ihr Schwanz in deutlicher Missbilligung zuckte.

Als er sich der Frau wieder zuwandte, studierte sie ihren Gips. »Clay und wie weiter?«

»Walsh«, antwortete er. »Clay Walsh ... Sie haben eine Katze?«

Sie streckte ihm die Hand entgegen. Mit dem Gips war es ein wenig schwierig, sie zu schütteln, aber sie schafften es. Er deutete darauf. »Was ist passiert?«

»Amber Hewson.« Und dann holte sie ohne ein weiteres Wort, aber mit dem gleichen verbindlichen Lächeln ihre Katze aus dem Auto, schob sie sich unter den Arm und ging auf die Treppe zu, die zur oberen Wohnung führte.

Clay blieb, wo er war, und versuchte, sich einen Reim auf die Situation zu machen, während er ins Sonnenlicht blinzelte. Ihm wurde bewusst, dass die laute Musik von vorhin aus ihrem Auto gekommen war. Ohne es zu wollen beobachtete er, wie sie Stufe um Stufe auf der Treppe nach oben stieg. Er konnte einfach nicht wegschauen. Er schluckte. Es war nicht genug Spucke in seinem Mund. Dann wieder zu viel. Und warum musste er dauernd blinzeln? Er schob seine Hände in die Hosentaschen, weil er das immer tat, wenn er nicht wusste, wohin mit ihnen.

Amber hatte nun das obere Ende der Treppe erreicht und starrte auf ihn herunter. »Was ist mit dem Schlüssel?«

»Ach so. Ja. Natürlich.« Clay zog seinen Schlüsselring aus der Tasche. Und dann begann er, die Stufen zu erklimmen. Gleichzeitig versuchte er, den Wohnungsschlüssel von dem kleinen Ring abzutrennen und ihre braunen Augen aus seinem Kopf zu bekommen.

KAPITEL 2

Na gut, er war süß, aber nicht gerade besonders aufregend.

Amber stand oben an der Treppe und wartete. Sie hatte nur um einen Schlüssel gebeten, nicht um seine Seele.

Ihr neuer Vermieter dachte offensichtlich nach. Ein Mantel aus Vorsicht schien ihn einzuhüllen. Er wirkte durchtrainiert und gleichzeitig zerbrechlich. Sein Naturell war freundlich, wenn auch zurückhaltend. Er schien nicht viel zu lächeln, aber da war ein Funkeln in seinen Augen. Andererseits brachte sein Blick eine gewisse Schwere in die frische, leichte Herbstluft.

Hm, ein echtes Paradox, dieser Clay Walsh.

Sie lehnte sich ans Geländer und musterte ihn, was ihn dazu brachte, sich unruhig im Gesicht zu kratzen. Es war irgendwie amüsant, das zu beobachten. Er schien sehr sorgfältig nachzudenken, bevor er sich schließlich auf den Weg zur Treppe machte.

Er kam näher, und obwohl sie zur Seite trat, versteifte er sich, als er die Tür für sie aufschloss.

Sie mochte diese Wohnung, die über dem reizenden kleinen Antiquitätengeschäft lag und zu der alte knarrende Stufen hinaufführten, auf Anhieb. Sie besaß viel Charakter. Amber hatte schon einen Blick durch die Fenster hineingeworfen und fand sie nahezu perfekt.

»Schauen Sie mal, was Sie davon halten«, sagte er, und dieses Mal trat er zur Seite und hielt ihr die Fliegengittertür auf.

Amber betrat die Wohnung und wusste, dass sie genau das Richtige war. Sie war bereits möbliert, mit minimalistischer Ausstattung, genau wie sie es mochte. Die Fenster an beiden Seiten ließen eine angenehme Menge Licht herein. Die Küche war klein, aber Amber brauchte nicht viel Platz. Es musste nur gemütlich und heimelig sein, ein Ort, an dem sie sich sicher fühlte. Es war lange her, seit sie sich das letzte Mal sicher gefühlt hatte. Zu lange.

Mr Joe führte seine übliche Inspektion durch, wobei er sich weniger auf die Einrichtung als auf dunkle Ecken und Spalten zwischen den Möbeln konzentrierte.

»Einfach perfekt!«, sagte Amber. »Genau das, was ich brauche. Ganz besonders gefällt mir – « Sie drehte sich um, aber da war niemand. Wohin war er verschwunden?

Sie ging zurück und stellte fest, dass Clay draußen vor der Fliegengittertür stehen geblieben war.

»Ich brauche natürlich noch ein paar Angaben von Ihnen.« Er lächelte höflich. Aber irgendetwas an diesem Mann war merkwürdig. Nicht wie bei einem Stalker, das nicht. Er schien einfach kein Interesse an den Freuden des Lebens zu haben.

»Wollen Sie nicht hereinkommen?«, fragte Amber. Schließlich war er der offizielle Eigentümer der Wohnung. So stand es jedenfalls in der Anzeige.

Sie trat näher, um seinen Gesichtsausdruck besser erkennen zu können. Seine Augen wirkten so ... erschöpft von allem Weltlichen? Aber plötzlich ... blitzte etwas anderes auf. Seine Miene war schwer zu deuten – vor allem durch eine Fliegengittertür.

»Ich beiße nicht.« Sie lächelte, so sanft sie konnte. Vielleicht war sie es, die wie eine Stalkerin wirkte.

»Wie kann ich da sicher sein?« Er erwiderte ihr Lächeln mit einer Andeutung von gespielter Widerspenstigkeit, und sie war erleichtert. Und dann kapierte sie es plötzlich. Sie erkannte, was sie vorhin in seinen Augen wahrgenommen hatte. Entschlossenheit. Aber wozu?

Amber entfernte sich genau so weit von der Tür, dass sie nicht mehr in seiner Sichtweite war. »Na so was! Cool! Das ist ja unglaublich!« Sie warf einen Seitenblick zu Mr Joe, der sich auf dem Sofa ausgebreitet hatte, als fehlten ihm jetzt nur noch ein Bier und eine Fernbedienung, und legte sich einen Finger auf die Lippen. »Pst. Das ist nur eine Methode, die ich auf diesen Typen anwende. Er ist irgendwie ... anders.«

»Nanu! Was ist das denn?«

»Was ist was?«

»Kommen Sie her, dann zeig ich es Ihnen.« Aber die Tür öffnete sich nicht. Offenbar hatte er sich nicht vom Fleck gerührt.

Mit einem Seufzer kehrte sie an die Stelle zurück, wo er stand. Sie setzte ein möglichst ausdrucksloses Gesicht auf und sagte: »Ich habe das Gefühl, da ist etwas zwischen uns.«

Clay lachte und sah verlegen zu Boden.

Sie stützte die Hände in die Hüften. »Jetzt mal ernsthaft. Was haben Sie für ein Problem?«

Er zuckte nicht einmal mit der Wimper. Es war, als hätte er gewusst, dass diese Frage kommen würde. »Was ist mit Ihrer Hand passiert?«

»Ein Unfall beim Angeln.«

Er nickte, aber sie wusste, dass er ihr diese Geschichte nicht abnahm. Die Frage war: Was war *seine* Geschichte?

Er hatte sich abgewandt und wischte ein paar Blätter vom Geländer.

»Na gut. Ich hab sie mir gebrochen, als ich meinem vorherigen Vermieter eins auf die Nase gegeben habe, weil er zu neugierig war.«

Er grinste. »Ich wusste, dass es gefährlich ist, mit Ihnen allein da drin zu sein.«

Na gut. Jetzt ging er ihr einfach nur auf die Nerven.

Mit einem kleinen Seufzer entspannte er sich ein wenig. »Bitte nehmen Sie es nicht persönlich. Es ist nur so ... ich habe es versprochen ...«

Er kratzte sich im Gesicht, als rechnete er jeden Moment mit einem Nesselausschlag.

Und dann schien er plötzlich sämtliche Wörter seines Vokabulars verloren zu haben. Aber sie wartete. Die Show, die der Typ abzog, ließ sie völlig kalt.

Schließlich richtete Clay sich auf, als hätte er seine Sicherheit wiedergefunden. Er warf ihr ein kleines, vorsichtiges Lächeln zu, das echt wirkte und vermuten ließ, dass jetzt die Wahrheit folgte. »Ich habe versprochen, niemals mit einer Frau allein zu sein, mit der ich nicht verheiratet bin.«

»Ach so …« Amber versuchte zu nicken, doch ihr gelang nicht mehr als eine verlegene Kopfbewegung und ein Stirnrunzeln. »Das ist, äh, wirklich süß. Ist sie sehr eifersüchtig?«

»Ich bin nicht verheiratet.«

Amber deutete auf die Frau mit dem Töpfchen in der Hand, die nach draußen gekommen war, um diesen ganzen Unsinn zu beobachten. »Ist das nicht Ihre …?«

»Um Gottes willen, nein.«

»Aha. Äh, na gut. Sind Sie verlobt?«

»Nein.«

»Leben Sie mit jemandem zusammen?«

Er schüttelte den Kopf.

»Gehen Sie mit jemandem aus?«

»Nein, ich gehe nicht mit Frauen aus. Ich habe da eine Theorie …« Seine Worte verloren sich in einer Stille, die so laut war wie ein Güterzug.

»Also«, fragte sie schließlich, »wem haben Sie dieses Versprechen gegeben?«

Er zuckte nur wieder die Achseln.

Amber musterte ihn von Kopf bis Fuß. Dieser Mann, dachte sie, war so unverständlich wie Latein. Sie war viel in der Welt umhergereist und hatte einiges gesehen. Ja, sie hatte auch hier und da ein paar Fehler gemacht. Und dafür bezahlt – der Gips war ein Beweis dafür. Trotzdem hielt sie sich durchaus für fähig, Leute einzuschätzen.

Doch dieser Typ sandte eine Vielzahl von Signalen aus. Und es fiel ihr schwer, auch nur aus einem davon schlau zu werden.

Er hatte zottelige Haare, aber nicht im Stil von »Ich habe seit Tagen nicht geduscht« wie damals bei ihrem früheren Freund Mac. Clay wirkte viel lässiger. Irgendwie cool. Ehrlich, er schien viel zu selbstbewusst und auf beiläufige Weise verführerisch, um tatsächlich so merkwürdig und verklemmt zu sein.

Und dann diese tiefblauen Augen ... wenn die nicht das Schicksal in Bewegung brachten!

»Okay. Das ist natürlich etwas anderes«, sagte Amber.

»Ja, ich weiß.«

»Clay!«, schrie die Frau mit dem Töpfchen nach oben. »Wir müssen gehen. Cosie hat Chinesischunterricht.« Sie hielt eine Papiertüte in die Höhe. »Hier ist das Zeug für diese Schaukasten-Sache. Vergiss es nicht. Und behalt's für dich, ja?«

Damit verschwand sie aus Ambers Blickfeld. Offenbar machte sie noch eine Geste, die Clay abwehrte. Als er sich wieder umdrehte, waren seine Wangen ein wenig rosa gefärbt.

»Was?«, fragte Amber. *»Behalt's für dich«?* Er wurde von Minute zu Minute geheimnisvoller.

»Ach, nichts.«

»So, so. *Old Fashioned*, ja?« Das Schild, das über der Tür seines Antiquitätengeschäfts hing, hätte viel besser um seinen Hals gepasst.

»Ja.«

»Es ist ein bisschen zu direkt.«

»Was soll ich sagen?«

»Sie sind ein sehr, sehr seltsamer Mann.«

Er lächelte nur, als wäre es nicht die erste Beleidigung, die er sich ins Gesicht sagen ließ. Dann hielt er den Schlüssel hoch. »Sie können sie haben, wenn Sie wollen.«

»Und was ist mit den Angaben?«

»Ich habe normalerweise ein ganz gutes Gespür für Menschen.«

»Aha. Sie trauen mir so wenig, dass Sie nicht in einem Raum mit mir allein sein wollen, aber Sie sind sich völlig sicher, dass ich die Miete immer pünktlich bezahlen werde.«

Er lachte. »Ich bin bereit, es auf einen Versuch ankommen zu lassen.«

Amber wollte dem armen Mann keinen Schrecken einjagen, aber sie musste die Tür öffnen, um an den Schlüssel zu kommen. Er trat zurück, als sie es tat, und ließ den Schlüssel vorsichtig fallen, als sie ihre Hand ausstreckte. Dann schloss sich die Fliegengittertür.

»Gut, falls Sie irgendetwas brauchen – Sie finden meine Kontaktdaten auf einem Zettel auf der Küchentheke.«

»In Ordnung.«

Sie sah ihm nach, wie er die Treppe hinunterging und außer Sichtweite verschwand. Mr Joe schlich um ihre Knöchel und maunzte unzufrieden.

»Ich weiß, ich weiß«, sagte sie und hob ihn hoch. Seine Schwanzspitze strich sanft gegen ihre Wange. »Er ist eigenartig. Äußerst eigenartig.«

Mr Joe miaute zustimmend.

»Aber findest du ihn nicht auch irgendwie … interessant?«

Mr Joe sprang aus ihren Armen und setzte seine Erkundungen fort.

Amber hatte einen langen Tag vor sich. All ihre Sachen mussten ausgepackt werden. Aber jetzt brauchte sie erst einmal ein Schläfchen. In Sekundenschnelle war sie auf dem Sofa eingenickt und träumte von Fliegengittertüren.

KAPITEL 3

»Ist alles in Ordnung mit dir, Mann? Du siehst irgendwie nicht gut aus.«

»Kopfweh«, knurrte Clay. Er lehnte sich gegen die Armlehne von Brads Sofa und verwünschte seinen Freund innerlich noch einmal dafür, dass er keine Möbelpacker engagiert hatte.

»Du hast doch nie Kopfweh. Bist du nicht der Zen-Meister im Sägemehl?« David – der Dritte in ihrem Freundschaftsbund – zog eine Braue hoch.

»Sehr witzig. Die Sache ist die, dass ich eine neue Mieterin in der oberen Wohnung habe.«

»Lisa hat's mir erzählt. Ich bin überrascht. Die Wohnung ist so winzig. Und langweilig.«

»Und offenbar nicht besonders schalldicht. Sagen wir es mal so, sie hört gern Musik. Und das laut.«

»Oho. Ich hab mir immer vorgestellt, eine kleine alte Dame würde dort einziehen.«

Clay packte die Unterseite des Sofas und spannte den Rücken an, um das Gewicht zu halten.

»Sag mir nochmal, warum wir das hier tun«, verlangte er, während er sich immer wieder vorsagte: *Mit den Beinen heben, nicht mit dem Rücken.* Vor fünfzehn Jahren wäre das ein Kinderspiel gewesen. Doch heutzutage konnte er sich den Rücken verrenken, wenn er nur ein Buch hochhob.

»Weil –«, David stöhnte, als sie sich gleichzeitig aufrichteten, »das der ultimative Test einer wahren Männerfreundschaft ist. Die meisten Leute glauben, es ist damit getan, eine Runde auszugeben. Aber in Wirklichkeit bedeutet es, dem Bruder beim Umzug zu helfen.«

»Das ist genauso, wie unsere Hände mit einem Messer aufzuschlitzen und unser Blut miteinander zu vermischen.«

»Nein, Mensch. Das hier ist viel schlimmer.« Beiden Männern rann der Schweiß über die Stirn und in die Augen. »Jetzt setz' dich in Bewegung, bevor ich uns beiden dieses Ding auf die Zehen fallen lasse.«

»Woraus besteht das Teil? Aus Hanteln?«

David lachte. »Hör bloß auf damit. Brad macht wahrscheinlich jeden Abend Bankdrücken mit dem dämlichen Ding.«

Clay ging rückwärts, David vorwärts. Sie kamen gut zurecht, bis sie die Tür erreichten.

»Dreh es nach links«, sagte Clay, aber allem Anschein nach würden sie es zweiteilen müssen.

»Das Ding passt unmöglich durch diese Tür«, knurrte David.

»Doch, es passt!«, rief Brad. Er stand neben dem Umzugswagen und war gerade dabei, einen Karton einzuladen, auf dem ein Basketball lag. »Wir haben es doch auch reingebracht, oder nicht?«

»Es ist schon seltsam, dass das Einziehen viel leichter ist als das Ausziehen«, sagte David. »Zumindest, was Möbel angeht. Bei Menschen ist es genau umgekehrt.«

Clay seufzte. »Na los. Du musst es einfach zur Seite kippen und in diese Richtung drehen, dann lässt es sich bestimmt durchschieben.«

Nach einigem Manövrieren gelang es ihnen schließlich.

David nickte Clay mit diesem gewissen Blick zu, den er immer hatte, wenn er etwas aus Clay herausquetschen wollte. Und dieses Mal wussten beide, um was es ging – sein Geburtstagsgeschenk. »Spuck's aus! Das ist ein Befehl.«

»Nein.«

»Verräter.«

»David, ich bin zur Geheimhaltung verpflichtet. Ich hab es Lisa versprochen. Und du weißt genau, wie unerträglich sie mir das Leben machen würde, wenn ich mich verplappere. Für einen Mann ohne Kind habe ich das Wort *Pipi* schon öfter gehört, als mir lieb ist.«

»Ach. Ja. Tut mir leid. Das ist eine Phase von Cosie.« David setzte eine zerknirschte Miene auf. »Komm schon, Mann. Was hat sie für mich besorgt?«

»Vergiss es. Das wäre mein Ende. Willst du mich tot sehen?«

»Feigling. Du bist ein Feigling und Verräter.«

»Und am Leben«, erwiderte Clay und warf ihm einen festen Blick zu. Sie luden das Sofa in einen bereits überfüllten Umzugslaster und schoben es nach hinten, wobei es gegen die Kartons gedrückt wurde.

»Hättest du nicht einen etwas größeren Wagen mieten können?« David deutete auf die ganzen Kartons.

»Ich spare für die Villa am Strand.« Brad grinste.

»Na gut, das wär's jetzt mit den großen Sachen«, sagte David, sprang vom Laster und stützte die Hände in die Hüften. Clay ließ sich auf das Sofa fallen.

Brad kletterte in den Wagen, um seinen Karton neben Clay aufs Sofa zu stellen, dann sprang auch er herunter. Clay schnappte sich den Basketball und drehte ihn ein paar Mal auf den Fingern. Dann betrachtete er die Unterschriften. Seine. Brads. Davids. Und die der Teamkollegen von der Universität. Er hielt den Ball fest und spürte die winzigen Ledernoppen unter den Fingerspitzen. In den Tiefen seiner Erinnerung hörte er das Quietschen von Sportschuhen und das dumpfe Aufeinanderprallen von Körpern, die versuchten, sich unter dem Korb Platz zu verschaffen.

Brad stieß gegen seinen Arm, als er mit einem weiteren Karton hereinkletterte. »Gib's zu, du bist kurz davor, an dem Ding zu riechen, stimmt's?«

Clay lachte. »So ungefähr.«

Er gab den Ball an David weiter, der ihn der Sonne entgegenhielt, als wäre der Ball das Löwenbaby im König der Löwen. »Neunzehn zu eins.«

»Hätte eigentlich unbesiegt sein sollen«, brummte Brad. Er und David warfen den Ball hin und her, während sie sich an längst vergangene Triumphe und siegreiche Spiele erinnerten. Clay ertappte sich dabei, wie er die Kartons in seiner Nähe durchsah. Da waren Fotos. Pokale. Noch mehr Fotos. Ein ganz bestimmtes Bild. Er zog es heraus und hielt es fest, als eine Brise aufkam.

Brad und David waren inzwischen auf der Rasenfläche und diskutierten über das eine, unvergessliche Spiel. »Ich hab nicht geblockt!«, schrie Brad.

Clay war froh, dass die beiden momentan abgelenkt waren. Er wollte noch ein Weilchen schauen. Da war sie, auf seinem Lieblingsbild von ihnen allen. Er konnte nicht begreifen, warum Brad solche Fotos aufhob, aber es war gut, ihr Gesicht zu sehen. Ihre leuchtenden Augen. Ihr breites Grinsen, das nur aus Zähnen zu bestehen schien. Das zarteste Kinn, das er je gesehen hatte, perfekt geformt mit dem Grübchen direkt in der Mitte. Und ihr Haar ...

Er beschloss, einen weiteren Karton zu durchsuchen. Er öffnete einen, der nicht beschriftet war, und zog eine Postkarte daraus hervor. Sie zeigte ein albernes Bild, das ihn zum Lachen brachte. Er und Brad waren mit überdimensionalen Köpfen auf winzigen Körpern gezeichnet und mit Händen, die von beiden Seiten versuchten, nach einem Mikrofon zu greifen. Es war etwas Wahres dran. Damals hatten sie große Köpfe gehabt und sich immer um das Mikrofon gestritten. Die Überschrift lautete *Neandertaler*, und im Hintergrund sah man fünf Mädchen in knappen Bikinis, die munter feierten. Clay wandte sich wieder dem Karton zu. Ganz oben lag die DVD, Brads Sternstunde, bis er vor vierzehn Tagen das Jobangebot bekommen hatte. Er warf die Postkarte wieder in den Karton und schloss schnell den Deckel. Aber er konnte immer noch das Kreischen der Mädchen hören, berauscht von Sonne, Sand und Aufmerksamkeit.

Seiner Aufmerksamkeit.

Er wurde durch das lange, durchdringende Geräusch einer Hupe in seinen Gedanken unterbrochen, und als wären die Frauen direkt aus seinem Kopf auf die Straße katapultiert worden, konnte er sie kreischen und kichern hören. Er sah zu Brad hinüber, der gleichzeitig aufgeregt und peinlich berührt wirkte – was nie ein gutes Zeichen war.

»Das ist eine hübsche Überraschung«, sagte Brad und verschwand aus Clays Sichtweite. Clay blickte zu David, der nur die Augen verdrehte.

»Ein Auto voll?«, flüsterte Clay. Als David nickte, fuhr er fort: »Lass mich raten. Mardi-Grass-Perlen und ein Cabrio.«

»Als wärst du ein Hellseher«, antwortete David mit einem Grinsen.

»Oder als würde ich Brad schon seit fast fünfzehn Jahren kennen«, sagte Clay und sprang vom Laster. Er schob das Foto in seine Hemdtasche und bewegte sich auf die andere Seite des Wagens. Dort stand ein bananengelbes Cabrio, voll besetzt mit lachenden Frauen, von denen keine unter fünfundzwanzig war. Sie stellten ihre Bikinioberteile und ihr strahlendes Lächeln zur Schau, als könnten sie sich damit ausweisen – Verehrerinnen der schlimmsten Sorte.

Die Frau hinter dem Steuer stieg aus und ihre abgeschnittenen Jeans waren so weit abgeschnitten, dass die Taschen unter den Hosenbeinen heraushingen. David atmete hörbar aus und Clay betrachtete die Reifen. Gute Reifen. Ordentliches Profil.

»Hallo, Süßer!«, sagte sie und schob ihre Sonnenbrille nach oben.

»Das ist eine hübsche Überraschung«, wiederholte Brad.

»Nach der letzten Nacht bin ich dir etwas schuldig, dachte ich. Es war so toll, dich wiederzusehen.«

»Tatsächlich?«

»Unglaublich.«

Brad lächelte zufrieden und schaffte es gleichzeitig, den anderen Frauen, die aus dem Auto heraushingen, zuzuzwinkern.

»Was ist mit dem Laster da?«, fragte sie und deutete mit dem Daumen darauf.

»Ich habe einen neuen Job«, sagte Brad. »Ist das nicht toll?«

David warf einen Seitenblick zu Clay, der nur die Achseln zuckte. Wenn Brad »Ist das nicht toll« sagte, stellte es sich fast immer heraus, dass es nicht so war.

»Wo?«, fragte sie.

»In Los Angeles. Hollywood.«

Wie Make-up, das sich bei großer Luftfeuchtigkeit auflöst, zerfloss das kokette Lächeln, das kurz zuvor ihr Gesicht beherrscht hatte, und klatschte auf das Straßenpflaster unter ihren Füßen. »Was? Du gehst nach Los Angeles?«

David grinste und sah Clay mit einem Blick an, der deutlich sagte: »Das wird ein Spaß.«

»Ist das nicht toll?«, wiederholte Brad.

Oh weh. Wenn das zwei Mal gesagt werden musste, dann stand mit großer Wahrscheinlichkeit ein verheerender emotionaler Ausbruch bevor.

»Wann?« Ihre Mundwinkel waren nach unten gezogen, sie verschränkte die Arme und runzelte die Stirn.

»Morgen.« Und dann breitete Brad die Hände aus und wirkte völlig verwirrt. Clay wusste jedoch eines ganz genau: Brad war nie verwirrt. »Ich dachte, du würdest dich für mich freuen.«

»Du hast mir gestern Abend gesagt, ich könnte bei dir einziehen.«

»Das kannst du auch«, erwiderte Brad und schob die Hände lässig in die Taschen. »Die Wohnung ist frei und ich hab schon ein gutes Wort für dich eingelegt. Ich hab dem Vermieter sogar gesagt, er kann meine Kaution als deine erste Monatsmiete behalten. Sie gehört dir.«

Davids Miene fiel in eine Schockstarre. »Er kann unmöglich gesagt haben, was ich gerade gehört habe.«

»Doch, das hat er«, flüsterte Clay zurück.

Einen Moment lang kam alles zum Stillstand. Der Wind erstarb. Das Zwitschern der Vögel verstummte. Die Frauen im Auto saßen wie versteinert und mit offenem Mund da. Selbst der Nachbarshund machte keinen Mucks mehr.

Es war nicht abzuschätzen, ob die Frau schreien, weinen, explodieren oder eine Waffe ziehen würde.

Aber dann setzte sie langsam und mechanisch ein Lächeln auf, während sich eine zynische Schärfe in ihren Ausdruck schlich. »Also dann«, sagte sie und schob die Sonnenbrille wieder nach unten, »melde dich mal.«

Brad zwinkerte und das Cabrio brauste davon. Er drehte sich zu David und Clay um. »Na? Manche Leute sind schlau. Andere haben etwas mehr auf dem Kasten. Dann gibt es welche, die ein Stipendium für Oxford bekommen. Und ganz oben, da bin ich.« Er packte sie an den Schultern. »Auf geht's, Jungs. Ich geb euch einen aus.«

Das J-N-G, eine vier Jahrzehnte alte Kneipe, war erfüllt vom lebhaften Trubel der üblichen Gäste. Lachsalven erschallten, verklangen und wurden wieder laut, fast wie ein Orchester. Fotos und Pokale konnten in Kartons verpackt und in einen Umzugswagen gestopft werden, aber ... für die Erinnerungen, die Clay an diesem Ort überkamen, war kein Karton groß genug.

Die Bedienung eilte herbei und brachte ihre Getränke. Wie immer zog Brad die Aufmerksamkeit auf sich. Das Lächeln zwischen ihnen flog so leicht hin und her wie Bazillen bei anderen Menschen.

Clay starrte in seinen Drink und rührte ihn wieder und wieder mit dem dünnen roten Strohhalm um. Er konnte es nicht glauben, dass Brad morgen wegzog. Es kam ihm so unwirklich vor. Seit der Universität waren die drei Freunde ohne Unterbrechung zusammen gewesen. Ihr Leben hatte sich vollkommen unterschiedlich entwickelt, aber ohne Brad würde ihnen ein Puzzleteil fehlen.

»Hör auf, mich zu verurteilen«, sagte Brad völlig unvermittelt.

Clay hob den Blick, gerade als Brad wieder einer Frau, die an ihnen vorbeiging, ein Lächeln zuwarf. »Habe ich etwas gesagt?«

»Die Art, wie du dasitzt – das ist abwertend.«

Clay schüttelte den Kopf. Brad war immer zu einem Spaß aufgelegt, aber unter seinem scherzhaften Ton verbarg sich schwelende Abneigung – die auf Gegenseitigkeit beruhte, wenn er ehrlich war.

Wie üblich war es David, der für Frieden sorgte. »Ein Hoch«, sagte er und hob sein Glas, »auf eine landesweit ausgestrahlte Sendung!«

Sie hoben ihre Gläser und stießen miteinander an, wie sie es schon Hunderte Male getan hatten. Früher hatten sie unzählige Trinksprüche ausgebracht. Sie hatten auf den Sieg angestoßen, auf eine Niederlage und darauf, dass der Wind sich drehte. Je älter sie geworden waren, desto schwerer war es ihnen gefallen, eine solche Befriedigung zu empfinden, aber eine große Beförderung, welcher Art auch immer, war es wert, gefeiert zu werden.

»Eine Sendung in ganz Amerika, Mensch.« Brad zwinkerte Clay zu und grinste übers ganze Gesicht. »Live aus der Stadt der Engel.« Er wollte weitersprechen, wurde jedoch von der Blondine am Nachbartisch abgelenkt, die aufstand, ihre Jacke zurechtzog und sich wieder setzte.

Clay hielt sein Glas weiterhin nach oben. »Mein Beileid für Amerika.«

»Ihr werdet mich vermissen«, sagte Brad und leerte seinen Drink mit wenigen Schlucken, »genau wie die Dingsda mit dem gelben Cabrio.«

Clay wusste, wann Brad ihn provozieren wollte. Meistens funktionierte es auch. Aber er hatte gelernt, etwas bedachter zu reagieren, und es gelang ihm immer besser, was Brad wiederum auf die Palme brachte.

Und mit ein wenig Alkohol im Körper ... wurde er noch verrückter. Die Kellnerin kam an den Tisch und legte die Rechnung hin. Brad starrte sie an, bis sie wegschaute – nur um seinen Standpunkt noch eindrücklicher und schärfer zu demonstrieren.

Dann richtete er den Blick auf Clay. »Warum schleichst du dich nicht zurück in deinen Antiquitätenladen und entwickelst noch ein paar ...«, er fuhr mit der Hand durch die Luft – je mehr er trank, desto mehr tendierte er dazu, die gewöhnlichsten Worte nicht zu finden, »... Theorien, die du nie am Tisch der Erwachsenen auf die Probe stellst.«

Clay zwang sich zu einem Lächeln. Er war inzwischen an solche Aussagen gewöhnt. An diesem Punkt hatte das Gespräch immer geendet, wenn der Tag zu Ende ging und Brad einen über den Durst getrunken hatte.

»Jetzt wird's lustig«, sagte David und streckte die Hand nach der Rechnung aus, doch Clay schob die Finger über den Tisch und schnappte sie sich.

»Dieses Mal bin ich dran, Kumpel«, sagte er. »Ich bin ziemlich sicher, dass du das schwerere Ende des Sofas hattest.«

David lachte, aber Brad gab noch keine Ruhe. »Ich hab sie nicht anders behandelt, als ich selbst behandelt werden will, Clay.«

Clay brachte jetzt nicht einmal mehr ein Lächeln zustande. Mit dem Daumen wischte er ein paar Tropfen Kondenswasser von seinem Glas und vom Tisch, wobei er versuchte, Brads herablassenden Tonfall gedanklich wegzuwischen. Sie waren die besten Freunde gewesen, solange sie in derselben Richtung unterwegs gewesen waren. Doch seit sich ihre Wege getrennt hatten, war es schwierig geworden. Sie kamen gerade noch so miteinander zurecht, indem sie sich auf witzige Geschichten aus vergangenen Zeiten stützten (oder Camelot, wie Brad es gern nannte).

Clay zog seinen Geldbeutel heraus und sah sein Bargeld durch.

Brad streckte den Zeigefinger aus und zerschnitt die Luft damit, wie auch mit seinen Worten. »Erinnerst du dich noch an den einen Sommer in Myrtle Beach? Du und diese Cheerleaderin und ihre …«

Clay hob den Kopf und starrte ihm ins Gesicht.

»Ganz ruhig. Ich mache nur Spaß, du Spielverderber.« Brad legte die Hände zusammen wie ein kleines Kind. »Du weißt, dass das meine liebste Gutenachtgeschichte ist. Erzähl sie mir noch einmal, bitte, Papa.«

Oh Mann, er wollte wirklich nicht, dass ihr letzter gemeinsamer Abend so endete. Er musste sich entspannen, er durfte nicht zulassen, dass Brad ihn ärgerte. Clay lächelte. »Als ich ein Kind war, redete ich wie ein Kind, dachte wie ein Kind …«

»Ach, es geht wieder los. Der Einsiedler hat etwas zu verkünden. Weiter, bitte.«

David überbrückte die peinliche Situation mit einem leisen Lachen. Darin war er gut. »Und schon legt ihr beiden wieder los.«

Clay sah Davids breites Grinsen und die Art, wie er den Kopf schüttelte, dann lachte er ebenfalls leise. Er warf die Münzen auf den Tisch.

»Wann fängst du an, Mann?«, wandte sich David an Brad und lenkte das Gespräch gekonnt in eine andere Bahn.

»Sobald ich dort bin. Morgen habe ich meine letzte lokale Sendung.«

»Also, morgen ...« David hob sein Glas. Clay tat es ihm nach.

Brad zögerte. In seinem Gesicht spiegelten sich so viele widersprüchliche Gefühle, wie Clay es selten bei ihm gesehen hatte. Er warf Clay einen argwöhnischen Blick zu. »Wir hätten das zusammen machen können, weißt du.«

Clay lächelte nur. »Ich bin hundertprozentig davon überzeugt, dass du es allein gut schaffen wirst, Lucky Chucky.«

Brad zeigte sein berühmtes Grinsen. »Na dann, dank der Sendung werde ich nicht sehr lang allein bleiben.« Er hob sein Glas. »Auf die Ehrlosigkeit!«

KAPITEL 4

Es war ihr Glückstag. Für sie war jeder Tag glücklich, an dem sie aufwachte, bevor der Wecker losging. Kaum etwas war so beruhigend und angenehm wie die Augen in der Stille zu öffnen und zu beobachten, wie das dämmrige Morgenlicht durch den Raum wanderte, während ihr Bewusstsein langsam aus der Traumwelt aufwachte, in der es sich befunden hatte.

Amber streichelte Mr Joe, der ruhig neben ihr lag. Sie hatte beinahe alles ausgepackt und lebte sich langsam ein. Sie hatte sich ein paar Tage Zeit genommen, um die Stadt zu durchstreifen, sich zu orientieren, herauszufinden, wo die guten Restaurants waren, und um auf Jobsuche zu gehen. Es war nicht leicht, gegen verzweifelte Studenten anzutreten, die wirklich kein Geld hatten. Aber sie passte irgendwie ins Bild und bis jetzt hatte noch niemand von ihr wissen wollen, ob sie an der Universität war oder nicht.

Universität. Oh weh. Eins der Dinge, die sie am meisten bedauerte. Und jetzt war sie ironischerweise in einer Universitätsstadt gelandet.

»Nicht traurig sein«, sagte sie und drehte den Kopf, um Mr Joe anzusehen. Er blinzelte zustimmend. »Nicht heute. Dies ist mein Neubeginn. Und was könnte mehr Spaß machen, als sich ein neues Heim einzurichten?«

Sie streckte die Arme träge über dem Kopf aus...

Der morgendliche Frieden wurde jäh von ihrem Radiowecker unterbrochen. Amber richtete sich zu den Klängen eines Gitarrenriffs im Bett auf – was gar nicht so übel war, denn sie war ein großer Fan dieses Instruments. Die Musik war auf jeden Fall besser als die Stimme, die darauf folgte.

»Frauen – sind – dumm.«

Amber starrte zur Decke. Entweder hatte sie den falschen Sender gewählt, als sie den Wecker einstellte, oder ihr Exfreund Mac hatte sie aufgespürt. Sie drehte den Kopf und sah sich im Raum um. Nein, sie war völlig allein.

»Jede Einzelne von ihnen glaubt gern an eine Art Märchen«, sagte die Stimme.

Amber blickte zu Mr Joe, der zu spüren schien, dass das, was da aus dem Radio kam, Unsinn war. Sie lächelte. »Dieser Teil trifft zu. Das haben wir in den Genen.« Sie stand auf und steuerte auf die Kaffeekanne zu, während sie sich fragte, ob die Stimme ihre Aussage über die Dummheit von Frauen korrigieren würde.

»Sie tun gern so, als würde alles gut werden, sie täuschen Sicherheit vor. Und Simsalabim! Die Leitungen sind offen, Leute. Schauen wir mal, was ihr heute für mich habt. ... Ach, kommt schon, seien wir ehrlich. Ihr wollt wissen, was ich für euch habe, stimmt's? Niemand interessiert sich wirklich dafür, was ihr habt.«

»Das wird noch interessant«, sagte Amber. Sie wartete kurz, bis der Kaffee fertig war, dann goss sie sich einen Becher voll ein und nippte daran, während sie an der Küchentheke lehnte und ihre Pinnwand betrachtete. Am Vorabend hatte sie endlich den richtigen Platz dafür gefunden. Es musste immer die perfekte Wand sein. Und überall, wo sie gewohnt hatte, hatte es sie gegeben. Wenn es jemals ein Haus ohne die perfekte Wand gab, dann wüsste sie, dass es nicht das richtige Haus für sie wäre.

»Tim aus Lakeland, du bist auf Sendung.«

»Lebe den Traum, mein Freund!« Tim klang, als hätte er ungefähr eine Woche Schlaf nachzuholen.

»Lebe den Traum! Das ist gut. Und hast du das Zeug dazu?«

Tim erklärte, dass er das Zeug dazu hatte, den Traum zu leben, was immer dieser Traum auch sein mochte. Amber hatte es aufgegeben, Träume zu formulieren. Meistens ließen sie sie ein wenig enttäuscht zurück und außerdem standen sie dem Abenteuer im Weg. Sie hatte sich entschieden, einfach loszugehen, zu handeln, zu sein. Tim aus Lakeland klang, als könnte er ein paar Tipps brauchen.

»Hey, Kumpel«, fuhr Tim fort. *»Ich will dir noch zu deinem neuen Auftritt in Hollywood gratulieren!«*

»Danke. Ich freue mich darauf. Hast du eine Ahnung, wie viele scharfe dumme Frauen es in Kalifornien gibt?«

Tim antwortete, dass er nicht so weit zählen könne. Amber zog Fotos aus ihrer Schachtel und begann, sie an die Pinnwand zu heften. Jede Erinnerung weckte ein Lächeln. Und jedes Loch, das die Pinns in den Fotos hinterlassen hatten, erinnerte sie daran, wie oft sie das schon gemacht hatte. So weit konnte *sie* nicht zählen – genau wie Tim, vermutete sie.

Mr Joe starrte sie an. Sie stützte die Hände in die Hüften. »Tatsächlich? Jetzt bist du auch noch mein Gewissen?«

Er gab ein leises Miauen von sich.

»Na gut.« Sie marschierte zu dem alten Telefon mit Wählscheibe hinüber. »Aber du weißt ja, dass das nie funktioniert.«

Mr Joe blinzelte nur.

»Ich wähle, es ist besetzt und ich vergeude meine Zeit.« Sie wählte die Nummer, die der anstößige Moderator ständig wiederholte.

»Ihr Name?«, erkundigte sich eine weibliche Stimme.

Amber hob die Augenbrauen. »Anonym.«

»Feigling.«

Und bevor sie es sich versah ... *»Der nächste Anrufer. Anonym, du bist auf Sendung.«*

»Sie sind ekelhaft.« Sie unterstrich das mit einem durchdringenden, missbilligenden Blick, den momentan nur Mr Joe mitbekam.

»Mutter, bist du das?«

»Wenn ich Ihre Mutter wäre – «

»Was dann? Sprich weiter.« Er lachte. *»Würdest du mich bestrafen?«*

»Männer wie Sie –«

»Ja? Männer wie ich ...?«

Amber sah mit einem Kopfschütteln zu Mr Joe, als wäre die Sache hoffnungslos.

»Hey, eine kurze Frage. Wie viel wiegst du?«

Amber schmetterte den Hörer auf die Gabel. »Schurke.« Sie ging zum Radio hinüber. Sie hatte genug von diesem Unsinn.

»Na gut, dann bin ich eben kein Ritter ohne Furcht und Tadel«, fuhr der Moderator fort, als sie die Hand nach dem Senderwählrad ausstreckte. *»Es gibt überhaupt keine Ritter ohne Furcht und Tadel.«*

Amber ließ die Hand sinken. Sie blinzelte langsam, setzte sich aufs Bett und hörte zu, was der Mann zu sagen hatte.

»Aber du denkst, du bist Aschenbrödel, nicht wahr? So ist es doch, oder? Ich möchte dir gern helfen. Ich möchte dir helfen, die Wahrheit zu erkennen. Und – jetzt kommt's – die Wahrheit ist, dass es auch keine Aschenbrödel gibt. Klar, du sagst, du willst den süßen Typen, den Märchenprinzen, aber ich kenne dich. Solche Typen langweilen dich zu Tode, nicht wahr? Sie laufen dir nach wie ein orientierungsloses Hündchen, bis dein Verstand, ganz zu schweigen von all deinen anderen Körperteilen, völlig taub ist. Bist du süß? Bist du treu? Na? Bist du ehrlich? Bist du all das, was du dir angeblich wünschst? Nein.«

Amber betrachtete ihre Hände. Mr Joe sprang aufs Bett, aber sie stand auf und ging ans Fenster, wo sie auf die stille Straße hinaussah.

»In diesen tiefen, einsamen Nächten, wenn du nicht schlafen kannst, wenn du allein in deinem Bett liegst, partnerlos, wenn du dich zwischen den Laken hin und her wälzt und dein Kissen umklammerst ... dann wünschst du dir nur eines und das ist ein Typ wie ich. Das weißt du und darum bekommst du das, was du bekommst, meine

Freundin. Frauen sind genau wie Männer. Jeder will alles auf einmal. Also komm nicht heulend zu mir gerannt, Aschenbrödel.«

Amber drehte sich um und schaltete das Radio aus. »An diesem Punkt irrst du dich, Kumpel. Ich habe noch nie geglaubt, ich sei Aschenbrödel.«

* * *

Sanft klopfte Clay den letzten Nagel in den maßgefertigten Rahmen und richtete das Poster auf, um es zu betrachten. Er wischte den Staub vom Glas und trat einen Schritt zurück. Da war es, das Originalfilmplakat von Frank Capras *Hier ist John Doe*, perfekt in Szene gesetzt. Er konnte nicht mehr sagen, wie oft er diesen Film schon gesehen hatte – aber das erste Mal war es mit David gewesen, der hoch und heilig versprochen hatte, dass Clay diesen Film lieben würde. Als Professor für Film hatte David immer eine ausgeprägte Meinung – und lag normalerweise richtig damit.

Vielleicht war Clay nicht nur idealistisch, sondern auch sentimental, aber wie auch immer, für ihn gab es nichts Besseres als Gary Cooper und Barbara Stanwyck. Der Film hatte einfach alles: den unverfälschten Amerikaner mit dem witzigen Kumpel. Die Ausnutzung des Protagonisten durch den Bösewicht, unterstützt durch die knallharte Reporterin, die sich dann in ihn verliebt. Die berühmte Rede des Colonels über die »Stinker«. Sein Lieblingszitat stammte jedoch von dem Reporter, der Jesus »den ersten John Doe« nennt, der bereits für alle gestorben ist.

Wenn es möglich wäre, sich in einen Frank-Capra-Film versetzen zu lassen, wäre er dabei. Auf der Stelle und ohne Zögern. Er war davon überzeugt, dass er auch mit einem Filzhut gut aussehen würde.

Er betrachtete das Plakat und seine Gedanken wanderten zu Brad, zu David und Lisa. Zu ... der Frau von oben. Es war ungewöhnlich still. Er hatte erwartet, sie würde sich vom Dröhnen eines Basses wecken lassen. Aber seit er heute den Laden geöffnet hatte, waren da nur ihre Schritte gewesen, soweit er es sagen konnte. Und vielleicht war der Fernseher an. Er dachte, er hätte schwache Stimmen wahrgenommen, aber dann war es still geworden.

Amber.

Sie immer als »die Frau von oben« zu bezeichnen war nicht sonderlich respektvoll.

Amber. Das war die Farbe des dämmrigen Lichtes, das durchs Schaufenster fiel und in das Hinterzimmer sickerte. Der Honig, den er sich jeden Morgen aufs Brot schmierte. Die Weizenfelder direkt vor der Stadt.

Es war ihm schwergefallen, sie aus seinen Gedanken zu verbannen, und das verhieß nichts Gutes für seine Theorien. Eigentlich hatte er immer geglaubt, nur ein ganz bestimmter Typ Frau würde eine Anziehung auf ihn ausüben, und sie schien das genaue Gegenteil davon zu sein. Seine Traumfrau, wenn er überhaupt eine hatte, würde sicher nicht laut Musik hören, und sie würde auch nicht so ... entwurzelt wirken.

»Klopf, klopf.«

Ohne aufzublicken, wusste Clay, wer da war. Aber er stellte die Frage gern, weil George immer eine andere Antwort gab. »Wer ist da?«

»So weit habe ich noch nicht vorausgedacht. Komm, wir gehen. Hol die Leine raus. Los jetzt. Ich bin ein vielbeschäftigter Mann.«

George trat weiter in den Laden hinein, als er das Plakat sah. »Oho. Guck dir diese Frau an. Du meine Güte. Ja, wow.«

»Das schaffst auch nur du, einen Frank-Capra-Film mit Sex in Verbindung zu bringen.«

»Willst du etwa behaupten, dass du beim Anblick von Barbara Stanwyck, wie sie da in Fleisch und Blut vor dir steht ...«

»Zumindest auf Papier.«

»... dass du da nicht Lust hättest ...«

»Nein, hätte ich nicht.« Na gut, vielleicht doch. Aber manche Dinge blieben besser auf ein Filmplakat beschränkt.

George seufzte und sein keuchender Atem machte einen pfeifenden Ton. »Mit dir macht es echt keinen Spaß, das ist dir wohl klar, oder?«

»Jetzt fang bitte nicht an, von den Postern zu erzählen, die du während des Krieges in deinem Bunker hängen hattest.«

»Manchmal waren sie das Einzige, was mir morgens aus dem Bett geholfen hat.« Er warf Barbara eine Kusshand zu. »Komm schon. Ich bin ein vielbeschäftigter Mann.« Und sie traten im Schneckentempo zur Tür hinaus.

Es war später Vormittag und die Sonne schien hell. Clay hielt schützend die Hand über die Augen und versuchte sich langsam an das Licht zu gewöhnen. Manchmal arbeitete er so lang im Hinterzimmer des Ladens, dass er nicht mehr genau wusste, welche Tageszeit es war. Es war schon vorgekommen, dass er ins Freie trat und Sonnenlicht erwartete, stattdessen aber auf Finsternis traf.

George, der heute sehr nach Mottenkugeln roch, riss die hintere Klappe seines Lieferwagens auf, dessen Verkleidung teilweise tatsächlich von Klebeband zusammengehalten wurde. Im Inneren befand sich wie gewöhnlich ein wildes Durcheinander von Antiquitäten. Eine alte Ampel und ein paar Straßenschilder waren in einer Ecke verstaut. Es gab Bilderrahmen, Spiegel, Schminktische, Nippes, eine Gartenfigur in Gestalt eines Eichhörnchens.

Clay seufzte. »George. Das hat überhaupt kein System hier. Und schau mal, wie alles aneinanderstößt. Warum benutzt du keine Luftpolsterfolie? Ich hab es dir schon hundertmal gesagt – wickle die Stücke in Luftpolsterfolie.«

George knurrte und kaute auf seiner Lippe wie auf einer nicht angezündeten Zigarre. »Um ehrlich zu sein, du bist selbst so eine Art Luftpolsterfolie.«

»Sehr witzig.«

»Wenn man bedenkt, dass du mit Antiquitäten handelst, ist es erstaunlich, wie blitzsauber du es gern hättest. Vielleicht solltest du lieber einen IKEA aufmachen.«

»Ich lach mich tot.«

»Ich hab hinten drin ein paar Stücke, die dir gefallen könnten.« George bewegte sich neben ihm hin und her. »Gefällt dir etwas davon? Hast du das Eichhörnchen gesehen?«

»Na gut, gib mir eine Sekunde, um ein bisschen herumzuwühlen.«

»Soll ich dir Desinfektionsmittel für die Hände besorgen? Weil – hui!« George brach mitten im Satz ab, was Clay veranlasste, sich umzudrehen.

George trat einen Schritt von der Rückseite des Wagens weg, die Brust herausgedrückt, als wolle er die Haltung eines Superhelden einnehmen. »Hallihallo.«

Clay steckte den Kopf aus dem Wagen, um zu sehen, wohin George starrte – oho.

Amber stand oben am Geländer und hängte einen kleinen Teppich darüber. Sie winkte. Ihre Haare wehten im leichten Wind zur Seite, sie glänzten und wellten sich wie ein Fluss aus Schokolade.

Sie winkten beide zurück. Allerdings zeigte nur Clay ein lässiges Lächeln. George beugte sich zu ihm hin und raunte: »Das habe ich gesehen. Du bist mir zuvorgekommen.« Dann rief er Amber zu: »Wo warst du?«

Sie verstand nicht, was er meinte, und lächelte freundlich. »Wie bitte?«

»Mein ganzes Leben lang, wo warst du da?«

Clay verdrehte die Augen und lenkte Georges Aufmerksamkeit wieder auf den Lieferwagen, während er versuchte, sich mit einer bedauernden Geste bei seiner neuen Mieterin zu entschuldigen. »Wie geht's deiner Frau, George?«

Es war, als hätte er den Stöpsel aus einem Ballon gezogen. George schrumpfte vor seinen Augen zusammen. Man konnte beinahe hören, wie die Luft aus seinem Körper wich. »Gemein wie eine Schlange.«

»Hm, hm.« Er sah zu Amber hoch, die immer noch mit ihrem Teppich beschäftigt war. »Äh, leben Sie sich gut ein da oben?«

»So weit, so gut.«

»Rufen Sie mich einfach an, wenn Sie etwas brauchen.«

»Und rufen Sie mich an«, fügte George eifrig hinzu, »wenn Sie etwas anderes brauchen.«

Amber schenkte beiden ein Lächeln. »Das mache ich.«

Und sie verschwand hinter der Fliegengittertür.

»Reiß dich zusammen«, sagte Clay. »Sie ist gerade erst eingezogen.«

»Du Glückspilz.«

»Sie ist nicht mein Typ.« Nach dem Blick zu schließen, den George ihm zuwarf, hatte das nicht besonders überzeugend geklungen.

»Tatsächlich? Woher weißt du das?«, fragte George. »Hat sie ihren Teppich nicht richtig rausgehängt?« Er schüttelte den Kopf. »Du liebe Güte, ich mache mir wirklich Sorgen um dich.«

»Ich nehme den Wandspiegel«, sagte Clay.

George kletterte in den Laster und Clay trat aus dessen Schatten, in der Hoffnung, durch das offene Fenster einen Blick auf Amber zu erhaschen. Doch es war alles ruhig, abgesehen von der Katze, die auf dem Fenstersims saß und ihn feindselig anstarrte.

George brachte den Spiegel in den Laden und kehrte zurück. Er klopfte Clay auf den Rücken. »Ich kann's nicht glauben, dass du die Ampel nicht wolltest. Ich muss los. Meine gehobenen Kunden warten schon auf mich.« Er sprang in den Laster und startete den Motor, dann sprang er wieder heraus, ohne ihn abzustellen. »Ich muss mich noch schnell erleichtern. Ich werde mir eine kleinere Thermoskanne zulegen müssen. Altwerden ist mörderisch, Mann, wirklich mörderisch.«

»Ja, du kannst die Toilette benutzen, George. Mehr brauchst du mir nicht zu sagen.«

»Folgendes will ich dir sagen: Nutze den Moment. Du wirst auch nicht jünger. Und nicht jeder kann mit sechzig noch so gut aussehen«, erklärte er und deutete auf sich selbst.

Als George im Laden verschwand, hörte Clay die altvertraute Stimme, die aus dem Radio im Lieferwagen erklang.

»Das war's also. Die Zeit ist gekommen, meine Brüder. Bis jetzt war es eine tolle Reise, aber denkt dran, das ist kein Abschied von euch, den Getreuen. Ihr wisst, wo ihr mich finden könnt. Ich gehe nicht weg.«

Brads Stimme verstummte genau in dem Moment, als eine dunkle Wolke am Himmel vorüberzog und es zu regnen begann. Clay genoss die Tropfen auf seiner Haut. Es fühlte sich richtig gut an. Sauber.

»Was ist los mit dir, mein Junge? Mach, dass du ins Haus kommst.« George kehrte gemächlich zu seinem Wagen zurück. »Du bist ungefähr der Einzige, von dem ich befürchte, er könnte sich im Regen tatsächlich auflösen.«

»Ich glaube, mir passiert nichts. Wir sehen uns morgen, George.«

Clay blieb noch einen Moment in dem dunstigen Regen stehen, in der Hoffnung, Amber würde herauskommen und ihren Teppich holen.

Nach einer Weile kehrte er in seinen stillen Laden zurück, wo das erstarrte Bild von Barbara Stanwyck in den Armen von Gary Cooper seine einzige Gesellschaft war.

* * *

»Na gut«, sagte Amber und schloss das Fenster. »Ich schätze, Stürme ziehen hier nicht einfach weiter, Mr Joe.« Es regnete seit dem späten Vormittag, aber das machte ihr nichts aus. Der Regen half ihr, an einem Ort zu bleiben und nicht die ganze Zeit wegzugehen. Sie hatte die schlechte Angewohnheit, vor Aufgaben und Verpflichtungen davonzulaufen.

Anders als der Typ von unten. Clay Walsh. Ob Sonne oder Regen, der Mann war wie ein Uhrwerk.

Sie konnte zumindest sagen, dass er das Geschäft selten verließ, nachdem er es betreten hatte. Sie hatte beobachtet, wie er einen Spiegel aus dem Lieferwagen des gesprächigen Mannes gekauft hatte. Er hatte eine Weile lang im Regen gestanden. Aber eine Mittagspause? Einen Ausflug in die Stadt? Das hatte sie bei ihm noch nicht erlebt.

Mr Joe sprang in ihre Arme. Sie deutete rundherum. »Na, was meinst du?« Sie hatte jetzt alles ausgepackt und musste lediglich die Kartons auf den Müll bringen. Sie hatten schon zu viele Umzüge mitgemacht und wurden nur noch notdürftig von Klebeband zusammengehalten. Es war Zeit für neue Kartons, aber nicht heute.

Sie stellte das leere Glasgefäß auf die Küchentheke, sodass sie es immer sehen konnte, wenn sie kam oder ging. Ihre Lampe stand neben dem Sofa, wo sie gern las. Ihr Fernseher – keiner von der Flat-Screen-Sorte – befand sich auf einem kaputten Tisch, der mit zwei Büchern gestützt werden musste.

Sie drückte einen Kuss in Mr Joes Fell. »Ja, das finde ich auch. Nicht schlecht.« Karg und einfach, aber nicht schlecht.

Mr Joe sprang aus ihren Armen und trottete zu seinem Wassernapf.

»Gute Idee. Ein regnerischer Tag. Eine neue Unterkunft. Alles, was ich brauche, ist eine Tasse Tee.«

Sie füllte ihre Teekanne, die wahrscheinlich der älteste Gegenstand war, den sie besaß. Sie hatte ihrer Urgroßmutter gehört. Und man erzählte sich, sie habe sie von dem legendären Banditen Jesse James gestohlen. Aber dieses Detail der Geschichte war noch unbestätigt. Vor allem, da der größte Teil ihrer Familie nicht mehr lebte. Sie glaubte, einen Cousin in Tampa zu haben, aber auch das blieb bisher unbestätigt.

Amber stellte die alte Blechkanne auf den Herd. Wahrscheinlich bekam sie im Lauf der Jahre eine Bleivergiftung davon, aber das war ihr egal. Ihr gefiel die Kanne. Sie war klein und passte gut in eine Kiste, was man von allem anderen in ihrem Leben eher nicht sagen konnte. Sie drehte das Gas auf. Aber es war kein Klicken zu hören. Sie versuchte es noch einmal. Es kam keine Flamme.

Dann benutzte sie ihre übliche Methode, wenn etwas nicht funktionierte: Sie schüttelte den Herd.

»Ja, und?«, fragte sie Mr Joe, der dasaß und sie beobachtete. »Normalerweise funktioniert es. Mindestens in der Hälfte aller Fälle. Natürlich kann ich meinen Vermieter normalerweise nicht leiden, deshalb ...« Sie zuckte die Achseln, als sie an Mr Joe vorbeiging. »Er hat selbst gesagt, ich soll ihn anrufen, wenn ich etwas brauche.«

Amber fand seine Nummer ordentlich auf ein Stück Papier auf der Theke notiert. Sie tippte mit den Fingern auf die Resopalplatte und sah auf die kleine Uhr an der Wand. Es war bereits nach 21 Uhr. »Es ist spät. Es regnet. Es wäre irgendwie gemein von mir, ihn aus dem Haus zu holen und ...« Sie lachte, als sie wieder an dem Kater vorbeiging. »Wir beide wissen es. Ich werde ihn anrufen.«

Amber griff zum Telefon und wählte die Nummer.

»Hallo?«

»Hier ist Amber.«

Stille.

»Die Frau, die oben wohnt, Stress-Mann.«

»Ja, natürlich. Ja.«

»Mein Herd funktioniert nicht.«

»Ich bin sofort da.«

»Danke.«

Amber legte den Hörer auf und starrte Mr Joe an. »Meinst du, er wird wieder ganz ...?« Sie wedelte mit den Händen herum. »Du weißt schon, sich so steif verhalten und distanziert und doch freundlich?« Es war schwer zu beschreiben. Sie begann, auf und ab zu tigern. »Und dann macht er diese Sache mit seiner Hand, er fährt sich durchs Haar und macht es unordentlich. Noch unordentlicher. Und gerade dann, wenn ich denke, er beachtet mich nicht, lächelt er mich an.« Sie blieb stehen und stützte die Hände in die Hüften. »Sehr verwirrende Signale, das kann ich dir sagen. Es ist, als würde er vier verschiedene Körpersprachen sprechen.«

Sie seufzte, ließ sich aufs Sofa fallen und dachte laut weiter. »Wenn er sich im Gesicht kratzt und zu Boden starrt, weiß ich nicht, ob er damit sagen will: ›Du hast die Pest‹ oder ›Ich möchte mit dir ausgehen‹.«

Sie warf einen Blick zum Fenster, in der Hoffnung, den Widerschein runder Truckscheinwerfer auf dem Glas zu entdecken. Bis jetzt war nichts davon zu sehen. Mr Joe machte es sich auf ihrem Schoß gemütlich.

»Sag mir die Wahrheit, Mr Joe. Liegt es an mir? Ich weiß, ich bringe das Seltsame in den Menschen zum Vorschein. Und wir wissen beide, dass ich eine lange und düstere Vergangenheit besitze, in der ich das Schlimmste in Männern zum Vorschein gebracht habe.«

Scheinwerferlicht.

Dann hörte sie leise Schritte, die nach oben zu ihrer Wohnung kamen. Sie holte tief Luft und öffnete die Tür.

Clay stand davor, in den Händen einen Regenschirm, einen Werkzeugkasten und eine Decke. Der Regen fiel sanft und kalt herab und war einen Moment lang das einzige Geräusch zwischen ihnen. Dann öffnete sie die Fliegengittertür und trat zur Seite.

»Kommen Sie herein?« Sie machte eine einladende Handbewegung. Vielleicht war es das, worauf er gewartet hatte.

Aber er bewegte sich nicht.

»Soll das ein Scherz sein?«

Er lächelte nur und streckte ihr den Schirm und die Decke entgegen. Amber presste die Lippen aufeinander. Dieser Mann meinte es ernst. Zuerst hatte sie vermutet, seine »Theorie« wäre seine misslungene Vorstellung von einem Aufreißerspruch. Aber er wollte tatsächlich nicht allein mit ihr in der Wohnung sein.

Sie trat auf den Treppenabsatz hinaus und er gab ihr den Schirm. Als Nächstes händigte er ihr die Decke aus. Sie legte sie sich über die Schultern, wobei sie ungeschickt versuchte, den Regenschirm im Gleichgewicht zu halten. Mr Joe starrte Clay durchdringend an, als er in die Wohnung trat, und er starrte zurück. Die Fliegengittertür fiel zu. Und so stand sie draußen auf dem Treppenabsatz vor ihrer Wohnung, im Regen, und beobachtete, wie der Stress-Mann ihren Herd reparierte.

Er zog den Herd nach vorn und machte sich an die Arbeit. Es regnete unvermindert weiter, aber seltsamerweise spürte sie weder Kälte noch Feuchtigkeit. Sie fühlte sich ... sicher.

Er arbeitete ruhig, als machte es ihm Spaß, herauszufinden, wo der Fehler lag, und ihn zu beheben. Offenbar war er nicht besonders gesprächig.

Amber trat ein wenig näher an das Fliegengitter, den Schirm immer noch fest in der Hand. »Nichts für ungut«, sagte sie, »aber ich glaube, ich könnte Ihnen widerstehen.«

»Davon bin ich überzeugt.« Sie hörte das Lächeln in seiner Stimme.

»Aha. Aber Sie könnten mir nicht widerstehen – ist das der Knackpunkt?«

Er warf ihr einen Blick zu, gab aber keine Antwort.

»Also«, fuhr sie fort, »was ist mit dieser Theorie, die Sie da haben? Ich bin neugierig.«

»Sie sind gelangweilt.«

Amber machte ein böses Gesicht. »Sagen Sie mir nicht, was ich bin.«

Der blöde Typ aus dem Radio und seine Äußerungen über gelangweilte Frauen kamen ihr in den Sinn. Sie verschränkte die Arme.

Clay schaute zu ihr und wirkte ernsthaft zerknirscht.

Sie deutete eine Segensgebärde an. »Ich verzeihe Ihnen.«

»Sind Sie religiös?«, fragte er, während er seine Arbeit fortsetzte.

»Eher spirituell.« Wie sollte sie das erklären? »Ich glaube an Gott. Aber das heißt nicht, dass ich alles glaube, was in der Bibel steht und so.«

»Und an welche Teile der Bibel glauben Sie?«

Sie wollte jetzt keine religiöse Diskussion. Sie wollte ... mehr über ihn wissen. »Ihre Theorie – erzählen Sie mir davon. Das interessiert mich.«

Mit misstrauischem Blick griff er nach einem Schraubenschlüssel.

»Wenn Sie mich zwingen, noch einmal danach zu fragen, komme ich hinein, Ihre Theorie hin oder her.« Und um ihre Entschlossenheit zu demonstrieren, legte sie die Hand auf den Türgriff.

»Schon gut, schon gut.« Er lachte leise.

»Legen Sie los.« Sie bewegte den Griff.

»Wenn Sie diese Tür öffnen, erhöhe ich Ihre Miete.«

Ihre Hand wich zurück, aber sie warf ihm den finstersten Blick aus ihrem Repertoire zu. »Ich habe Ihnen erzählt, was ich mit meinem letzten Vermieter gemacht habe. Ich werde Sie niederschlagen.«

Zum ersten Mal hörte sie ihn richtig auflachen. Und es war ein gutes, herzhaftes, freundliches Lachen. Es steckte sie an.

»Sie wollen also nicht mit einer Frau allein sein.«

»Das ist der Plan«, sagte er und wandte sich wieder seiner Arbeit zu.

»Nirgendwo?«

»In vernünftigem Rahmen.«

»Was soll das heißen?«

»Draußen im Freien ist das in Ordnung. In der Öffentlichkeit. Ich gehe nicht so weit, dass ich das gemeinsame Alleinsein in einem Auto oder einem Aufzug oder an ähnlichen Orten vermeide.« Er machte wieder diese kleinen Gesten – kratzte sich kurz im Gesicht, fuhr sich schnell durchs Haar. »Das ist nur ein kleiner Teil meiner Theorie.«

»Und die lautet?«

»Ich glaube nicht, dass diese Praxis, miteinander auszugehen, uns darauf vorbereitet, gute Ehemänner und -frauen zu werden, verstehen Sie?«

Sie verstand es eigentlich nicht. Aber er schien sich viele Gedanken darüber gemacht zu haben.

Er fuhr fort. »Was wir dabei lernen, ist, bei Verabredungen gut dazustehen. Das ist alles. Wir üben uns in der Oberflächlichkeit.«

»Wer sagt denn so etwas?«

»Ich.« Er lächelte leicht und selbstsicher.

»Miteinander auszugehen macht Spaß. Das Lächeln zu sehen, das man einem anderen ins Gesicht zaubert. Sich zum ersten Mal an den Händen zu halten. Neues zu lernen ...«

»Aber was lernen wir denn? Wir lernen, geistreich zu sein. Charmant. Romantisch.«

»Genau! Ja, ja, ja.« Seltsamerweise sprach er genau das aus, was sie dachte.

»Aber das ist alles nur Verzierung und nicht das Wesentliche.

Es genügt nicht. Zuerst sollte die Verbindlichkeit kommen, nicht andersherum.«

»Das hört sich eher an, als würden Sie sich darauf vorbereiten, Mönch zu werden.«

Er legte den Schraubenschlüssel beiseite und wandte sich ein wenig mehr in ihre Richtung. »Wollen Sie heiraten?«

Sie grinste. »Du liebe Güte, das geht alles so schnell. Ich weiß nicht. Ich muss ...«

»Sehr witzig. Ich meine irgendjemanden, eines Tages.«

»Klar.«

»Beschreiben Sie Ihren perfekten Ehemann. Wie wäre er?«

»Treu, ehrlich, er könnte gut mit Kindern umgehen und mit Geld, er wäre zärtlich, nachsichtig ... und auch geistreich, charmant und romantisch.«

»Was passiert, wenn die schweren Zeiten kommen? Und sie werden kommen. Die meisten Menschen gehen eine Ehe ein und haben nicht die geringste Ahnung, was sie tun können, damit sie hält. Also halten die meisten Ehen nicht. Und ich will auf keinen Fall geschieden werden.« Er blinzelte, dann griff er nach einem anderen Schraubenschlüssel. »Ohne Übung wird niemand in einer Sache gut. Alles, was ich jetzt tue, bereitet mich darauf vor, welche Art von Ehemann ich eines Tages sein werde. So Gott will.«

Amber seufzte. Dieser Mann war auf jeden Fall ein Meister darin, einen romantischen Moment abzufangen und kaputt zu machen.

»Es passiert nichts Magisches, wenn man vor den Altar tritt.« Er sprach einfach weiter, fast als wäre es nur der Herd, der ihm zuhörte. »Ob es uns gefällt oder nicht, wir werden als Verheiratete genau das tun, was wir auch als Singles getan haben.«

»Und was ist mit Sex?« Sie lächelte. Irgendwie wollte sie gern sehen, dass er bei diesem Wort zusammenzuckte.

Das tat er nicht. »Was soll damit sein?«

»Auch das braucht Übung.«

»Kein Kommentar.«

Amber drückte die Fliegengittertür nur so weit auf, dass er sie klar und deutlich hören konnte. »Keinen Sex zu haben macht Sie nicht zu einem guten Ehemann, finde ich.«

»Selbstbeherrschung zu üben aber vielleicht schon. In mehr als der Hälfte aller Ehen gibt es Untreue.«

Sie schloss die Tür wieder. Sie gab es ungern zu, aber sie war fasziniert. Wie bei einem schrecklichen Unfall, von dem man den Blick nicht abwenden konnte, aber trotzdem fasziniert. »Reden Sie also nur von richtigem Sex oder von ... jeder Art von ...« Was wäre das angemessene Wort für einen solchen Menschen? »... diesen Dingen?«

»Bei mir gibt es nur ganz oder gar nicht. Ihr Körper ist ein Tempel.«

»Das ist Ihnen also aufgefallen.«

Er lachte wieder, sagte aber nichts.

»Nicht mal ein kleines Küsschen?« Allmählich machte die Sache Spaß.

Er tippte sich auf die Wange. »Nur hier hin, bis die Hochzeitsglocken läuten.«

Du meine Güte. Dieser Kerl machte keine Scherze. Sie versuchte, es sich vorzustellen. Nur Küsschen auf die Wange. Nie miteinander allein sein. Es kam ihr so ... seltsam vor. Im Lauf der Jahre war sie schon vielen Leuten begegnet, aber niemandem, der so ... *überzeugt* war wie dieser Mann.

»Wie lange haben Sie diese Theorie schon?«, erkundigte sie sich.

»Neun Jahre.«

Neun Jahre? »Du lieber Himmel, das ist nicht normal!«

Er langte jetzt hinter den Herd und sein Körper reckte sich ungelenk, als müsse er mit einer Muskelzerrung rechnen.

»Also nur noch arrangierte Ehen«, protestierte sie.

»Das wäre auch nicht viel schlimmer, als es jetzt ist«, erklärte er. Sie konnte sein Gesicht immer noch nicht richtig sehen.

»Glauben Sie nicht daran, dass da draußen für jeden von uns der Richtige wartet? Ein Seelenverwandter?«

Clay beendete, womit er gerade beschäftigt war, was immer es auch sein mochte, und schob den Herd wieder an seinen Platz zurück. Er kniete vor seinem Werkzeugkasten und fing an, seine Werkzeuge wegzuräumen. »Ich glaube nicht, dass das Suchen unsere Aufgabe ist. Unsere Aufgabe ist das Werden. Wenn wir erst einmal der richtige Mensch sind, wenn wir bereit sind ...«

»Aber wenn Sie nie mit jemandem ausgehen, wie wollen Sie das dann wissen?«

Clay stand auf und drehte einen Schalter am Herd. Eine hübsche blaue Flamme entzündete sich.

Amber klatschte in die Hände und jubelte.

»Ich machen Feuer«, sagte er mit Caveman-Stimme.

»Mein Held.«

Dann nieste er. Drei Mal hintereinander. Er packte seinen Werkzeugkoffer und kam zur Tür. Er nieste wieder.

»Alles in Ordnung bei Ihnen?«

Wieder ein Niesen. »Oh ja.«

»Gut.«

»Jedenfalls«, sagte er, immer noch auf der anderen Seite der Fliegengittertür, »war das jetzt meine Theorie. Sie wollten sie hören.«

Er öffnete die Tür und sie versuchten ungeschickt, die Plätze zu tauschen, wobei sie ihm den Schirm und die Decke übergab. Dabei streiften sich ihre Finger ganz leicht. Davon abgesehen gelang ihnen der Wechsel irgendwie ohne Berührung. Jetzt befand sich Amber hinter der Fliegengittertür und er stand mit seinem Schirm im kalten Regen.

»Danke für die Aufklärung.«

Seine Miene wurde sanft. »Ich weiß, wie schräg das klingt.

Ich weiß, dass es lächerlich wirkt, Sie in der Kälte und im Regen draußen stehen zu lassen. Aber viele der Grenzen, die einmal allgemein galten und die wir über Bord geworfen haben, dienten zu unserem Schutz. Wir müssen nicht herumlaufen und uns gegenseitig ausnutzen und verletzen. So muss es nicht sein.«

Eine halbe Sekunde lang, so kurz wie ein aufleuchtender Blitz, ergab es einen Sinn, was er sagte. Aber nach einem Blinzeln war alles wieder sehr verwirrend.

»Gute Nacht«, sagte er.

»Gute Nacht.«

Und so leise, wie er gekommen war, nahm er wieder eine Stufe nach der anderen und verschwand. Gerade als sie die Tür schloss, hörte Amber ihn noch einmal niesen.

KAPITEL 5

»Als Erstes entfernst du die überschüssigen Blätter. Natürlich musst du den Eimer oder die Vase mit Wasser füllen, damit die Blumen frisch bleiben. Dann schneidest du die Stängel unten schräg ab, ungefähr fünf Zentimeter vom Ende entfernt. Nimm zwei Iris und dann zwei Rosen und füge sie als Quadrat zusammen. Siehst du, wie sie im Uhrzeigersinn angeordnet sind? Eine Iris, eine Rose, eine Iris, eine Rose. Das ist die Mitte. Jetzt hältst du das mal bitte, Trish, und ich füge weitere Iris um das Quadrat herum dazu. Das Ganze soll kuppelartig werden, so wie hier. Jetzt binde die Stängel mit der Schnur zusammen und schneide ein Band in dreifacher Länge der Stängel ab. Ein Ende steckst du in die Schnur und wickelst es nach unten um die Stängel. Das andere Ende kannst du zum Verzieren verwenden. Ich bin ein großer Anhänger von Schleifen.« Amber hielt den Strauß in die Höhe. »Wunderschön! Wie eine griechische Göttin.«

Die Inhaberin des Ladens, Carol, sagte: »Normalerweise stecken wir sie nur in eine Vase. Also okay, Sie sind eingestellt.«

»Hurra! Danke!« Amber quietschte vor Vergnügen. Sie hatte schon immer in einem Blumengeschäft arbeiten wollen.

»Normalerweise beschränken wir das Kreischen auf ein Minimum. Man könnte uns sonst irrtümlich für einen Schlachthof halten. Es verträgt sich auch nicht so gut mit meinem Kater, den ich auf Donnerstage und Samstage zu beschränken versuche. Aber Sie wissen ja, manches passiert eben einfach so.«

»Natürlich. Es tut mir leid.« Amber lächelte Carol an. Sie war gut über fünfzig, das verlebte Gesicht faltig von einem Übermaß an Sonne, Zigaretten und Alkohol. Ihr Haar, weiß und schütter, war im Lauf der Jahre häufig gefärbt worden. Aber ihre Augen wirkten jung und ihr Lächeln war freundlich. Amber konnte sich nicht beherrschen. Sie streckte die Arme aus, um sie zu umarmen.

»Schon gut, schon gut«, sagte Carol und klopfte Amber unbeholfen auf den Rücken. »Gut. Hören Sie zu, Amber, ich muss Ihnen sagen, dass sich in diesem Laden in sechs Monaten fünf Angestellte die Klinke in die Hand gegeben haben. Ich kann es mir nicht leisten, eine weitere zu verlieren. Sie haben doch die Absicht, eine Weile hierzubleiben, oder?«

Amber schluckte. Beständigkeit war nicht gerade ihre Stärke, aber Carol wirkte verzweifelt. »Ich verspreche Ihnen, dass ich Sie nicht im Stich lassen werde. Falls ich die Gegend verlassen muss, werde ich vorher dafür sorgen, dass Sie einen geeigneten Ersatz für mich haben.«

Carol musterte sie. »Hm. Sie sind also eine von denen.«

»Eine von welchen?«

Aber Carol reagierte nicht darauf. Stattdessen sagte sie: »Ich gehe mal eine rauchen. Trish, zeig Amber alles, was sie wissen muss, ja?«

Trish, die andere Verkäuferin im Laden, schien Anfang zwanzig zu sein. Sie hatte kastanienbraunes Haar, das sie in einem hübschen Kurzhaarschnitt trug. Sie besaß auch das passende Lächeln dazu.

Trish knotete einen gasgefüllten Ballon zu und grinste Amber an, als Carol nach draußen ging. »Du bleibst also nicht lange am selben Ort?«

»An manchen länger als an anderen.«

»Mensch, ich wünschte, ich könnte so leben. Ich gehöre zu den bedauernswerten Menschen, die Wurzeln schlagen. Ich bin hier so tief verankert, dass ich selbst dann noch da wäre, wenn die Stadt fortgeweht würde. Es muss Spaß machen, immer wieder etwas Neues anzufangen und wegzugehen, wann man Lust hat.«

»Es ist nicht immer die Lust, die das bestimmt. Manchmal ist es auch nötig, zu gehen. Aber bestimmte Voraussetzungen müssen erfüllt sein, zum Beispiel genug Benzingeld, um die Stadt zu verlassen.«

Trish seufzte. »Geld – es ruiniert alles. Auf jeden Fall bin ich froh, dass du hier bist, wie lange auch immer.«

»Ja, ich auch.«

»Großartig. Das feiern wir dann heute Abend, okay?«

Amber lachte. »Gern. Ich kann ein bisschen Gesellschaft vertragen.«

»Kennst du niemanden in der Stadt?«

»So langsam lerne ich ein paar kennen. Na ja, einen. Meinen Vermieter. Aber er ist ...«

»Vermieter. Das Wort allein deutet ja schon auf ein Machtverhältnis zu den eigenen Ungunsten hin.«

»Nein, so ist er nicht. Er ist ... anders.«

Trish wirkte besorgt. »Anders – wie der Serienmörder Jeffrey Dahmer?«

»Nein, nein. Einfach nur ... wie soll ich es beschreiben? Ich glaube, es gibt kein Wort dafür.«

»Na ja, ich kann es jedenfalls kaum erwarten, dir heut Abend die Stadt zu zeigen! Wir werden unseren Spaß haben.«

»Ich freue mich darauf.«

»Hast du eine Beziehung, irgendetwas in Richtung Fernbeziehung?«

»Nein, im Moment nicht.«

»Glaub mir – in unserer Stadt sind eine Menge Männer zu haben«, sagte Trish und wackelte mit den Augenbrauen. Sie deutete mit einem Nicken auf den Gips. »Kannst du damit arbeiten?«

»Kein Problem. Er behindert mich nicht.«

»Gibt's eine interessante Geschichte, warum du ihn hast?«

Amber schaute auf den Gips. »Nein, eigentlich nicht. Ich bin einfach ungeschickt.«

»Toll! Dann werden wir uns gut verstehen. Ich hab ungefähr zehn Vasen fallen lassen, seit ich hier arbeite.«

Amber lachte.

»Also gehen wir heute zum Brauhaus. An einem Donnerstag ist das normalerweise das beste Lokal, das man besuchen kann. Es gibt Getränke zum halben Preis. Und kostenlose Chicken Wings. Die Männer kommen scharenweise wegen der Chicken Wings. Ich weiß nicht, was diese minikleinen Flügel an sich haben, aber sie ziehen die Männer magisch an. Ich überlege, ob ich mir nicht ein Kleid daraus machen lassen soll.«

»Das klingt pikant.«

»Also gut, ich muss gehen und hinten Ballons sortieren. Wir bekommen gegen Mittag eine Lieferung Rosen. Meistens holen wir uns im Feinkostladen eine Kleinigkeit und essen hier im Laden. Wir haben einen riesigen Stapel Bestellungen, also nimm dir eine und los geht's. Später wirst du noch Eddie kennenlernen. Er ist dafür zuständig, die Blumen in der ganzen Stadt zuzustellen. Noch Fragen?«

»Ich komme klar.«

Trish zeigte auf den Strauß in ihren Händen. »Ja, das stimmt. Und vergiss das nicht: Jede Frau, die sich von der griechischen Mythologie inspirieren lässt, wenn sie Blumen arrangiert, hat eine besondere Gabe.«

Trish verschwand nach hinten. Amber drehte die Blumen in ihrer Hand und berührte ihre zarten Blütenblätter. Der Duft war überwältigend. Ein Hauch davon genügte und sie wurde an einen traumhaften Ort versetzt, mit einem traumhaften Typen in einem traumhaften Werbespot für Parfüm.

Es war lange her, seit ihr das letzte Mal jemand Blumen geschickt hatte.

Neben ihr lag der Bestellblock. Sie nahm ihn und schrieb sich selbst eine Bestellung aus. Mit vielen Iris.

* * *

Zum ersten Mal, seit Amber eingezogen war, konnte Clay ihre Schritte nicht hören. Und ihr Auto war nicht da.

Sein Laden war immer ein Zufluchtsort für ihn gewesen, still und friedlich. Aber seltsamerweise kam er sich nun einsam darin vor, und das einzig und allein deshalb, weil seine Mieterin nicht daheim war.

Die Türglocke läutete. Er nahm an, es wäre Lisa, die mit Cosies neuem chinesischem Vokabular angeben wollte, und er wappnete sich innerlich gegen die kindlichen Launen. Cosie beherrschte unzählige Arten, sie auszudrücken. Schreiend auf dem Boden zu liegen gehörte ebenso dazu wie beharrliches Schweigen. Sie war auch bekannt dafür, Gegenstände kaputt zu machen, aber in seinem Geschäft war das noch nicht vorgekommen. Er und Cosie schienen eine Abmachung zu haben. Solange er über ihren Unfug lachte, versprach sie, seine Sachen nicht zu beschädigen. Bis jetzt klappte das ganz gut.

Clay ging nach vorn. Der Gast stellte sich als der alte Mann heraus, der den Schaukelstuhl zur Reparatur gebracht hatte. Er hatte weder seinen Namen noch seine Adresse hinterlassen und einfach nur darum gebeten, dass der Stuhl wieder in Ordnung gebracht wurde.

»Hallo. Er ist komplett fertig. Ich hole ihn für Sie.« Er eilte nach hinten und kehrte mit dem Schaukelstuhl zurück, gespannt auf die Reaktion. Sie war jede Mühe wert. Das Gesicht des alten Mannes leuchtete auf, als sein Blick auf den Stuhl fiel. Clay stellte ihn mitten im Laden ab. Der Mann beugte sich darüber, fuhr mit den Fingern über den Rand und durch die Latten. Er nahm ihn hoch, drehte ihn um und seine Augen nahmen jedes Detail auf.

Dann stellte er ihn wieder ab und ließ ihn sanft vor und zurück schaukeln.

Clay stand ein paar Meter entfernt und hoffte, sämtliche Erwartungen erfüllt zu haben. Als der Mann sich aufrichtete, lächelte er und schüttelte Clays Hand. »Sieht großartig aus, mein Freund.«

»Danke. Ich heiße Clay Walsh.«

»Bert Bellman.« Er deutete auf den Schaukelstuhl. »Sie haben gute Arbeit geleistet. Wunderbar poliert und die Farbe ist perfekt. Diese Latten passen genau.«

»Dieses schöne Stück schien mir einige Mühe wert zu sein.«

»Mein älterer Bruder Raymond ist letztes Jahr gestorben. Das ist das Einzige, was ...« Bert räusperte sich. »Wie dem auch sei, mein Vater hat auf den Feldern von West Virginia gearbeitet. Bei der Ölförderung. Direkt vor Morgantown. Sie lebten in einem Zelt.«

Clay lehnte sich an die Theke und wartete gespannt auf Berts Erzählung. Es gehörte zu den großen Freuden seines Berufs, etwas von der Geschichte der Schätze zu erfahren.

»Meine Mutter und mein Vater und mein Bruder – in einem Zelt. Die meisten Familien in der Gegend dort lebten so – so war es eben. Als Raymond drei Jahre alt war, brach ein Feuer aus. Meine Mutter war mit mir schwanger, mein Vater war auf dem Feld. Es breitete sich so rasch aus ... und das Einzige, was meine Mutter außer meinem Bruder noch schnappen konnte, war dieser Stuhl. Das ist alles.«

»Alle Achtung, das ist eine großartige Geschichte«, sagte Clay. »Ich habe gleich gespürt, dass dieser kleine Stuhl etwas Besonderes ist.«

»Besitztümer haben keine große Bedeutung, wenn man sie unabhängig davon betrachtet, wem sie gehören und welche Rolle sie für denjenigen spielen. Dieser Schaukelstuhl hat meine Familie immer daran erinnert, was sie alles bewältigen kann.«

Clay nickte und fragte sich, welcher Gegenstand das in seinem Leben wäre.

»Sie und Ihre Frau – Sie werden alt, die Kinder werden aus dem Haus gehen und Sie werden jeden einzelnen Gegenstand in Ihrem Haus betrachten und eine Erinnerung damit verbinden.«

»Ja ... na ja, ich bin nicht verheiratet.« Clay betrachtete den Schaukelstuhl. »Aber ich höre so gern die Geschichte der Stücke, die ich restauriere. Mir gefällt der Gedanke, dass hier etwas vererbt wird.«

»Der Gedanke, was?« Bert lachte leise. »Na, wenn Sie ein Erbe hinterlassen wollen, dann dürfen Sie nicht nur ein Beobachter sein, mein Lieber. Sie müssen auch ein bisschen was einstecken, so wie dieser alte Schaukelstuhl.«

Clay schüttelte seine Hand. »Ich werd's mir merken.«

Bert verließ das Geschäft und trug den Stuhl wie ein Neugeborenes vor sich her. Clay blieb noch einen Moment lang stehen und spürte, wie allein er war und wie still es im Laden geworden war. Er hatte bereits ein Erbe hinterlassen. Vielleicht brauchte die Welt kein zweites von Clay Walsh.

Er beschloss, hinauszugehen und die Post zu holen. Vielleicht fehlte ihm nur ein wenig Sonnenlicht.

Aber die Worte des Mannes folgten ihm zur Tür hinaus. In Wirklichkeit bedeutete Clay die Vorstellung, etwas zu vererben, sehr viel. Er wollte Gedanken und Werte hinterlassen, die ihn überdauerten. Der Fortbestand des Lebens war etwas Tröstliches. Aber die Suche nach einem Weg, es zu bewahren, war mit einem Risiko verbunden. Er hielt es für das Beste, sich von der Gefahrenzone fernzuhalten.

Wieder zurück in seinem Arbeitsraum sah er die Rechnungen durch und verharrte bei dem handbeschriebenen Umschlag, auf dem sein Name in verschlungener, zittriger Schreibschrift stand. Er riss ihn auf. Er enthielt einen einzelnen Teebeutel.

Er schob den Teebeutel zurück in den Umschlag und umklammerte ihn. *Das hier. Von ihr.* Es war genau das, was er brauchte. Und genau zur richtigen Zeit, wie gewöhnlich.

»Dies ist der Tag, den der Herr macht.«

»Ich will mich freuen und fröhlich an ihm sein.«

Tante Zella lächelte zustimmend und legte den Teebeutel in eine winzige Porzellantasse. Sie ging auf die achtzig zu, darum war es immer aufregend, ihr zuzusehen, wie sie den Kessel vom Herd zum Tisch trug und das Wasser in die Tassen schüttete. Aber Clay wusste nur zu gut, dass er unter keinen Umständen seine Hilfe anbieten durfte.

Trotz kleiner Schwierigkeiten beim Zielen gelangte Wasser in beide Teetassen und Tante Zella nickte zufrieden. Sie setzte sich zu ihm an den kleinen Küchentisch, wo die Butter immer in Zimmertemperatur aufbewahrt wurde, direkt neben ihrem Pillendöschen.

Clay ließ seinen Tee ziehen. »Schön, dich zu sehen, Tante Zella.«

»Also, erzähl mir alles.«

»Erzähl du mir alles.«

»Hast du uns unsere Dosentomaten mitgebracht?«

Clay räusperte sich. *Uns* und *unsere* waren so unscheinbare Wörter, aber wenn sie damit sich und ihren toten Ehemann meinte, waren sie ein wenig besorgniserregend.

Tante Zella wandte sich dem gerahmten Bild auf der Ablage zu. »Er hat es vergessen, Lloyd. Wieder einmal.«

»Es macht mir Angst, wenn du das tust«, sagte Clay.

»Dann hör nicht hin.«

Clay gab sich alle Mühe. Es lag ja nicht daran, dass sie alt und senil wurde. Sie unterhielt sich schon jahrelang mit Lloyd, seit damals, als er gestorben war.

Er schaute sich im Raum um. Überall gab es Fotos von Lloyd. Geburtstagsfeiern. Lloyd Anfang zwanzig in seiner Armeeuniform. Lloyds Nachruf. Jede Gedenkfeier, die sie je abgehalten hatten. Über dem Hochzeitsfoto auf der Küchentheke hing ein dünnes Lederhalsband mit einem handgefertigten Jerusalemkreuz aus Zinn.

Tante Zella schlug Clay auf die Hand. »Ich kann es einfach nicht glauben, dass du schon wieder die Tomaten vergessen hast.«

»Ich hab die Wohnung oben vermietet, die, zu der die Treppe hinaufführt.«

»Nein, Lloyd möchte sich über Tomaten unterhalten.«

»An eine Frau.«

Plötzlich machte Tante Zella einen langen, keuchenden Atemzug. Es folgte ein Erstickungsgeräusch. Ihr Kopf fiel auf den Tisch und sie erschlaffte.

Clay hob ihren Arm an, aber er fiel auf den Tisch zurück. »*Endlich*. Ich dachte schon, die alte Schachtel würde nie abtreten. Ich frage mich, wo sie ihre Wertsachen aufbewahrt.«

Tante Zella stand auf und ging zum Schrank, um eine Tüte Kekse zu holen.

»Es ist ein Wunder«, sagte Clay und trank einen Schluck von seinem Tee.

»Ist sie hübsch?«

»Reden wir lieber über Tomaten.«

Clay beobachtete, wie sie sich abmühte, die Tüte zu öffnen. Er musste sich beherrschen, nicht aufzuspringen und ihr zu helfen, aber er wusste, wie wichtig ihr ihre Selbstständigkeit war. Sie weigerte sich, um Hilfe zu bitten.

»Wie geht es damit?«, fragte er, als er sah, wie sie ihre Finger anspannte. Sie stand einen Moment lang da, starrte aus dem Küchenfenster, die Kekstüte in der Hand. Dann wandte sie sich zum Tisch und drückte sie ihm wortlos in die Hand. Ihre Unterlippe zitterte.

Clay stand auf, griff nach einer Creme im Regal und zog

Tante Zellas Stuhl nach hinten. Als sie sich frustriert darauf niederließ, drückte er etwas Creme in seine Handfläche, nahm ihre Hand und massierte sie sanft ein. In seiner Nähe entspannte sie sich langsam.

Nach einer Weile öffnete sie die Augen. Sie saßen schweigend beieinander, wie sie es manchmal taten. Es machte ihr Freude, die Kolibris vor dem Fenster zu beobachten. Doch heute lag ihr Blick auf ihm.

»Das ist nicht dein Schicksal, weißt du«, durchbrach sie die Stille.

»Wie bitte?« Manchmal war Tante Zella geistig so rege wie eine Dreißigjährige. Zu anderen Zeiten verlor sie immer wieder den Faden. Und manchmal war beides nicht voneinander zu unterscheiden.

»Was mit deinen Eltern passiert ist«, ergänzte sie.

Clay seufzte. Er hatte wirklich keine Lust, darüber zu reden. »Es ist nichts mit ihnen passiert. Es war ihre eigene Entscheidung.«

Er dachte nicht mehr sehr oft daran. Er war jetzt erwachsen. Jeder von ihnen lebte sein eigenes Leben. Aber mit acht Jahren war es ihm vorgekommen, als bräche seine ganze Welt zusammen. Und irgendwie war er nach und nach nicht mehr ihr Sohn gewesen, sondern eine Waffe, die sie gegeneinander einsetzten. Seine Mutter benutzte ihn, um seinen Vater von weiteren Affären abzuhalten. Und für seinen Vater wurde er zur Ausrede, um weiterhin Affären zu haben. Die ganze Zeit über hatte er sich nie ungeliebt gefühlt. Aber er sah, was der Mangel an Liebe einem menschlichen Wesen antun konnte und wozu ein Mensch dem anderen gegenüber fähig war, wenn die Liebe fehlte.

Geliebt wurde er zwar immer, doch mit der Erziehung haperte es. Sobald die Scheidung in Gang geraten war, schien sie eine neue Epoche einzuläuten, in der alles erlaubt war. Aus dieser Epoche hatte er nur sehr schwer einen Weg herausgefunden.

Tante Zella nahm seine Hand. »Da draußen gibt es keine Regel, die nicht von der Liebe gebrochen würde. Im guten wie im schlechten Sinn.«

Sie besaß die Gabe, ihn zu durchschauen und direkt in sein Herz zu blicken.

»Liebe hat nichts damit zu tun. Es geht nur um die Miete.«

Sie trank wieder einen Schluck von ihrem Tee. »Das sagen sie immer.«

* * *

Von außen wirkte das Brauhaus klein, fast wie eine Hütte im Wald. Im Inneren befand sich eine bunte Mischung aus jungen Studenten und einigen älteren Stammgästen. Zwei Billardtische standen auf der anderen Seite des Raums. Sie bildeten die einzigen Rechtecke inmitten der kreisförmigen Gruppen der Gäste. Eine Jukebox spielte Maroon 5. Die Tische an der Bar waren voll besetzt mit einer lärmenden Schar, die Geburtstag feierte.

Amber, Trish und Carol saßen irgendwo in der Mitte an einem Bistrotisch, weit genug von der Musik entfernt, um sich noch unterhalten zu können, und nah genug an der Bar, um das klirrende Geräusch von Eis an Glas hören zu können. Trish hatte ihr Gesicht mit einer doppelten Portion Make-up versehen. Ihre vollen Lippen, knallrot wie eine Ampel, lächelten kokett, wenn ein Mann vorbeikam. Ihre hübschen Rehaugen waren schwarz umrahmt. Amber hatte versucht, sich zu schminken, aber sie beherrschte diese Kunst nicht allzu gut, zumindest nicht den aktuellen Stil. Ein wenig Lippenstift und ein Hauch Wimperntusche genügten ihr.

»Hey«, sagte sie und stieß Trish an. »Signier meinen Gips!«

Trish grinste, als Amber ihr einen Stift reichte. »Ich dachte schon, du würdest mich nie dazu auffordern.«

»Carol?«

Carol winkte einer Kellnerin zu. »Ich unterschreibe gar nichts. In meinen ersten drei Ehen hab ich ein paar schlechte Erfahrungen damit gemacht.«

»Ich unterschreib ihn dir.«

Sie schauten alle drei auf und bemerkten, dass ein recht attraktiver Mann an ihrem Tisch stand. Sein Körper neigte sich ein wenig nach links und sein Blick schwankte zwischen intensiv und weggetreten. Er blinzelte ständig und sein Lächeln richtete sich auf Dinge wie die Getränkekarte und das Poster an der Wand. Dann gelang es ihm, sich auf Amber zu konzentrieren. »Ich unterschreib dir alles, was du hast.« Die Worte kamen leise über seine Lippen, als würden sie es kaum aus seinem Mund schaffen.

Carol riss Trish den Stift aus der Hand und erhob ihn wie ein Messer. »Verschwinde, Tarzan.«

Der Mann trat zurück, schlug sich an die Brust und fing an zu husten.

»Verzieh dich in deine Höhle«, befahl Carol und schließlich zog sich der Mann zurück. Sie betrachtete Trish und Amber. »Ich möchte euch etwas sagen, Mädels. Klar, es macht Spaß, mit solchen Typen zu spielen. Aber ihr müsst in der echten Welt eine Probefahrt mit ihnen machen. Versteht ihr, was ich meine? Hier drin, da gibt es grelle Lichter und laute Musik und jede Menge andere Sachen, die den Blick verschwimmen lassen, ja? Ich spreche aus Erfahrung. Aus zu viel Erfahrung.« Sie sah auf den Stift in ihrer Hand. »Oh, na gut. Ich signiere ihn.«

»Danke«, sagte Amber und schob ihren Arm über den Tisch.

Carol setzte zum Schreiben an, legte dann den Kopf zur Seite und zog die Augen zusammen, um etwas auf dem Gips zu lesen.

»Tut mir leid«, sagte Amber, »einer meiner Bekannten ist manchmal ein bisschen krass.«

»Nein, das ist es nicht, was ich ... Steht hier *Clay Walsh*?«

»Ja.«

»Clay Walsh von *Old Fashioned? Der* Clay Walsh?«

»Ich hab die Wohnung über seinem …« Amber sah, wie Trish und Carol sich gegenseitig angrinsten. »Was ist denn?«

Carol gab ihr den Stift zurück und leerte ihr Bier. »Hat er dich schon mit seinen Theorien beeindruckt?«

Sie wusste, dass es ihr nicht gelingen würde, die Wahrheit zu verbergen, egal, welche Miene sie aufsetzte, also versuchte sie es erst gar nicht. »Kennt ihr ihn?«

Trish schüttelte den Kopf, aber Carol nickte. »Ich bin ihm eigentlich nur einmal begegnet. Er ist ein seltsamer Typ. Früher war er ein ziemlicher Aufreißer.«

»Ein Aufreißer?«

»Ein paar Mädchen, die vor Jahren bei mir gearbeitet haben, sind während des Studiums mit ihm ausgegangen. Sie hatten … einiges zu erzählen. Gute Geschichten. Aber diese DVDs mochte ich nie.«

»DV –?«

Als plötzlich ein Tarzanschrei ertönte, drehten sie sich alle um. Der Betrunkene von vorhin befand sich auf der Tanzfläche und winkte zu ihnen hinüber.

Amber sah zu Trish. »Ich glaube, der meint dich.«

Trish grinste, sprang von ihrem Hocker und eilte zu ihm.

Auch Carol winkte, aber das galt nicht »Tarzan«. Sie wollte immer noch eine Kellnerin auf sich aufmerksam machen. Schließlich gab sie es auf. »Man muss unter dreißig sein, um hier von irgendjemandem beachtet zu werden. Ich komme gleich wieder. Willst du irgendetwas?«

»Nein, danke.«

Clay. Ein seltsamer Typ – das passte. Aber ein Aufreißer? Carol kannte offenbar eine andere Seite an ihm als Amber. Sie seufzte und beobachtete die Leute. Und dann fiel ihr etwas auf. Sämtliche junge Menschen verausgabten sich auf der Tanzfläche. Und sämtliche Ältere hielten sich an der Bar auf – allein.

Carol stand am Ende und wurde von einem besetzten Stuhl nach dem anderen ausgebremst. Es war ihr nicht möglich, irgendjemandes Aufmerksamkeit zu gewinnen. Sie warf einem Mann in der Nähe ein Lächeln zu. Er wandte nur den Blick ab.

War das die Situation, mit der Amber in zehn Jahren rechnen konnte? Allein an einer Bar zu sitzen und zu hoffen, dass jemand ihr ein Lächeln schenkte? Nicht in der Lage zu sein, den Barkeeper auf sich aufmerksam zu machen? Betrunkene abzuwehren, wenn die jungen Mädchen zu naiv waren, um zu wissen, worauf sie sich einließen?

Carol kehrte mit zwei Bier zurück. »Du siehst aus, als könntest du etwas zu trinken brauchen. Ich mein' ja nur.«

»Danke«, sagte Amber, beschränkte sich aber darauf, mit den Fingern über die Flasche zu fahren.

»Was beschäftigt dich?«

»Warst du wirklich drei Mal verheiratet?«

»Vier Mal. Aber eine Ehe wurde annulliert.«

»Manchmal macht es mir Angst, allein zu sein. Aber manchmal ... macht es mir Angst, es nicht zu sein.«

Carol zog eine Zigarette und ein Feuerzeug hervor und schob sie in ihre Hemdtasche. »Ach, weißt du, Süße, nach einer Weile wird dir klar, dass sie alle gleich sind.«

»Wer?«

»Die Männer. Sie haben immer nur das Eine im Kopf. Manche können es nur besser verbergen als andere. Und manche wissen wenigstens, wie man einen guten ersten Eindruck macht. Jim und Ronny, diese beiden – ich hab sie tatsächlich mit nach Hause genommen und meinen Eltern vorgestellt. Ich war total verliebt, das kann ich dir sagen.«

»Was war mit dem dritten?«

»Ich weiß auch nicht. Er hatte ein Motorrad und jeder nannte ihn Cupcake.« Sie warf Amber einen Blick zu. »Ich habe eine Schwäche für Süßes und Harleys.«

»Und was war mit dem vierten?«

Carol schien in ihre Erinnerungen einzutauchen und dann mit einem leichten Lächeln, gefolgt von einem winzigen Stirnrunzeln, wieder zurückzukehren. »Dimitri.«

»Dimitri. Jim, Ronny, Cupcake und Dimitri.«

»Er war ein ehemaliger russischer Balletttänzer.«

Amber lachte. »Im Ernst? Und was war das für eine Geschichte mit ihm?«

Carol beugte sich vor, dichter an Amber heran. Ihre Augen glänzten und ihr Blick wurde weich, als sie von den guten Erinnerungen sprach. »Er war hinreißend. Pechschwarze Haare, eisblaue Augen. Gemeißelte Züge, als wäre er einem Schwarz-Weiß-Film entsprungen. Und sein Akzent! Die Art, wie er tanzte. Und wie er mich in den Armen hielt.«

»Aber das war die Ehe, die annulliert wurde?«

Die harten Kanten, die Carol ausmachten, traten wieder hervor. »Das, mein Kind, kann dir passieren, wenn du beschließt, dir genau das Gegenteil von dem zu suchen, was du selbst bist. Verstehst du? Der Mann ist eine Herausforderung. Ein hoffnungsloser Fall. Er sieht die Welt völlig anders als du. Es ist alles aufregend und anders und dann ...«

»Und dann?«

»Dann merkst du, dass du es nicht ausstehen kannst, wie er seinen Kaffee kocht. Und dann könnt ihr euch gegenseitig nicht mehr ausstehen.« Carol sprang von ihrem Barhocker. »Dieses ganze Gerede über Männer und Cupcakes ... jetzt brauche ich erst einmal frische Luft, und mit frisch meine ich Nikotin.« Sie zwinkerte Amber freundlich zu und schlenderte davon.

Amber war keine zehn Sekunden allein, bevor ein Mann zur Stelle war und den Barhocker für sich beanspruchte. Er stellte sich als Mike vor. Amber lächelte und nickte, aber sie hatte immer noch Carols Worte im Ohr, die alles andere überlagerten.

KAPITEL 6

»Clay, mein Lieber, kommen Sie her!«

»Hallo, Mrs Bronston.« Clay schob seinen Einkaufswagen durch den Gang mit den Frühstücksflocken auf sie zu.

»Haben Sie sich ein neues Coupon-Buch geholt?«

Clay hielt es in die Höhe. »Da sind sie alle fein säuberlich untergebracht, so wie Sie es mir geraten haben.«

Mit zittriger Hand tätschelte sie seinen Arm. »Gut, gut. Haben Sie gesehen, dass es heute zwei Dosen Schinken für einen Dollar gibt? Und mit dem Coupon aus der Zeitung bekommen Sie sie für einen Vierteldollar. Einen Vierteldollar!«

»Sehr schön.«

Mrs Bronston stützte sich schwer auf ihren Stock, ihre Hand immer noch auf Clays Arm. »Clay, mein Lieber, Sie wissen, wie sehr es mich freut, Sie jeden Samstagmorgen hier im Supermarkt zu treffen.«

»Ich benutze das Einkaufen nur als Vorwand, in der Hoffnung, Ihnen wieder zu begegnen.«

»Aber ich mache mir Sorgen. Sie sind so ein netter junger Mann ...«

»Sie bringen meinen Charme zum Vorschein.«

»Warum haben Sie nicht ein paar junge Frauen, die Ihnen überallhin nachlaufen?«

Clay grinste. »Ich bin sehr beliebt bei den Damen. Sie sind nur ein wenig älter, es fehlt nicht mehr viel bis zur hundert.«

»Nächsten Dienstag werde ich vierundneunzig.«

»Wir sind wie füreinander geschaffen!«

»Also so was«, sagte sie und schlug nach ihm. »Warum probieren Sie diese Annäherungsmethoden nicht mal bei einer Frau aus, die noch gebärfähig ist?«

»Es ist manchmal ... schwierig, Mrs Bronston.«

»Mein Lieber, Sie haben keine Ahnung, was schwierig heißt, solange Sie meinen Louie nicht kennen.«

»Lou? Er wirkte so sanft wie ein fleischfressendes Bakterium.«

Sie lächelte vielsagend. »Ich vermisse ihn immer noch. Ich kann's nicht glauben, dass er schon fünf Jahre lang nicht mehr da ist.«

»Was war Ihr Geheimnis?«

»Was meinen Sie?«

»Um verheiratet zu bleiben.«

Mrs Bronston zuckte die Achseln. »Ich schätze, zu unserer Zeit und in unserem Alter dachte niemand, dass es noch eine andere Möglichkeit gäbe.« Sie legte ihren Stock in ihren Wagen. »Jetzt mache ich mich lieber auf den Weg, bevor Jerry da hinten sämtliche Schweinekoteletts verkauft hat.« Dann deutete sie auf Clays Kopf. »Mein Lieber, wenn Sie Ihre Haare ein wenig bürsten und ordentlich scheiteln würden, dann würden Sie vielleicht den ein oder anderen Blick auf sich ziehen.«

Clay lächelte. »Ich werd's mir überlegen. Schönen Tag noch!«

Er blieb einen Moment lang stehen, machte sich Gedanken über seine Haare und darüber, ob er mehr Ballaststoffe in seinem Essen brauchte. Er wollte gerade nach Frühstücksflocken greifen, die so aufregend aussahen wie eine Rechenaufgabe, als etwas mit seinem Wagen kollidierte und dieser daraufhin gegen ihn stieß.

»Hallo, Stress-Mann.«

Sie!

»Hallo, hübsche Frau.« Clay blinzelte. Hatte er das *laut* gesagt? Er warf einen alarmierten Blick auf sie. Ja, das hatte er, denn sie grinste wie eine Frau, die gerade hübsch genannt worden war. Und das war sie auch.

»Haben Sie gerade mit mir geflirtet?«

»Nein.« *Ja. Aber nicht mit Absicht.*

»Doch.«

»Dosenschinken ist im Angebot – zwei Stück für einen Dollar.«

»Ihr anderer Aufreißerspruch hat mir besser gefallen.« Amber schaute in seinen Wagen. »Sind das Coupons?«

Jetzt pochte sein Herz so wie immer, wenn er etwas wollte, das er nicht haben konnte – oder sollte. Sie war wie das mittlere Regal im Gang mit den Frühstücksflocken ... süß, lustig, bunt – und schlecht für seine Gesundheit. Er kratzte sich im Gesicht und wendete dann seinen Wagen, besorgt, was er als Nächstes von sich geben würde.

Aber auch in den Gängen für Nudeln und Bohnen blieb sie an seiner Seite und machte es anderen Kunden unmöglich, an ihnen vorbeizukommen. Sie merkte es nicht einmal. Was sie jedoch bemerkte, war der Inhalt ihrer Einkaufswagen. Sie zeigte auf seinen.

»Sie machen das ja richtig mit System.«

Clay senkte den Blick. Alles war ordentlich voneinander getrennt. Die gefrorenen Waren, das Fleisch, Obst und Gemüse, Seife und Shampoo. In ihrem Wagen lag alles wild auf einem Haufen. Das Fleisch und die Kosmetiktücher berührten sich. Und es waren alles Markenartikel.

»Wie ich sehe, sparen Sie gern«, sagte sie.

Er griff nach ein paar Dosen Bohnen. »Kann schon sein.«

Sie bewegten sich weiter durch den Laden, ihr Wagen dicht neben seinem.

»Unsere erste Verabredung«, sagte sie.

»Das ist keine Verabredung.« Er sah sie von der Seite her an.

»Sie sind so romantisch. Wie haben Sie diesen Ort entdeckt?«

»Wie wollen Sie wissen, ob ich romantisch bin oder nicht?« Er könnte auf jeden Fall mehr bieten als ein Lebensmittelgeschäft … und für Amber würde er etwas weit Besseres finden.

»Das können Sie mir glauben, Sie sind es nicht. Ich stelle mir eine Verabredung in einem Restaurant aus einem Gutscheinbuch vor.«

»Vielleicht habe ich verborgene romantische Talente.«

»Es gibt da ein paar Hinweise in Ihrem Wagen, die auf etwas anderes schließen lassen. Bohnen. Das ist nicht romantisch.«

Clay griff nach einer Packung Rotelle-Nudeln aus dem Regal. »Das da?«

»Nein. Kerzenlicht, Jazz, Sand zwischen den Zehen – das ist romantisch. Rotelle-Nudeln – nicht romantisch.«

Er stellte die Packung ins Regal zurück und achtete darauf, dass sie in einer Linie mit den anderen stand. Er wollte sich wieder in Bewegung setzen, aber hinter ihm streckte Amber die Hand aus und schubste die Packung aus der Reihe.

Geh weiter. Atme.

Sie gingen um die Kurve und er konnte den Blick nicht von ihr abwenden. Sie griff nach diesem und jenem, achtete nie auf den Preis und warf alles zu den anderen Sachen. Sie kamen zum Kaugummi und sie schnappte sich sämtliche Zimtkaugummipäckchen, die vorrätig waren.

»Ich mag Zimt.« Sie zuckte die Achseln.

Er lächelte. Hinter diesen schönen braunen Augen schienen sich keine Abgründe zu verbergen. Sie war genau so, wie sie sich gab.

Sie riss ein Kaugummipäckchen auf, zog drei Streifen heraus und schob sie sich in den Mund.

»Aber Sie haben sie doch noch gar nicht bezahlt …«

»Alles in Ordnung, Stress-Mann. Man wird erst dann verhaftet, wenn man versucht, den Laden zu verlassen, ohne zu bezahlen.« Sie streckte ihm das Päckchen hin. »Kaugummi?«

Er nahm einen Streifen und betrachtete ihn einen Moment lang. »Ist zuckerfreier Zimtkaugummi romantisch?«

»Das hängt davon ab, wer ihn kaut.«

Dann hörten sie es beide zur selben Zeit: *»Cosie, mach Pi-pi!«*

Sie fingen beide an zu lachen. »Erstaunlicherweise kam das nicht einmal über den Lautsprecher«, sagte Clay.

»Na, kommen Sie schon, Stress-Mann! Dieses Vergnügen will ich mir nicht entgehen lassen!«

Amber wendete ihren Wagen und eilte Richtung Backwaren davon. Clay folgte ihr. Sie wurden Zeugen, wie Lisa beschwörend auf ihre Tochter einredete, Cosie in Abwehrhaltung ging und David, eine Schachtel Donuts in den Händen, vor Scham beinahe im Boden versank.

»Cosie! Mach Pipi! Für Onkel Eric.«

Eine kleine Schar Menschen hatte sich versammelt. Wie immer schien Lisa unter Druck zu stehen. Sie schob sich die verschwitzten Haare aus der Stirn. »Zu Hause macht sie es. Cosie, hör auf deine Mama.«

Ein Kunde in der Nähe polterte: »Kann ich einfach nur ein paar Donuts haben?«

»Gedulden Sie sich eine Minute. Das ist meine Nichte«, sagte Eric, Lisas Bruder.

»Sie schafft das«, erklärte Lisa den Zuschauern. »Komm schon, Cosie. Pi-pi.« Sie feuerte sie an und streckte die Arme aus. »Sie braucht ein wenig mehr Platz.«

Eric animierte die Menge zu einem eigenen Sprechgesang. »Pi-pi! Pi-pi!«

Amber stupste Clay mit dem Ellbogen an. Er lachte. Es war ein Lachen, das einem das Gefühl gab, alles andere im Leben sei prima und wertvoll. »Pi-pi!«, stimmte er mit ein.

Cosie beobachtete die Menschen einen Moment lang. Ermutigt und wie berauscht durch die Aufmerksamkeit bewegte sie sich langsam auf das Töpfchen zu. Der Sprechgesang verstärkte sich mit jedem Schritt. Sie drehte den Kopf hin und her und stachelte die Zuschauer zu noch größerer Aufregung an. Sie ließ ihre mit Zootieren bedruckte Windel fallen. Bedeckt von ihrem Kleidchen setzte sie sich in völliger Sittsamkeit auf das Töpfchen und verfiel in einen Zustand angestrengter Konzentration, den Blick starr nach vorn gerichtet, voller Hingabe an ihre Aufgabe.

Lisa bedeutete den Zuschauern, ihre Zurufe zu beenden. Ihr Gesicht war angespannt, als wäre es Zeit, dass sie selbst einmal zur Toilette ging. Die gesamte Menge verstummte, ja, sogar der komplette Supermarkt. Selbst die Registrierkassen im vorderen Bereich schienen Pause zu machen.

Und dann ... »Pipi!« Cosie warf die Hände in die Luft. Ungestümer Applaus brandete auf. Lisa weinte, die Hand über dem Mund, als hätte es Cosie gerade ins olympische Team geschafft. David verzehrte einen Donut.

Clay beugte sich zu Amber vor. »Niemand klatscht, wenn ich Pipi mache.« Sie lachte. Er lachte. Bis jetzt war diese Begegnung besser als jede Verabredung, die er jemals gehabt hatte.

Als die Menge sich zerstreute, bewegten sie sich mit ihren gefüllten Einkaufswagen auf Lisa, David und Cosie zu.

Lisa warf Clay ein selbstgefälliges Lächeln zu. »Siehst du? Ich hab's dir doch gesagt. Körperfunktionen sind etwas total Natürliches.« Dies kam von einer Mutter, die zu öffentlichem Nasebohren ermutigte. Glücklicherweise hatte Cosie sich das nicht zur Gewohnheit gemacht.

David bot Clay einen Donut an. »Willst du uns deine neue Freundin nicht vorstellen?«

»Ich bin Amber.« Sie hatte so eine vertrauensvolle Art an sich, als wäre sie davon überzeugt, in jede Gruppe zu passen.

»Ich bin David.« Sie gaben sich die Hände. »Ein Donut?«

»Gern.«

»Wir sind uns hier über den Weg gelaufen, das ist alles«, sagte Clay. Er kaute seinen Kaugummi schneller als beabsichtigt.

»Das ist *sie*«, sagte Lisa und David riss die Augen auf.

»Ach so ... ja ... hallo ...« Jetzt musterte David Amber, als wäre sie ein Steak und er von der Lebensmittelbehörde.

»Und das ist Cosie«, sagte Lisa, »der Sie schon begegnet sind.«

»Nochmal hallo.« Amber lächelte zu ihr hinunter. »Gut hast du das gemacht.«

»Sie sind also die Frau aus der Wohnung oben«, sagte David mit einem boshaften Funkeln in den Augen, das unmissverständlich Clay galt. *Das* war der Grund, warum er sich mit diesen beiden nie in der Öffentlichkeit zeigte.

Amber blickte zu ihm. Lisa und David ebenfalls. »Was denn? Was schaut ihr *mich* an?«, sagte Clay und machte die Situation vollends zu einem peinlichen Moment.

»Ja«, sagte David. »Schauen Sie ihn nicht an. Er hat Sie nicht einmal erwähnt. Andererseits, warum sollte er auch? Es ist ja nicht so, als wären wir die besten Freunde oder etwas in der Art.«

Clay richtete seine Aufmerksamkeit auf David und versuchte, ihn mit einem Blick zum Schweigen zu bringen. Wie üblich funktionierte es nicht.

»Amber, Lisa und ich haben heute Abend eine große Party – zwei Geburtstage, eine Feier.«

Clay schluckte aus Versehen seinen Kaugummi herunter. Das konnte nicht Davids Ernst sein.

David legte seinen Arm um Lisa, die hinzufügte: »Wir haben am selben Tag Geburtstag.«

Amber lächelte. »Ach, wie süß!«

»Nicht wahr?« Lisa grinste.

David setzte ein unschuldiges Grinsen auf – so unschuldig wie das des Millionenbetrügers Bernard Madoff. »Clay wird auch da sein – das wirst du doch, oder, Clay?«

Amber klatschte in die Hände. »Ich würde sehr gern kommen.«

Einige Stunden später stand Clay zu Hause vor seinem Spiegel und überlegte, welches Hemd er tragen sollte. Die Ironie war, dass jede Frau ihm das auf Anhieb hätte sagen können, aber um eine Frau zu gewinnen, musste er sich mit einem Hemd präsentieren, das er selbst ausgesucht hatte. So gab es jedenfalls die Gesellschaft vor.

Er wollte so tun, als wäre es ihm egal, aber Tatsache war, dass er sich in den letzten neun Jahren kein einziges Mal Gedanken darüber gemacht hatte, welches Hemd er nehmen sollte. Irgendetwas war in Bewegung geraten. Und heute hatte David das zu verantworten. Morgen würde er vielleicht jemand anderem die Schuld geben.

David konnte von Glück reden, dass sein Kind niedlich war und Clay gern zu haben schien. Außerdem hatte Clay das weltbewegende Überraschungsgeschenk, auf das Lisa setzte. Er hatte es in Luftpolsterfolie gehüllt, mit Band umwickelt und in eine stabile Kiste gelegt.

Jetzt lag es auf dem Rücksitz. Zusammen mit zwei anderen Hemden, die er darüberwarf, für den Fall, dass der schwarze Pullover doch nicht das Richtige war.

Als er mit seinem alten Wagen zu Davids und Lisas Haus fuhr, wurde ihm bewusst, wie selten er nur noch auf Partys ging. So selten wie möglich, wenn er ehrlich war. Es hatte einmal eine Zeit gegeben – in einem anderen Leben, so schien es ihm jetzt –, da hatte er keine Party ausgelassen. Er hatte es genossen, unter Menschen zu sein, sich ins Gewühl zu stürzen, Spaß zu haben. Er hatte die Herausforderung geliebt, dafür zu sorgen, dass jeder sich wohlfühlte. Im Mittelpunkt der Aufmerksamkeit zu stehen, das war das Größte für ihn gewesen.

Gott sei Dank war dieser Mann tot und begraben. Doch ganz tief drinnen hatte Clay den Verdacht, dass er eines Tages von den Toten auferstehen könnte. Das war vielleicht der Grund, warum er nicht oft ausging. Sich zwischen alten, längst vergessenen Besitztümern aufzuhalten gab ihm vielleicht die Sicherheit, dass der alte Clay tot genug war und keine Bedrohung mehr darstellte.

Die Party war in vollem Gang, als Clay das Haus betrat. Lisa eilte herbei, um ihm das Geschenk abzunehmen und es schnell in einem anderen Zimmer zu verstecken. Er sah, wo die Getränke standen, nahm sich ein Mineralwasser und stellte sich an einen Türrahmen, wo er sich gut anlehnen konnte.

Er entdeckte Amber sofort. Sie war bereits eingetroffen, unterhielt sich mit ein paar Leuten und spielte gleichzeitig mit den Kindern. Er lächelte, als er beobachtete, wie sie Cosie am Bauch kitzelte. Er hatte überlegt, ob er anbieten sollte, sie im Auto mitzunehmen. Aber es war bei dem Gedanken geblieben.

Dann schaute sie ihn einfach so an und lächelte auf diese selbstsichere Art, die ihn immer stärker aus der Fassung brachte. Er wandte den Blick ab, gerade als David ihn an der Schulter anrempelte.

»Das habe ich gesehen. Leugne es nicht.« David gestikulierte mit seinem Drink. »Diesen unnahbaren Blick quer durch den Raum. Sehr schön. Raffiniert.«

»Musst du nicht Cosie zur Fahrschule oder zum Weltraumtrainingslager oder etwas Ähnlichem bringen?«

»Oho! Gute Ideen. Liebling?«, sagte Lisa, während sie ein Tablett mit Getränken an ihnen vorbeitrug.

»Ich bin dabei, Liebling.« David zeigte ein Lächeln. Es verschwand, als sie sich entfernte. »Vielen Dank auch, Mann.«

»Man tut, was man kann.«

Sie schauten beide zu, wie Lisa mit einem großen Spielzeugkipplaster wiederkam. Sie stellte ihn mitten im Raum auf den Boden. Cosie und die anderen Kinder versammelten sich darum. Und genau dort befand sich auch Amber, zur Enttäuschung des Mannes, der sich gerade neben sie gesetzt hatte.

»Mach dich an sie ran, Mensch. Es sieht aus, als wären die Eigentumsrechte sehr gefragt.«

Clay schnaubte. »Bist du mein Makler?«

»Hört mal alle her!«, schrie David plötzlich.

Clay brach der Schweiß am Körper aus. Es prickelte wie bei einer Gürtelrose. Warum, *warum* nur dachte David immer, er müsste –?

»Wieder einmal herzlich willkommen in unserer bescheidenen Hütte«, sagte David und strahlte in alle Richtungen, »und zu dieser Feier. Das achte Jahr hintereinander werden Lisa und ich zusammen älter. Und wir leben immer noch in Sünde.« Es war verhaltener Applaus zu hören. »Das mit euch zu erleben bedeutet uns viel. Habt ihr alle schon Amber kennengelernt? Heben Sie Ihre Hand, Amber. Sie ist neu hier.«

Amber errötete ein wenig und winkte zaghaft.

»Und Clay mag sie. Sehr.« Er hob seine Flasche, während im Raum geflüstert statt gejubelt wurde, und ging davon.

Clays ganzes Gesicht juckte. Er musste nicht in den Spiegel schauen, um zu wissen, dass er knallrot war, gleichermaßen aus Verlegenheit wie aus Wut. Er warf David quer durch den Raum einen zornigen Blick zu. David grinste nur und klopfte sich aufs Herz.

Seine Augen wanderten zu Amber, die immer noch auf dem Boden saß wie ein kleines Kind. Und als sie ihn anschaute und lächelte, schien sie der einzige kühle Luftzug im Zimmer zu sein.

Aber jetzt brauchte er echte frische Luft und trat für eine Weile ins Freie.

Die Flucht war von kurzer Dauer. Die Sonne ging unter und es wurde die Geburtstagstorte hereingetragen, auf der so viele Kerzen strahlten, dass sie wie ein Flammenmeer aussah. Unter Jubel und Beifall hielten sich David und Lisa an den Händen und pusteten zusammen die Kerzen aus. Sie servierten die Torte, aber Clay hatte keinen Appetit mehr. Als alle in die Küche strömten, ging er zum Sofa und machte es sich dort bequem.

Warum war er so ein Idiot? Warum gab sie ihm dieses Gefühl? Warum konnte er nicht einfach ... normal sein? Allerdings glaubte er ernsthaft, dass normal für niemanden mehr passte.

All diese Gedanken jagten durch seinen Kopf, als Amber sich plötzlich neben ihn fallen ließ.

»Das mit vorhin tut mir leid«, sagte Clay und biss sich so fest auf die Lippe, als wollte er einen Knorpel durchnagen.

»Das mit Ihnen oder mit David?«

Er senkte den Blick. Schon wieder in die Falle gegangen.

Sie tätschelte sein Bein. »War nicht ernst gemeint. Alles ist gut. Er ist gnadenlos. Das ist es, was Sie an ihm mögen.«

Clays Knie errötete. »Früher war ich noch schlimmer als er«, sagte er mit einem Seitenblick zu ihr.

»Das kann ich kaum glauben.«

»Gut.«

Die Gäste kehrten ins Wohnzimmer zurück. Sie hielten Teller mit Torte in der Hand und schauten zu, wie David und Lisa ihre Geschenke aufmachten. Amber saß still neben ihm, so begeistert, als wäre sie noch nie bei einer Geburtstagsfeier gewesen. Er versuchte, sie nicht zu beobachten, aber jedes Mal, wenn einer von ihnen ein Geschenk öffnete, leuchteten ihre Augen auf, als wäre es ein Geschenk für sie. Wie konnte sich ein Mensch so sehr über Geschenke freuen, die jemand anderes bekam?

»Hey«, flüsterte sie. »Sehen Sie nur.«

Cosie kam auf sie zu, direkt durch den Raum voller Erwachsener. Sie huschte unbemerkt zwischen ihren Beinen hindurch. Sie trug den großen gelben Kipplaster wie ein Baby eingewickelt in eine weiche rosa Decke, schaukelte ihn sanft hin und her, flüsterte ihm etwas zu und küsste ihn völlig selbstvergessen. Sie ging an ihnen vorbei in ihr Kinderzimmer und schloss die Tür.

Amber lächelte. »Das ist das Süßeste, was ich je gesehen habe.«

Clay war sich ziemlich sicher, dass sie falsch lag, denn das

Süßeste, was er je gesehen hatte, saß direkt neben ihm. Ihr Knie berührte seines und es fühlte sich an, als würde ihn ein Stromstoß durchdringen. Er bewegte sich nicht.

»Clay! Mein Freund!«

Er wandte seine Aufmerksamkeit wieder den Geschenken zu und fürchtete, David würde im nächsten Moment allen verkünden, was in ihm vorging. Doch stattdessen deutete David auf das gerahmte Filmplakat von *Hier ist John Doe.*

»Edel. Gut gemacht.« David legte den Kopf zur Seite. »Macht heute noch jemand einen Schmollmund?«

Amber zeigte auf Gary Coopers Filzhut. »Sein Hut gefällt mir.«

Unwillkürlich starrte Clay sie an. Konnte diese Frau noch attraktiver werden?

»Und für mich?«, fragte Lisa. »Mein Geschenk – das Übliche?«

Clay nickte. Lisa klatschte in die Hände und formte ein »Dankeschön« mit den Lippen. Sie wandte sich an David. »Gut, jetzt sind nur noch zwei übrig. Meins für dich und deins für mich.« Sie überreichte ihm die Schachtel. »Du zuerst.«

David lachte. »Okay. Ich kann mir nicht vorstellen, was das sein könnte.« Er riss den Deckel der Verpackung ab und zog den Schaukasten heraus. Er enthielt eine halb gerauchte Zigarre, eine unterschriebene Kreditkartenlastschrift und ein Foto seines Lieblingsbasketballspielers, eingefangen bei einem kraftvollen Dunking.

Clay lächelte bei dem Anblick, wie Davids Kinnlade herunterfiel, als hätte er den Heiligen Gral vor sich. Er liebte diesen Mann, der sich aus unzähligen Gründen einfach von ihm hätte distanzieren können. David hatte Clay in extremster Form erlebt, auf zwei Arten, die sich in diametraler Form gegenüberstanden. Und er blieb loyal, egal, ob Clay sich am Nord- oder Südpol bewegte. Manchmal nahm Clay ihn als selbstverständlich hin, aber er schwor sich, das zu ändern ... vorausgesetzt natürlich, David würde mit seinen Sticheleien aufhören. Was nicht zu erwarten war.

Lisa war außer sich vor Aufregung. »Ich hab ihn in einem Restaurant gesehen, als ich das letzte Mal in Chicago war. Ich hab mich zuerst nicht getraut, ihn einfach um ein Autogramm zu bitten, also saß ich da und wartete drei quälend lange Stunden, bis er endlich mit dem Essen fertig war! Und dann musste ich auch noch schneller am Tisch sein als der Aushilfskellner. Es war nicht leicht.«

»Du hast eine halb gerauchte Zigarre und einen Kreditkartenbeleg gestohlen?«

Lisa stieß einen stummen Schrei aus. »Ja, ja, ich weiß. Die Zigarre war ein Bonus.«

»Wenn das keine Liebe ist, dann weiß ich auch nicht.« David sah zu Clay. »Sieht genau so aus, wie du es mir erzählt hast.«

Clay stöhnte, als Lisas Blick ihn förmlich durchbohrte. »Ich hab ihm gar nichts erzählt.« David hatte Spaß daran, solchen Unsinn von sich zu geben. Es war, als hätte er ein besonderes Talent dafür.

»Clay! Es sollte eine Überraschung sein!« Lisa war erschüttert und enttäuscht.

David grinste ihn an und wandte sich dann an Lisa. »Er hat sie nicht *völlig* ruiniert.«

»Ich hab *überhaupt* nichts erzählt!«, protestierte Clay, aber zum Glück liebte Lisa es, Geschenke auszupacken, und so hatte sie ihre Aufmerksamkeit bereits auf das letzte gerichtet, das auf dem Tisch lag. Es war eine kleine Schachtel mit einer großen roten Schleife.

David nahm sie und legte sie ihr in die Hände. Sie riss die Schleife ab, öffnete die Schachtel und ...

Alle schnappten nach Luft, Lisa am lautesten.

Ihr Mund stand offen, als wollte ein Stöhnen entweichen.

Amber warf Clay einen Blick zu und ihre Augen glänzten vor Aufregung.

»Was ist das?«, stammelte Lisa.

»Ein Verlobungsring«, sagte David.

»Willst du heiraten?«

»Ja, und eine ehrliche Frau aus dir machen.«

»Ich bin eine ehrliche Frau.«

»Es ist nur eine Redensart.«

»Mir gefällt das nicht.«

»Ist das ein Ja?«

Lisa starrte auf den Ring. »Ich dachte, wir bräuchten kein Papier, um irgendetwas zu beweisen.«

»Tun wir auch nicht.«

Alle beobachteten, wie Lisa zögerte. Clay würde nie vergessen, wie er damals bei einem Basketballspiel gewesen war und ein Mann seiner Freundin auf dem Großbildschirm einen Heiratsantrag gemacht hatte. Sie hatte ihn geohrfeigt und war davongestürmt. David wirkte nicht nervös. Aber Lisa sah aus, als hätte sie die Tatsache noch nicht richtig verarbeitet, dass ihr Geschenk nicht aus Ohrringen bestand.

David grinste wieder in seine Richtung. »Clay ist schuld daran. Er färbt auf mich ab.«

»Ich hoffe nicht«, erwiderte Lisa und starrte immer noch den Ring an.

»Wir sind keine Kinder mehr«, sagte David und nahm Lisas Hand. »Manche Dinge sind mir inzwischen wichtiger geworden als früher. Es hat nichts mit einem Beweis zu tun. Ich weiß, dass du mich liebst.«

»Das tue ich. Leider.«

»Und ich liebe dich. Ich hab nicht vor wegzugehen, Papier hin oder her. Ich würde es nur gern erleben, dich in einem Hochzeitskleid zu sehen.«

Das *Ja* war noch vier Blocks weiter zu hören.

* * *

»Sie sind stolz auf ihn«, sagte Amber und zwinkerte Clay zu. In den vergangenen dreißig Minuten, seit sie zusammen auf dem Sofa saßen, schien er ein wenig lockerer geworden zu sein. Und *ein wenig* bedeutete nur, dass seine Augenbrauen sich zu einer geraden Linie auf seiner Stirn entspannt hatten. Alles andere war wie erstarrt.

Aber dann lächelte Clay sie an und es war das erste Mal, dass sie Erleichterung in seinem ganzen Gesicht sah. »Ja. Er ist ein guter Mann.«

»Es macht ihm Spaß, Ihnen zuzusetzen.«

»Früher war das gegenseitig. Aber das ist seine Art, Zuneigung zu zeigen.«

»Männliche Bewunderung vom Feinsten.« Sie grinste.

Um sie herum begann die Party sich aufzulösen. Quengelige Kinder hatten die Grenzen ihrer Belastbarkeit erreicht.

»Und was ist das für ein tolles Geschenk, das Lisa jedes Jahr von Ihnen bekommt?«

»Kommen Sie mit, ich zeige es Ihnen.«

Sie gingen in die Küche, wo sich Teller, Tassen, Untertassen und Schüsseln meterhoch stapelten. Clay trat zur Spüle, schnappte sich ein Geschirrtuch und ließ Wasser einlaufen.

»Das Geschirr?«

Er lächelte und fing an zu schrubben.

»Soll ich Ihnen helfen?«

»Nein, das schaffe ich allein. Ich finde es sogar irgendwie entspannend.«

»Und um an Ihren freien Tagen Spaß zu haben, putzen Sie Toiletten?« Sie lachte und setzte sich auf einen Barhocker. Aber der Mann hatte an diesem Abend wahrscheinlich schon genug einstecken müssen. »Sie sind glücklich, wenn Sie etwas Produktives tun können, oder?«

»Normalerweise schon.«

Eng umschlungen kamen David und Lisa herein.

»Ihr müsst leise reden. Cosie ist in ihrem Zimmer eingeschlafen, eng an den Kipplaster geschmiegt. So süß!«, sagte Lisa. »Und mir gefällt es, dass sie nicht wie alle anderen Mädchen eine Babypuppe herumtragen muss. Ich erziehe sie zu unabhängigem Denken, Leute. Schaut zu und lernt!«

Amber lachte, als Clay ihr ein kurzes Lächeln zuwarf.

Lisa setzte sich auf den Hocker neben Amber und schenkte beiden ein Glas Rotwein ein. »Das nenne ich eine Party.«

Amber nickte Richtung Spüle. »Und das nenne ich sexy.« Ohne hinzuschauen, wusste sie, dass er rot wurde.

»Angeber«, rief David, als er auf einem Stuhl am Küchentisch Platz nahm.

»Hey«, sagte Lisa, »machen wir auch eine Hochzeitsreise?«

»Wenn es sein muss.«

»Ich glaube, ich würde gern eine Kreuzfahrt machen. Was meint ihr? Gibt's irgendwelche Empfehlungen für die perfekte Hochzeitsreise?«

David zog eine Augenbraue hoch. »Amber?«

»Ach, David, lass sie in Ruhe«, sagte Lisa mit entschuldigendem Blick.

»Was denn?« David zuckte unschuldig die Achseln.

»Ich setze aus«, sagte Amber. Clay war für heute schon genug gequält worden. Aber wenn sie jemals vor der Wahl stand, wäre es die Dominikanische Republik.

»Gut, klar. Clay?«

Lisa warf die Hände in die Luft. »David. Jetzt bist du einfach nur gemein.«

Clay trocknete seine Hände und drehte sich zu ihnen um.

»Clay, komm schon. Die ideale Hochzeitsreise. Na los.«

Er zögerte keinen Moment. »Eine Hütte im Wald. Eine Kiste Mineralwasser. Und absolut nichts, was mich davon ablenkt, mit meiner lebenslangen Braut einen Grundstock an Vertrauen zu legen. Die meisten Frischverheirateten –«

»Das reicht.«

Mit einem zufriedenen Lächeln drehte er sich wieder um und wusch eine weitere Schüssel ab.

David hob sein Bierglas in Ambers Richtung, aber sie ertappte sich, wie sie Clay bei seiner Arbeit beobachtete. Der Mann konnte sich durchaus behaupten. Anscheinend verzichtete er nur die meiste Zeit darauf. Er ertrug eine Menge Angriffe und schoss selten zurück. Er wusste, woran er glaubte, und blieb seiner Sache treu. Sie dachte über die Menschen in ihrem Leben nach. Gab es sonst noch jemanden, der so fest von der Ehe überzeugt war? Ihre Eltern sicherlich nicht.

Nach allem, was sie bis jetzt über ihn wusste, ging sie sehr stark davon aus, dass das, was sich heute Abend zwischen David und Lisa ereignet hatte, auf Clays diskreten Einfluss zurückzuführen war. Und irgendwie gefiel ihr das an ihm.

Aber sie bekam von ihm immer noch gegensätzliche Signale. Manchmal konnte sie ihn zum Lachen bringen. Ein andermal sah er aus, als wollte er die Flucht ergreifen. Bildete sie sich ein Knistern zwischen ihnen nur ein? Wenn sie ihn dabei ertappte, wie er sie von der anderen Seite des Zimmers aus anstarrte, tat er das dann, weil er mit ihr ausgehen wollte oder weil er einen Fluchtweg suchte?

Amber hörte zu, wie David und Lisa sich auf das perfekte Ziel für ihre Hochzeitsreise einigten. Sie lächelte und lachte mit ihnen und tat so, als würde es sie nicht stören, dass sich Clay den Rest des Abends kein einziges Mal mehr umdrehte.

KAPITEL 7

»Ihr wollt ihn! Ihr sollt ihn haben! Hier ist der Kirchendiener Lucky Chucky! Dr. O, der Dekan der Verdorbenheit, der Pfarrer der Sittenlosigkeit.«

Das Gitarrenriff schrillte aus dem Radio und die Klänge wurden vom Hinterzimmer des Blumenladens in den Hauptraum getragen, wo Amber und Trish an einem Grabgesteck arbeiteten.

»Live aus der Stadt der Engel, im Herzen Hollywoods und viel zu gut aussehend für das Radio. Zeit, sich hinzusetzen, bevor es zu spät ist. Zeit, zur Schule zu gehen, Kinder. ...«

»Das hörst du dir an?«, wollte Amber von Trish wissen, als sie ein Band für sie kürzte.

Trish zuckte die Achseln. »Manchmal. Er ist köstlich.«

»Er behauptet, Frauen wären dumm.«

Wieder zuckte Trish nur die Achseln.

Und schon legte er am Mikrofon los. *»Wer keine Hilfe will, dem kann man auch nicht helfen. Wie wahr! Ein Freund von mir – nennen wir ihn Trottel – lebt seit Jahren mit seiner Tussi zusammen. Erster Fehler. Und der zweite? Er hat sie geschwängert. Und jetzt, nicht zufrieden damit, dass er sein Leben bereits zur Hälfte zerstört hat, kommt der dritte Fehler: Er heiratet sie. Was soll die ganze Quälerei?«*

Amber beugte sich zu Trish vor. »Am Samstagabend hab ich miterlebt, wie ein Paar sich verlobt hat. Das war so romantisch!«

»War es ein großer Ring?«

»Das weiß ich nicht. Ich hab gar nicht darauf geachtet. Aber es war eine große Überraschung. So süß!«

Lucky Chucky holte kaum Luft. »*Ich bin am Boden zerstört. Ich kenne diesen Mann. Ich mag ihn. Wir waren in derselben Studentenverbindung an der Uni. Oh ja, ich war in einer Verbindung. Ich wette, darauf wärt ihr nicht gekommen.*«

Amber verdrehte die Augen. Sie fand es widerwärtig, was der Mann von sich gab. Die Frage war, warum nervte er Trish nicht damit?

»*Na gut, der einzige Lichtblick in diesem apokalyptischen Niedergang ... wenn es eine Hochzeit gibt, gibt's auch einen Junggesellenabschied.*«

Carol kam aus dem Hinterzimmer und stellte einige Schachteln ab. »Trish, willst du mich zwingen, das Radio zu nehmen und aus dem Fenster zu werfen?«

»Tut mir leid, Carol. Ich wusste nicht, dass du hier bist.« Trish eilte davon, um das Radio abzuschalten.

Davon abgesehen schien Carol guter Laune zu sein. »Wie war das Wochenende bei euch beiden? Ich hatte eine tolle Verabredung!«

Trish deutete mit dem Daumen über ihre Schulter auf Amber. »Amber auch. Mit Mr *Old Fashioned.*«

Carol riss die Augen auf und Amber seufzte. Sie bedachte Trish mit einem finsteren Blick, genau wie Clay es getan hatte, als David ihn auf der Party geärgert hatte.

»Ach, tatsächlich?« Carol stützte die Hände in die Hüften. »Ich warte auf Einzelheiten. Und nur um sicherzugehen, dass ich mich nicht verhört habe – hast du *Clay* und *Verabredung* in einem Atemzug genannt?«

»Es war eine Geburtstagsfeier. Eine Menge Leute waren da. Und er hat mich nicht einmal selbst eingeladen.«

Trish steckte noch etwas Schleierkraut um die Tulpen herum. »Ich vertrete die Theorie, dass er schwul ist. Jeder Mann, der bei der ersten Verabredung bis zum Nachtisch noch keine weiteren Annäherungsversuche gemacht hat, bei dem stimmt was nicht.«

»Komm schon, das ist unfair«, sagte Amber.

»Wieso denn? Er hat einen Antiquitätenladen. Das sagt doch schon alles. Und dann guck dir mal seine Prachtfrisur an.«

»Ich glaube das nicht.«

»Dann hat er eben eine Krankheit. Oder irgendein anderes ... winziges Problem.«

Trish und Carol brachen in Gelächter aus. Amber zwang sich zu einem Lächeln, aber dann ging sie ins Hinterzimmer, um mehr Schleifenband zu holen.

Als sie zurückkam, lehnte Carol an der Theke und wandte sich ihr zu. »Dir gefällt es mit diesem komischen Kauz, oder?«

Amber schaute auf ihre Arbeit hinunter. »Im Moment eigentlich schon.«

»Dann nur zu, junge Frau. Mit Cupcake auszugehen waren die besten sieben Wochen meines Lebens. Es war nur das ganze Chaos hinterher, das mich praktisch ins diabetische Beziehungskoma versetzt hat.« Sie berührte Amber am Arm, als sie an ihr vorbeiging. »Sei vorsichtig, ja?« Dann rief sie aus dem Hinterzimmer: »Und kannst du bitte den Rosenstrauß auf dem Regal in Luftpolsterfolie einwickeln? Der wird verschickt.«

Amber lachte über die Ironie, die in Carols Rat lag. *Sei vorsichtig*. Das war genau das Problem. Clay war zu vorsichtig. Es kam ihr vor, als wollte er sein Leben isoliert durch eine Luftpolsterfolie leben.

Und offensichtlich war sie diejenige, die all diese Luftpolster zerplatzen lassen und seine Schutzhülle in eine stinknormale Plastikfolie verwandeln würde.

Na gut, für sie war es wie eine Sucht, Luftpolster zum Platzen zu bringen.

Aber es war sehr wahrscheinlich, dass er heute Morgen schon gar nicht mehr an sie dachte.

* * *

Pünktlich wie immer tauchte George mit seinem Lieferwagen auf. Aber Clay hörte ihn nicht. Er war völlig versunken in Gedanken an Amber, verzweifelt darum bemüht, sie aus seinem Kopf zu verbannen. Doch er konnte an nichts anderes mehr denken als daran, wie schön sie bei der Party ausgesehen hatte. Je mehr er versuchte, sich auf die Gegenwart zu konzentrieren, desto mehr vertrieb das Bild, wie sie auf dem Sofa gesessen hatte, alles andere.

George hupte und Clay rannte hinaus in die Sonne, auf der Flucht vor seinen Gedanken.

»Beeil dich, ich hab nicht den ganzen Tag Zeit«, sagte George.

Clay ging zur hinteren Seite des Wagens. »Tut mir leid.«

George seufzte. »Diese Woche ist es nur eine kleine Ladung. Das Zweiersofa ist stabil.« Er deutete darauf und Clay bemerkte, dass seine Hände stärker zitterten als sonst. »Und auch wirklich alt. Da muss man einiges dran tun. Ach, übrigens ...« Er zog ein Foto aus seiner Hemdtasche. »Schau dir das mal an.«

Er reichte Clay ein total zerknittertes Bild. Clay nahm es an sich und strich eine der Kanten glatt, um es besser sehen zu können.

»Hab ich total billig bekommen. Bei einer Auktion in Eustis unten. Gut, was?«

Clay drehte das Bild seitlich und versuchte etwas zu erkennen. »War das ein Auto?«

»*Ist* – es ist ein Auto! Ein *Rolls-Royce*!«

Clay drehte das Foto wieder richtig herum. Das Auto war so verbeult und rostig, dass es aussah wie ein Haufen Metall.

»Das ist mein neues Hobby. Wenn ich damit fertig bin, wirst du Augen machen. Mein Schwager hat so eine Karosseriewerkstatt. Einen Schrottplatz. Genau das Richtige für mich.«

Clay klopfte ihm auf den Rücken. »Wenn irgendjemand ein Wunder damit vollbringen kann, dann du, George.«

George schob das Foto wieder in die Brusttasche seines Flanellhemds und schlug zwei Mal darauf. »Also gut. Dieses Zweiersofa schreit nach dir, oder?«

»George, wie lange bist du schon verheiratet?«

»Sechsunddreißig Jahre.«

»Wie hast du es ... gewusst?«

»Was meinst du?«

»Wie wusstest du es?«

»Was wusste ich?« George wirkte ernsthaft verwirrt. Er starrte in den Ladebereich des Wagens und fixierte das kleine Sofa mit seinem Blick.

Dann sagte er: »Ach so. Wie ich es *wusste*. Gute Frage. Lass mich nachdenken.«

Clay lächelte und freute sich auf eine gute Geschichte.

»Na ja, wir sind zusammen aufgewachsen. Wir waren in derselben Grundschule und auch in der Mittelstufe und an der Highschool zusammen. Ich hab mir nie etwas aus ihr gemacht, wenn ich ehrlich bin. Im zweiten Studienjahr hat sie mich gefragt, ob ich sie zum Sadie-Hawkins-Ball begleiten will. Das ist der, wo die Mädchen die Jungs einladen – ich weiß nicht, ob das heute immer noch so ist. Machen sie das noch?«

»Weiß ich nicht.«

»Ich wollte eigentlich nicht, aber ich wollte sie auch nicht kränken, also sagte ich ja. Es war ja nur ein Abend. Nach dem Ball beschloss sie, mich zu küssen, und nun ja, ich hab sie zurückgeküsst. Das war nicht so gut. Sie konnte es noch nicht so richtig. Die Sache war die, jetzt musste ich mindestens einen Monat oder so mit ihr ausgehen, denn ich hatte Schuldgefühle, weil ich sie geküsst hatte und nicht wollte, dass sie sich billig vorkommt, verstehst du?«

Clay verlagerte sein Gewicht. Das war weit ausführlicher, als er es erwartet hatte.

»Nach einem Monat, kurz bevor ich sie abservieren wollte, wurde bei ihrer Mutter Tuberkulose diagnostiziert, und sie drehte völlig durch, Mann. Weinte die ganze Zeit. Rief mich dauernd an. Es kam mir einfach nicht fair vor, jetzt mit ihr Schluss zu machen – ich meine, meine Familie kannte ihre. So verging fast ein Jahr und die Dinge beruhigten sich und ich dachte, es wäre der richtige Zeitpunkt. Aber dann wurde mir bewusst, dass es nur noch zwei Monate bis zum Unterstufen-Abschlussball waren, und diesen Abschlussball gibt es nur einmal im Leben. Ich dachte, na gut, gehe ich mit ihr zum Ball. Das war's dann. Also ging ich mit ihr hin. Und nach dem Ball gingen wir zusammen ins ... äh ... Na ja, jetzt fühlte ich mich total schuldig. Aber das war mir egal. Es war vorbei. Das ist kein Grund, um mit jemandem zusammenzubleiben. Verstehst du, was ich meine?«

Clay brachte nicht einmal ein Nicken zustande, aber er veränderte seinen Gesichtsausdruck und das genügte George, um weiterzureden.

»Und dann. *Dann* dachte sie, sie wäre schwanger. Also mussten wir mindestens ein paar weitere Wochen zusammenbleiben und abwarten, verstehst du? Sie war es nicht, also kam ich ungeschoren davon. Aber als ich bei ihr auftauchte, um mich endgültig von ihr zu trennen, blökte sie als Erstes heraus, dass ihr Vater seinen Job verloren hätte und wie dankbar sie dafür sei, dass sie mich als einzige Sicherheit in ihrem Leben hätte. Das waren dann automatisch zwei oder drei weitere Monate. Als Nächstes kam der Valentinstag. Dann der Abschlussball der Oberstufe. Dann der Schulabschluss. Dann war ich neunzehn und wurde zur Armee eingezogen, und ...«

Er verstummte und das Erschrecken über sechsunddreißig Jahre stand George ins Gesicht geschrieben. Seine hellrot leuchtenden Wangen erbleichten vor Clays Augen. Clay spürte einen wachsenden Kloß im Hals, als die beiden Männer einen Moment lang schweigend dastanden.

Dann zeigte George in den Lieferwagen. »Willst du das Zweiersofa?«

Die Sonne war vor einer guten Stunde untergegangen, und normalerweise hätte Clay das Geschäft bereits verlassen. Doch stattdessen saß er auf der rechten Seite des Zweiersofas, das George ihm erfolgreich aufgeschwätzt hatte, während nur noch eine einzelne Lampe im hinteren Raum brannte.

Und er dachte über George nach.

War es nicht besser, einfach allein zu sein? Der hoffnungslose Ausdruck in Georges Augen ging ihm nicht mehr aus dem Sinn – die schreckliche Erkenntnis, dass sechsunddreißig Jahre vergangen waren. Dass er jetzt sechzig war. Dass sein Leben fast vorbei war.

Doch als Clay in die Leere des stillen Antiquitätenladens schaute, schien dieser selbst ein hohles Grab zu sein. Vier Uhren tickten, jede in ihrem eigenen Rhythmus, und erinnerten ihn daran, dass sie nicht auf seiner Seite waren. Eine davon war eine Standuhr, die die Fähigkeit verloren hatte, die Stunde zu schlagen. Doch trotzdem tickte sie herrisch.

Die einzelne Glühbirne über ihm zog seine Aufmerksamkeit auf sich. Der Raum war so still, dass er ihr Summen hören konnte, während ihr Licht ein wenig trüber wurde. Drei Jahre lang drohte sie nun schon jeden Moment zu erlöschen.

Im Licht konnte er den Holzstaub sehen, der überall lag, ein feiner Film auf jeder Oberfläche. Er liebte den Geruch dieses Staubs und wie weich er sich unter seiner Hand anfühlte.

Aber ... was, wenn das womöglich alles war, was ihm im Leben blieb? Wenn jemand anderes das wunderbar bearbeitete Stück Holz bekam und er am Ende nur mit dem Holzstaub dastand?

Er blieb auf dem Sofa sitzen und fragte sich, wem es wohl einmal gehört hatte. Woher es stammte. Hatten jemals zwei Verliebte darauf gesessen?

Clay blickte wieder zur Decke und hoffte, über dem Ticken der Uhren ihre leichten Schritte zu hören. Es war still, aber sie war dort oben. Durch die Ladentür hindurch konnte er das helle Rechteck sehen, welches vom Licht aus ihrem Fenster auf den Boden geworfen wurde. Sie war da. So nah.

Warum ... warum ging er nicht einfach zu ihr und fragte sie, ob sie mit ihm ausgehen wollte? Warum konnte er bei der Party den Blick nicht von ihr abwenden?

Warum ging sie ihm so unter die Haut?

Im Laufe der letzten neun Jahre waren so manche Frauen gekommen und gegangen. Viele von ihnen waren jung und nett gewesen. Am Ende hatten die meisten seine Theorien für haarsträubend und altertümlich gehalten. Oder oft auch für langweilig. Sie verloren zumindest das Interesse. Manche interpretierten seine Signale falsch. Freundschaften wurden kompliziert und vom brennenden Schmerz der Missverständnisse verzehrt.

Clay stand auf und ging zu dem alten Grammofon neben der Eingangstür. Es war das Erste, was Amber betrachtet hatte, als er sie bemerkt hatte. Er drehte die Kurbel, ließ die Nadel herab, und dasselbe Klavierstück ertönte.

Es blieb ihm nichts übrig, als zuzusehen, wie die Platte sich drehte.

Dann hörte er über sich ihre Schritte.

* * *

»Na, das war ein guter Film«, sagte Amber und stellte den DVD-Player ab. »Ehrlich, ich bin nicht sicher, dass ich einem Mann mit Fedora widerstehen könnte. Vor allem nicht Gary Cooper. Wow.« Sie nahm Geld aus ihrer Tasche und legte es in ihr Bonbonglas. Es war noch weit davon entfernt, sich zu füllen.

Aber es waren weder das Geld noch das Glas, worüber sie sich heute Abend Gedanken machte. Sie ging in ihrer Wohnung auf und ab und kaute an ihren Fingernägeln. Warum ging ihr dieser schräge Typ nicht aus dem Kopf? Neben Clay wirkte Cupcake zunehmend normal. Warum schien er sich so zu ihr hingezogen zu fühlen und geriet dann in Panik, wenn er auf einem Sofa neben ihr saß?

»Das ergibt keinen Sinn, Mr Joe«, sagte sie. Sie holte ihren Teekessel, füllte ihn mit Wasser und drehte das Gas auf.

Mist. Es funktioniert.

»Warum fasziniert er mich so? Sich mit ihm abzugeben ist eine schlechte Idee, oder? Oder? Ich meine, an diesem Punkt sage ich normalerweise dem Mann, dass mir das alles zu schnell geht. Und dann geht alles zu schnell. Und irgendwie rechtfertige ich es vor mir. Dann beginnt der Streit. Dann meinen wir, wir hätten uns verliebt. Dann merken wir, dass es nicht so ist. Ein altes Muster. Und das hier ist, als würde ich alle alten Muster aufbrechen. Zerschlagen. Zu Staub zerkrümeln.«

Sie lehnte sich an die Theke und suchte nach Halt. Sie musste einen Weg finden, um nicht mehr an diesen Kerl zu denken.

Doch als sie in ihre Spüle starrte, hatte sie plötzlich eine Idee, und das war meistens der Zeitpunkt, an dem der Ärger losging.

Wider besseres Wissen ging sie zum Kühlschrank. »Kein Wort!«, sagte sie und zeigte mit spitzem Finger in Mr Joes Richtung. Sein Schwanz zuckte. »Und bleib mir weg mit deinem Schwanz. Ich weiß genau, was du denkst.« Sie fing an, Lebensmittel aus dem Kühlschrank zu holen und auf die Theke zu werfen. »Weißt du, was ich denke? Ich denke, ich bin allein. Nimm's mir nicht übel. Aber du kannst mir nicht sagen, ich sei hübsch. Und übrigens, das hat er wirklich gesagt. Hab ich dir das erzählt? Oh ja. Genau dort bei den Frühstücksflocken. Also denke ich nicht, dass das verlorene Liebesmüh ist.«

Mr Joe fand Interesse an den ganzen Lebensmitteln, die aus dem Kühlschrank geräumt und auf der Theke aufgestapelt wurden.

»Es ist nur so, dass ich das Ganze unkonventionell angehen muss. Normalerweise lächle ich viel und entdecke Gemeinsamkeiten. Das Problem ist, dass ich nichts mit ihm gemeinsam habe. Zumindest nicht, dass ich wüsste. Vielleicht ja doch. Er ist so verklemmt, was dieses Abstandsdenken angeht, dass wir bisher nur eine einzige echte Unterhaltung hatten, und das war im Lebensmittelladen. Aber hey – ich nehme die Herausforderung an.« Sie warf Mr Joe einen Blick zu. »So. Und jetzt bewahre Schweigen über das, was du gleich sehen wirst.«

* * *

Clay stieg die Stufen zum ersten Stock hoch. Es war kalt heute Abend, darum hatte er eine zusätzliche Decke dabei. Doch als er nach oben schaute, stand Amber bereits in ihren Mantel eingehüllt auf dem Treppenabsatz und lächelte. Sie hielt ihm die Tür auf und er trat in die Wohnung. Die Fliegengittertür schloss sich hinter ihm.

»Also, Sie sagten, Sie hätten nur den Schalter umgelegt und dann stand er still?«

»Genau. Vielleicht wäre es Zeit für ein paar neue Küchengeräte.«

Clay bückte sich, um den Küchenabfallzerkleinerer auszustecken. Amber steckte den Kopf durch die Tür und beobachtete ihn einen Moment lang. Dann sagte sie: »Also, warum gerade Antiquitäten?«

»Meiner Großtante Zella – der Schwester meiner Oma mütterlicherseits – hat dieses Geschäft gehört. Ich hatte einen Teilzeitjob bei ihr während meines Studiums.«

»Ich bin an der Universität vorbeigefahren, als ich das erste Mal in die Stadt kam. Es war beeindruckend. All dieses Herbstlaub. Und diese Gebäude aus Stein.«

»Oh ja. Die Bolivar Universität. Dort unterrichtet David. Und Zella war dort auch, bevor sie in Rente ging. Sie hat Mathematik gelehrt.«

»Also waren Sie und David beide dort?«

»In derselben Studentenverbindung. Im selben Studienfach.«

Amber schaute ernsthaft verwirrt drein. »Sie waren in einer Verbindung?«

»Ja, war ich.«

»Na so was. *Wow.*« Sie lachte. »Was ist passiert?«

Er war im Begriff zu antworten, als ein dicker Lebensmittelklumpen aus dem Zerkleinerer unter der Spüle fiel. »Was ist das denn …? Wie kam das ganze Essen …?«

»Ich hab mein Studium nie beendet«, fuhr sie fort.

Clay griff nach einer Kehrschaufel, Papiertüchern, irgendetwas, das dazu dienen konnte, diese Sauerei zu entfernen.

»Sieben Jahre Studium mit Unterbrechungen. Ich habe es irgendwie nie geschafft – achten Sie auf die Mausefalle da unten. Na gut, zurück zum Thema. Ich hatte alles zusammen bis auf die nötigen Scheine in der Fremdsprache. Zu meinem Bachelor in ungefähr sechs verschiedenen Fachrichtungen haben mir nur drei Punkte in Spanisch gefehlt.«

Clay blickte zu ihr hinüber und versuchte, gleichzeitig zuzuhören und herauszufinden, was mit dem Zerkleinerer los war. Mr Joe spazierte vorbei und beäugte die Essensreste. So wie alles miteinander zermanscht war, sah es sehr nach Katzenfutter aus. Der Geruch war irgendwie … fischig.

»Und Sie haben Ihrer Großtante den Laden dann abgekauft, als sie in Rente gegangen ist?«

»Sie hat ihn mir geschenkt. Zum Studienabschluss.«

»Das ist mal ein Geschenk!«

»Oh ja. Man könnte sagen, ich bin ihr was schuldig.«

»Sie lebt also noch? Und darum behalten Sie das Geschäft?«

»Ja, sie lebt noch. Aber ich behalte es mir zuliebe.«

Clay stand auf, wischte sich die Hände ab und stützte sie in die Hüften. Er betrachtete einen Moment lang seine Schuhe und überlegte, wie er sich ihr verständlich machen könnte. »Ich weiß, ich bin eine Witzfigur. Aber während meiner Zeit an der Uni war ich ganz anders.«

Sie sah ihn mit leicht zur Seite geneigtem Kopf an. »Ich bin sicher, dass Sie nicht so schlimm waren.«

Clay versuchte, eine unveränderte Miene zu zeigen. »In meinem letzten Studienjahr hat sich alles verändert. Meine Ziele. Das, was ich im Leben erreichen wollte.«

Amber fixierte ihn mit ihrem Blick, als würde sie direkt in sein Inneres starren. »Und was wollen Sie im Leben erreichen?«

»Ich möchte ein anständiger Mensch sein. Das ist alles. Ein guter Mensch.«

Sie schüttelte den Kopf. »Meinen Sie das ernst? Das ist alles? Ein guter Mensch zu sein?«

»Ich brauchte den Glauben, dass mein Leben sich verändern kann. Dass ich mich verändern kann.«

Sie wirkte nicht völlig überzeugt. Doch gleichzeitig schien sie ernsthaft interessiert. Er konnte verstehen, dass sie skeptisch war.

»Erzählen Sie mir nicht, Sie hätten Jesus gefunden oder etwas in der Art.«

Er musste schlucken. Sein Adamsapfel senkte sich in seiner Kehle. Aber es gab keine andere Art, es auszudrücken. »Es war eher so, dass er mich gefunden hat.«

Sie warf ihm einen zweifelnden Blick zu.

»Ich weiß, ich weiß. Aber es ist wahr. Und deshalb hab ich das Angebot meiner Tante angenommen – deshalb führe ich diesen Laden. Für mich ist das ein Ort der Sicherheit. Da ist kein Platz für Ehrgeiz oder Heldentum. Ich schätze, ich war nicht zu Höherem berufen.«

Sie sah ihn lange an und Clay beschlich das Gefühl, dass sie gleich davonlaufen würde. Doch dann sagte sie: »Wissen Sie was? Ich glaube, in der Welt gibt es genug Größe und zu wenig Gutes. Das ist meine Theorie.«

Sie lächelten einander an. Und ihm wurde bewusst: Das war das erste Mal, dass jemand nach dieser Erklärung lächelte.

Dann nieste er.

»Jetzt fangen Sie wieder damit an«, sagte sie.

Wieder ein Niesen. *Na toll.*

»Sie haben eine Allergie gegen mich, stimmt's?«

»Nicht gegen Sie.« Clay bückte sich, um den Zerkleinerer wieder zusammenzusetzen, und nieste die ganze Zeit. Er stand auf, wischte sich über die Augen und versuchte nicht wieder zu niesen.

»Sie haben eine *Katzen*allergie«, stellte sie fest.

Clay berührte den Schalter für den Zerkleinerer. Lärmend setzte er sich in Bewegung. »Alles wieder in Ordnung bei Ihnen.«

»Tatsächlich? Das ging aber schnell. Sind Sie sicher? Mein Therapeut sagte, es würde Jahre dauern.«

Sie war witzig. Clay griff nach seinem Werkzeugkoffer. Amber öffnete die Tür, hielt sie ihm auf und trat zur Seite. Er stieg eine Stufe nach unten und als er sich umdrehte, sah er, dass sie bereits wieder in die Wohnung geschlüpft war. Sie stand an der Fliegengittertür und blickte ihn an.

»Gute Nacht«, sagte sie. »Und danke, dass Sie so spät am Abend noch gekommen sind, um meinen ... meinen ...«

»Zerkleinerer.«

»Ja, dieses Teil zu reparieren. Danke.«

»Gern geschehen.«

Er ging die restlichen Stufen hinunter. Er hörte, wie sie die Tür schloss. Von unten schaute er noch einmal hinauf, in der Hoffnung, sie würde sie noch einmal öffnen. Aber es war alles still.

Bis auf das Pochen seines Herzens. Und das tickende Geräusch, das ihn nie verließ.

KAPITEL 8

Nach einem guten 1:1-Basketballspiel an der Universität nach der Arbeit schlossen sie mit einer Runde »Horse«* ab. Es gab nur wenige Menschen, denen Clay sich anvertraute, aber David war einer von ihnen, vor allem deshalb, weil er – sowohl auf dem Spielfeld als auch generell – direkt und geradlinig war.

Es war jedoch nicht einfach, über Amber zu reden. Natürlich war ihm klar, dass es keinen Sinn hatte, seine Gefühle vor David zu verbergen. Er wusste wahrscheinlich schon länger Bescheid als Clay selbst.

»Ich glaube«, sagte David, »du machst dir zu viele Gedanken. Jetzt wirf den Ball. Uns bleiben nur noch fünfzehn Minuten.«

Clay warf und verfehlte den Korb. Der Ball schlug auf dem Boden auf und sprang zum Zaun. David lachte.

»Da siehst du, was passiert, wenn man Dinge überstürzt«, sagte Clay und schaute zu, wie David den Ball holte. »Tatsache ist: Die meisten Menschen wissen nach einem Vorstellungsgespräch für einen Job als Pizzabote mehr über jemanden als ... «

David marschierte zurück aufs Spielfeld. »Wenn man Dinge

---

* Horse ist ein einfaches Spiel, dessen Ziel es ist, die Aktionen seiner Mitspieler so gut es geht zu kopieren. Der beginnende Spieler definiert die folgende Aktion (z. B. im Basketball Wurf von der Drei-Punkte-Linie mit geschlossenen Augen) und führt sie vor. War sie erfolgreich, müssen die anderen Mitspieler sie kopieren. Jeder Spieler, dem dies nicht gelingt, bekommt einen Buchstaben des Wortes »HORSE«. Wenn ein Spieler alle fünf Buchstaben gesammelt hat, hat derjenige verloren und die restlichen Spieler spielen so lange weiter, bis ein Sieger feststeht.

überstürzt? *Überstürzt?*« Er warf Clay einen Blick zu. »Was hast du bis jetzt?«

»H-O-R.«

David stellte sich an die Freiwurflinie. »Meine Mutter nannte das ›Paralyse durch Analyse‹.«

Er warf den Ball und dieser sauste durchs Netz. Clay nahm ihn und bewegte sich zu dem Punkt, an dem David stand.

»Ich bin mir nicht sicher, ob ... ich meine, ich brauche nicht unbedingt jemanden. Man sollte nicht ...« Clay seufzte. »Was ich sagen will, ist, dass ich gut allein zurechtkomme.«

»Oh ja. Bei dir ist echt was geboten.« David schüttelte den Kopf. »Wirf einfach.«

Clay verfehlte den Korb wieder. Er ging dem Ball nach, um ihn zurückzuholen. »Was weiß ich denn wirklich über sie? Ich möchte einfach klug vorgehen.«

»Du bist so klug, dass du ein Idiot bist. Das war das S, übrigens. Wirf den Ball zu mir.«

Clay schleuderte ihn zu David.

»Hör auf, nach einer Formel zu suchen.«

Clay wischte sich das Gesicht mit seinem Shirt ab. »Sie ist nicht das ... was ich erwartet habe.«

»Gut.«

»Du meinst also, ich sollte ...?«

David klopfte ihm auf die Schulter. »Ich hab's satt, darüber zu reden. Entweder du machst dich an sie ran oder nicht. Tu es oder lass es bleiben.« Er warf und der Ball ging daneben. »Siehst du das? Ich wusste, dass du auf mich abfärbst!«

Clay setzte sich auf die Betonbank am Rand des Spielfelds.

»Komm schon, Mann. Spielen wir nicht zu Ende?«, fragte David, der unter dem Korb stand.

»Lisa ist wirklich glücklich, oder?«

David kam herüber und setzte sich neben ihn. »Scheint so.«

»Was soll ich tun?«

David warf ihm einen müden Blick zu. »Clay, warum fragst du mich, was du tun sollst? Frag deine Theorie, was du tun sollst. Sie ist es, die dich jeden Morgen antreibt, wenn du aus dem Bett steigst. Sie ist es, die jede Nacht bei dir schläft. Es spielt keine Rolle, was ich denke.« Er zauste Clays Haar, stand auf und griff nach seiner Tasche.

Clays Handy, das auf der anderen Seite der Bank lag, gab einen Ton von sich.

David zog eine Augenbraue hoch. »Hast du gerade eine *SMS* bekommen?«

»Was willst du? Ich schreibe SMS.«

»Nein, *ich* schreibe SMS. An dich. Und ich stehe direkt vor dir. Also ...?«

Clay nahm das Handy, lachte und schaute zu David. »Es ist nichts Wichtiges. Es ... Ihr Kühlschrank ist kaputtgegangen.«

David warf die Hände in die Luft. »Du freust dich über einen kaputten Kühlschrank? Oh Mann, ich werde dich nie verstehen. Aber ich werde dich morgen schlagen. Wieder um dieselbe Zeit.«

David ging auf das Universitätsgebäude zu, in dem sich sein Büro befand. Clay schnappte seine Tasche und eilte davon. Er musste dringend unter die Dusche.

Dreißig Minuten später stieg er mit dem Werkzeugkoffer in der Hand die Treppe hinauf. Die Sonne ging gerade unter und Amber, die oben auf dem Absatz saß, wurde vom orangefarbenen Schein des letzten Lichts eingehüllt. Sie hatte sich einen Stuhl herausgeholt und eine Decke über die Schultern gelegt. Als Clay oben ankam, sah er, dass sie heiße Schokolade trank, die mit kleinen Marshmallows garniert war.

»Hier«, sagte sie und ließ eine winzige grellpinke Tablette in seine Hand fallen.

»Was ist das?«

»Etwas gegen die Allergie.«

Clay warf einen Blick auf Mr Joe, der mit der Tatze gegen die Fliegengittertür schlug. »Also, der Kühlschrank ...«

»Ja, ich weiß nicht. Ich meine, er ist aus. Glücklicherweise hatte ich nicht viele Lebensmittel drin.«

Clay betrat die Wohnung und schloss behutsam die Fliegengittertür. Er stellte seinen Werkzeugkoffer ab und bemerkte zum ersten Mal ein großes Glas auf der Küchentheke. Es lagen ein paar Dollarscheine darin, aber es war nur ungefähr zu einem Viertel gefüllt. Er ging zur Spüle, nahm die Tablette ein und ließ das Wasser in seine hohle Hand laufen.

»Sparen Sie für etwas?«, fragte er, als er versuchte, den Kühlschrank von der Wand wegzuziehen.

»Benzingeld.«

»Das ist alles?«

»Es ist nur ein Glas.«

Er warf ihr einen Blick zu, als er den Kühlschrank nach vorne zog. »Das gibt als Geschichte nicht viel her.«

Sie zuckte nur die Achseln, nahm einen Schluck von ihrer heißen Schokolade und beobachtete ihn.

Er fing an, die Werkzeuge herauszunehmen, die er wahrscheinlich brauchen würde. »Wissen Sie, was ich am meisten an meiner Arbeit liebe, sind die Geschichten. Die Leute bringen mir selten verstaubte Lampen oder Familienerbstücke, ohne eine Geschichte dazu zu erzählen, über das ›Warum‹ unter der Oberfläche, das diesen Dingen ihren Wert gibt. Egal, wie abgenutzt oder alltäglich ein Stück wirkt – es hat doch jedes seine Geschichte.«

Sie lächelte. Es war ein schelmisches Grinsen, das auszudrücken schien, dass sie mehr wusste, als sie sagte. »Ich stimme Ihnen zu.«

»Tatsächlich?«

»Darum habe ich das da.« Sie zeigte auf die andere Seite der Küche – auf eine große Korkpinnwand. Clay ging hinüber, um sie besser betrachten zu können. Sie war bedeckt mit Fotos, Erinnerungsstücken und Zitaten.

»Bis jetzt habe ich in vierzehn Staaten gelebt«, sagte sie. »Und ich versuche, mit wenigstens einer Person von jedem Ort, an dem ich war, in Kontakt zu bleiben.«

»›Liebe ist das einzige Gold‹«, las er eins der Zitate am oberen Rand.

»Tennyson. Alfred Lord Tennyson.«

»Ja, klar. Alfred. Er ist großartig.«

»Ich sammle berühmte Zitate, falls Sie das noch nicht bemerkt haben.«

Clay las ein weiteres. »›Wir bestreiten unseren Lebensunterhalt mit dem, was wir bekommen, und wir leben von dem, was wir geben.‹«

Sie lächelte. »Winston Churchill.«

»Was ist das da unter dem Zitat? Diese Liste?«

»Das sind all die Dinge, die ich gemacht habe, um so zu leben.«

Clay beugte sich ein wenig vor und las.

1. Autos auf der Autobahn einfädeln lassen.
2. Jemandem die Einkaufstasche tragen.
3. Einem Soldaten ein Essen bezahlen.
4. Jemandem hinter mir den Parkschein bezahlen.
5. Jemandem einen Parkplatz überlassen.
6. Meine Sparcoupons verschenken.
7. Vergeben.
8. Jemandem sagen, dass er hübsch ist.

Die Liste ging weiter. Seine Augen überflogen den Rest der Pinnwand. Sie war entzückend und planlos, würdevoll, aber chaotisch. Es kam ihm vor, als würde er einen direkten Blick darauf werfen, wie sie tickte.

Er verschob die Zeichnung eines Regenbogens, sodass sie gerade hing.

»Hände weg von dem Regenbogen«, sagte sie.

Er kehrte zum Kühlschrank zurück.

»Als ich dieses Zitat von Tennyson das erste Mal las, war ich bei einem Footballspiel der Highschool. Es war ein Heimspiel. Unser Team waren die Kämpfenden Quäker.«

Clay lachte. »Die Kämpfenden Quäker. Das ist nicht Ihr Ernst!«

»Wir hatten einen Quäker als Maskottchen und so weiter. Rot und schwarz waren die Schulfarben. Ich spielte Horn in der Blaskapelle. Ich stand direkt hinter Jeff Furbay, in den ich unsterblich verknallt war, nur um das auch noch zu erwähnen. Das Spiel war langweilig. Nicht ein Fünkchen Spannung. Also las ich. Machte meine Hausaufgaben. Es war im dritten Viertel. Noch zwei Minuten zu spielen. Ich trank heiße Schokolade mit Mini-Marshmallows.« Sie unterbrach sich und hob ihre Tasse zu einem Gruß. »Und dann las ich das.«

Clay hielt inne und drehte sich zu ihr um. »Und dann?«

»Und dann was?«

»Das war alles?«

»Ja. Das ist die Geschichte, die hinter dem Zitat steckt. Sie sagten, Sie mögen Geschichten.« Sie grinste, dann wanderte ihr Blick zu dem Glas auf der Theke. »Wenn das Glas voll ist, weiß ich, dass ich genug habe.«

»Genug für was?«

»Um weit genug wegzukommen, falls es nötig ist. Um neu anzufangen. Um dorthin zu gehen, wohin der Wind mich weht. Um der Herzenswärme zu folgen.«

Clay wandte sich wieder der Rückseite des Kühlschranks zu. »Das Leben besteht nicht nur aus Herzenswärme.«

»Aber auch nicht nur aus Regeln, Religiösling.«

Clay spähte hinter dem Kühlschrank hervor. Das war witzig.

»Und außerdem bin ich auf diese Weise hier gelandet. Mein Tank war leer, als ich auf der County Line Road war.«

Meinte diese Frau das ernst? »Wollen Sie mich auf die Schippe nehmen? Sie haben einfach alle Ihre Besitztümer ins Auto gepackt und sind losgefahren, bis Ihnen das Benzin ausgegangen ist?«

In diesem Moment fuhr ein Windstoß durch ihre Bluse, erfasste ihre Haare und hob sie nach hinten hoch. Es sah aus, als könnte sie direkt vor seinen Augen davonschweben und dem Wind folgen. Das ganze Bild widersprach vollkommen der ausgewogenen Präzision, an die er sich so klammerte ... als wäre es etwas Religiöses.

Sie beobachtete ihn, wie er aus seinen Gedanken zurückkehrte. »Das ist ja mal eine Geschichte«, sagte er.

»Da wir gerade bei Geschichten sind ...«, sagte Amber und winkte mit ihrem Gips. »Mein letzter Freund wollte nicht, dass ich Nagellack trage. Ich hab's trotzdem getan.«

»Und dann hat er Ihnen die Hand gebrochen?«

»Es war keine Absicht. Aber er hat es getan.« Zum ersten Mal schaute sie nicht in die Wohnung, sondern starrte in die Ferne, hinaus in den dunkler werdenden Himmel. »Ein Mal hat mir gereicht.«

»Kein Nagellack.« Der Gedanke wollte Clay nicht in den Kopf.

»Ja«, sagte sie wieder in scherzhaftem Ton. »Das klingt wie etwas, das Sie sich ausgedacht haben könnten.«

»Hängt von der Farbe ab.«

»Es war klarer Lack.«

Er lachte. Sie lachten beide. Dann wurden sie langsam wieder ernst und das Lachen erstarb, anscheinend ohne dass es einer von ihnen wollte.

»Wie auch immer, er hatte überhaupt keine Ähnlichkeit mit Ihnen.« Sie boxte mit ihrer freien Hand in die Luft. »Es war mein erster und einziger Kampf. Und ich habe verloren.«

»Nein, er. Er hat verloren.«

Ihre Hand sank nach unten. Sie sah aus, als würde sie gleich anfangen zu weinen, ein Weinen, das aus einer tiefen inneren Rührung entsteht.

Clay räusperte sich. Er wollte nicht, dass sie weinte. »Na gut, ich arbeite besser weiter.« Er ging hinter dem Kühlschrank in die Hocke und da bemerkte er zum ersten Mal die Drähte. Sie hingen an der Rückseite herab, als wären sie herausgerissen worden. Er bewegte seinen Kopf ein wenig, um zu Amber zu schauen. Sie blinzelte unschuldig. Er zog sich wieder hinter den Kühlschrank zurück, wo er es mindestens fünf Minuten lang nicht schaffte, ein Lächeln zu unterdrücken.

Im Lauf der nächsten Woche verlor die Armatur an ihrer Badewanne auf mysteriöse Weise eine Schraube. Dann flog ihr eine Sicherung heraus, zwei Mal. Eine Diele des Holzbodens bog sich unerklärlicherweise nach oben. Ihr Fenster verkeilte sich. Und am Samstag fiel schließlich die Fliegengittertür ab.

Obwohl er die Stufen ein Dutzend Mal hinaufgestiegen war, fühlten sich seine Füße schwer an, als er von unten die Fliegengittertür betrachtete, die am Türrahmen lehnte. Er wusste, dass sie drinnen war und auf ihn wartete.

Clay erreichte den Treppenabsatz und da stand sie, begrüßte ihn mit einem Lächeln, so schillernd wie das Sonnenlicht, das vom Ozean reflektiert wird.

Er setzte seinen Werkzeugkasten ab. »Sie machen mich mürbe, gute Frau.«

Amber hob die Hand. Der Gips war weg.

»Hey!«

»Jetzt ist alles besser.«

Er schaute das Fliegengitter an, schätzte die Lage ein und richtete seine Aufmerksamkeit wieder auf sie. »Wie ist diese Tür aus den Angeln geraten?«

»Warum hast du mich noch nicht gefragt, ob ich mit dir ausgehen will?«

Er hielt den Blick fest auf sie gerichtet. »Türen fallen nicht einfach so aus ihren Angeln.«

Sie trat näher. Und auch er trat näher – in diesem Moment gab es keine Tür auf der Welt, die er nicht für diese Frau geöffnet hätte.

Clay sah hinunter auf ihrer beiden Füße. Sie standen jeweils auf der anderen Seite der Schwelle, die Spitzen ihrer Schuhe nur Zentimeter voneinander entfernt.

»Ein Wink, ein Wink«, flüsterte sie.

Er konnte ihren Atem spüren – er roch nach Zimt. Seine Brust hob und senkte sich und er konnte nichts dagegen tun. Er versuchte es nicht einmal. Er wollte gar nicht versuchen, irgendetwas von dem, was hier vor sich ging, aufzuhalten.

Er schob seinen Fuß einen Zentimeter dichter an ihren heran. Sie tat es ihm nach. Sie war so nah, sah ihm in die Augen, das braune Haar fiel ihr aus dem Gesicht. Die Arme hatte sie hinter ihrem Rücken verschränkt und ihre Augen reflektierten mehr Licht, als die Sonne abgab.

»Wenn ich dich frage, hörst du dann auf, Sachen kaputt zu machen?«

Amber deutete ein Nicken an, ohne ihre Missetaten direkt zuzugeben.

Es fühlte sich alles so gut an. Und völlig außer Kontrolle. Die Worte all derer, die ihn liebten, gingen ihm durch den Kopf. Er konnte praktisch hören, wie sie ihn anfeuerten. Aber mitten in die Begeisterung hinein tönten all die hässlichen Worte, die sich seine Eltern vor seinen Ohren gegenseitig an den Kopf geworfen hatten. An einem Abend im Oktober, zwei Tage vor Halloween, hatten sie sich gegenseitig den Tod gewünscht.

Es war viele Jahre später gewesen, da hatte eine Frau genau dieselben Worte zu ihm gesagt.

Und direkt vor ihm stand diese wunderschöne Frau, der die welligen Haare wie ein Wasserfall über den Rücken fielen. Er bewegte seinen Fuß noch ein Stückchen. Auch sie kam näher. Wann hatte er sich das letzte Mal so atemlos gefühlt?

»Nach meinen Regeln«, sagte er leise. »Auf meine Weise.«

Sie nickte ernsthaft. »In Ordnung, Stress-Mann. In Ordnung.«

KAPITEL 9

Es war eine lange Debatte mit Mr Joe, aber nach mehreren Versuchen, sich anständig und gleichzeitig sexy anzuziehen, beschloss Amber, einfach nur auf anständig zu setzen. Der Stress-Mann hatte genügend Herausforderungen zu bewältigen, da musste er sich nicht auch noch mit ihren Hüften auseinandersetzen. Die, wie sie fand, Rundung und Spannkraft auf angenehme Weise in sich vereinten. Aber das tat jetzt nichts zur Sache.

Das Komische an der ganzen Geschichte war, dass es gar nicht nötig war, sich den Kopf zu zerbrechen. Sie war ziemlich sicher, dass es für ihn auch in Ordnung wäre, wenn sie mit T-Shirt und Jogginghose aufkreuzen würde. Schließlich entschied sie sich für ein einfaches Baumwollkleid und ein Jackett – eine alte Kombination, mit der sie schon manche schwierige Situation gemeistert hatte: Vorstellungsgespräche, Autopannen, langsame Tänze ...

Clay kam an die Tür und holte sie ab, genau wie sie es vermutet hatte. Er war nicht der Typ Mann, der aus dem Auto heraus hupte und unten wartete, bis sie erschien. Er hielt ihr die Tür seines alten Pick-ups auf, der einen gewissen Charme besaß, wie sie sich eingestehen musste. Er polterte und schnurrte wie Mr Joe, wenn er Hunger hatte.

Aber was als Nächstes passierte, kam völlig unerwartet. Wie hätte irgendjemand *damit* rechnen können? Natürlich hatte sie sich keine großen Hoffnungen auf eine besonders romantische Verabredung gemacht. Der Mann schien eine Abneigung gegen

Romantik zu haben. Sie dachte, er würde sich für etwas wirklich Harmloses entscheiden. Für einen Streichelzoo zum Beispiel. Oder einen Kinofilm ohne Altersbeschränkung. Möglicherweise auch für eine Kajakfahrt – auf diese Weise könnte er gut eine Paddellänge Abstand von ihr halten. Aber *das*?

Er hatte eine gute Portion Humor. Vielleicht war es ein Scherz?

Amber starrte das Schild an. »Du machst Witze, oder?«

Clay schaute auf seine Uhr. »Wir sind genau in der Zeit.«

»Das ist wirklich nicht als Scherz gedacht?«

Er lächelte nur und hielt ihr die Tür zum Agape-Seelsorgezentrum auf.

Agape? Sie wusste nicht, wie man das aussprach, geschweige denn, was es bedeutete.

Im Inneren gab es ein kleines Wartezimmer, in dem niemand wartete. Und dann wurden sie zu Dr. Stuarts Beratungsraum gebracht.

»Bitte kommen Sie herein. Setzen Sie sich.« Mit einer ausladenden Handbewegung deutete er auf die zwei Stühle vor seinem monumentalen, systematisch aufgeräumten Schreibtisch. Amber bemerkte Clays bewundernden Blick. Mehrere gerahmte Diplome hingen an den Wänden. In den Regalen hinter Dr. Stuart standen die Bücher so dicht gedrängt, dass kein Zentimeter frei blieb. Seine ledrige, fleckige Kopfhaut wurde von zwei weißen Haarbüscheln über den Schläfen eingerahmt. Sein rundlicher Körper steckte in einer braunen Jerseyweste und einer dunklen Hose. Sein teurer Ledersessel quietschte bei der geringsten Bewegung, deshalb legte er die gefalteten Hände auf den Schreibtisch, führte die Fingerspitzen zueinander und verzog seine dicken Backen zu einem freudlosen Lächeln. Sie hatte sich schon manches Mal in Menschen geirrt, aber die Art, wie er sie anblinzelte, vermittelte ihr den Eindruck, er habe einen Überlegenheitskomplex. Oder einen Tick.

Auf seinem Schreibtisch lag ein Stapel Bücher. Amber nahm eines in die Hand, weil sie dargeboten wurden wie ein Teller Pralinen. *Rot, gelb, grün – Ihr Führer zur Verträglichkeit in der Ehe.* Auf dem Umschlag war doch tatsächlich eine Ampel abgebildet. Und es sah aus wie ein Arbeitsbuch.

»Clay, Amber, das ist wirklich eine kluge Wahl«, begann Dr. Stuart. »Sehr reif und scharfsichtig. Als Erstes möchte ich deshalb Ihre besonnene Entscheidung anerkennen, die heilige Ehe ernst zu nehmen.« Er schaute sie beide an. »Haben Sie schon einen Termin festgelegt?«

Amber hielt den Blick starr geradeaus gerichtet. Sie konzentrierte sich auf die kleine getöpferte Kirche, die am Rand des Schreibtischs stand, und wünschte, sie könnte sich darin verkriechen.

»Hm?«, hakte Dr. Stuart nach. »Seit wann sind Sie verlobt?«

»Das sind wir nicht«, sagte Clay. »Wir haben uns gerade erst kennengelernt.«

Amber lenkte ihren Blick auf den Eheberater, der überrascht wirkte. Was wiederum nicht überraschend war. Doch er fuhr mit dem Arbeitsbuch fort und mit sämtlichen Schritten, die nötig wären, um eine gut fundierte, funktionierende, dauerhafte Ehe zu gewährleisten.

»Und auch eine glückliche?«, fragte Amber.

»Wie bitte?«, sagte Dr. Stuart und schaute von dem Buch auf.

»Ist das Glück garantiert? Sie wissen schon, wenn wir den Ampeltest hier bestehen.«

Dr. Stuart lachte glucksend. »Ja, natürlich, Amber. Wer könnte unglücklich sein, wenn sich alle gut miteinander vertragen?«

Amber nahm ihr Buch und stand auf. »Gut, dann vielen Dank. Wirklich. Clay ist ein großer Fan von Stichpunkten, also wird wenigstens einer von uns ganz fasziniert von dieser Methode sein.« Sie schüttelte dem Seelsorger die Hand, etwas heftiger als beabsichtigt. »Ich möchte Ihnen außerdem dazu gratulieren, dass Sie so eine wichtige Rolle bei unserer ersten Verabredung spielen.«

Dr. Stuarts Blick wanderte zu Clay. »Ist das Ihre erste Verabredung?«

»Es schien mir das Sicherste zu sein«, erwiderte Clay.

Auf einen Schlag verpuffte die Wut, die sich in Amber aufgestaut hatte. Er war kein Freak. Ganz im Gegenteil. Er war ... verängstigt.

»Ja, nun gut«, sagte der Seelsorger und wirkte etwas verwirrt, als er Clay musterte. »Vielleicht lassen Sie Ihre gemeinsame Zeit mit einem Spaziergang im Park ausklingen. Hm?«

Der Tuscora-Park lag in der Nähe. Sie gingen eine Weile zusammen spazieren. Es war irgendwie absurd – eine Eheberatung und ein Spaziergang. Aber zu Ambers Überraschung kehrte nach kurzer Zeit ein Gefühl der Unbefangenheit zwischen ihnen ein. Der Wind wurde mit jedem vergehenden Herbsttag ein wenig kühler, aber die Blätter waren immer noch herrlich bunt. Die Jahreszeiten und ihre Bedeutung hatten sie schon immer fasziniert, all ihre Symbolhaftigkeit und die Hoffnung, die Jahr für Jahr wiederkehrte. Doch der Herbst ... Nichts war mit der Farbexplosion der Blätter zu vergleichen, kurz bevor sie auf den kalten Boden hinuntersanken und abstarben. Sie verkörperten eine so tiefe Wahrheit über das Leben: Leuchtende Farben, dann der Tod. Immer und immer wieder.

»Komm«, sagte Clay sanft. »Setzen wir uns auf die Schaukeln.«

Sie hatte fast vergessen, dass er da war. Er verhielt sich so ruhig. Sie setzten sich beide auf einen breiten Ledersitz. Seine Schaukel blieb vollkommen still, ihre bewegte sich vor und zurück.

»Also«, sagte er, »fangen wir an.« Er schlug sein Buch auf Seite 1 auf. Sie tat es ihm nach, hauptsächlich aus Höflichkeit und Neugier. Aber sie wurde immer wieder abgelenkt durch die entzückten Schreie der Kinder auf dem Spielplatz, die herumrannten und spielten und lachten, weil es einfach Freude machte, gejagt zu werden.

Die einfache Freude, gejagt zu werden. Sie warf einen Blick auf Clay, der in das Buch vertieft war und beim Lesen mit dem Finger den Worten folgte. Es sah nicht so aus, als würde sie gejagt. Es kam ihr eher so vor, als würde jemand ... eine Probefahrt mit ihr machen.

Amber seufzte und wandte sich der zweiten Seite zu. Was hatte sie erwartet? Er war schließlich der Stress-Mann. Wie hatte sie überhaupt davon träumen können, dass dies hier irgendwie normal ablaufen würde? Sie hatte auf eine würzige Napolisoße gehofft. Er war wie gekochte Tomaten. Sie wollte Artischocken. Er war eine Dose Erbsen. War sie wirklich so überrascht?

Amber beobachtete, wie er sich konzentrierte und ihr Herz schmolz ein wenig. Für ihn war das hier wichtig.

Also sollte sie der Sache wenigstens eine Chance geben. Sie war keine große Freundin von Erbsen in der Dose, aber vielleicht entging ihr etwas, wovon sie keine Ahnung hatte?

Sie blätterte zu Seite 14. »Konsumierst oder missbrauchst du regelmäßig Drogen oder Alkohol?«

Clay blickte auf. »Nicht seit dem Studium. Aber ich glaube, wir sollten der Reihe nach vorgehen.«

»Nur damit du es weißt, manche würden das hier als überstürzt bezeichnen.«

Er beugte sich wieder über sein Buch. »Hast du ein Lieblingsärgernis?«

Aber Ambers Aufmerksamkeit galt wieder den Blättern. Der Wind hatte zugenommen und dunkelrote, orange und gelbe Blätter erhoben sich in die Luft. Der Himmel sah heute groß und tief aus und sie beobachtete, wie die Blätter im Wind trieben und langsam heruntersanken, als würden unsichtbare Hände sie auffangen.

»Hast du ein Lieblingsärgernis?«

»Nur eins.« Ein besonders schönes Blatt landete zu ihren Füßen. Sie beugte sich hinunter, um es aufzuheben, und drehte es zwischen den Fingern hin und her. »Blätter sind etwas Großartiges. Sie beginnen als kleine Knospen. Und dann sind sie buchstäblich über Nacht plötzlich da.« Sie fuhr mit dem Blatt über ihre Wange. »Weißt du, ich glaube, das ist wie bei uns. Wir kommen aus dem Bauch, grün und unreif wie sonst was. Wir klammern uns an den Zweig, der uns hält. Wir hocken an einem hohen, sicheren Ort. Wir beobachten die Welt und dann machen wir uns in irgendeiner Weise nützlich, zum Beispiel, indem wir Schatten spenden. Aber das genügt nicht. Wir wollen irgendwie hinunterkommen, verstehst du? Wir wollen mit all dem zusammen sein, was unter uns ist. Aber es macht uns Angst. Ich meine, wir haben uns so lange an den hohen, sicheren Ort geklammert. Aber wir wissen ... wir wissen, wenn wir loslassen, dann werden wir die erstaunlichsten Dinge erleben. Und in dem Moment, wo wir loslassen, sind wir zum Sterben schön. Wir sind eine Farbexplosion, die Menschen voller Bewunderung innehalten lässt. Und so begeben wir uns auf den magischen Flug nach unten, erfasst vom Wind – eigentlich ihm ausgeliefert. Wir wissen nicht, wo wir landen werden. Und manchmal landen wir nicht dort, wo wir es gern hätten. Aber manchmal, wenn wir Glück haben«, sagte sie und schaute auf das Blatt in ihrer Hand, »werden wir liebevoll von jemandem gehalten.«

»Würdest du mehr als vier Dollar für eine Tasse Kaffee zahlen?« Clay hatte jetzt einen Bleistift hervorgeholt und hakte Kästchen ab.

»Sobald du den Boden berührst, vertrocknest du und stirbst, aber das ist nicht der interessanteste Teil der Geschichte.«

Clay warf ihr einen Blick zu, als wäre ihm eben erst aufgefallen, dass sie etwas sagte. »Vier Dollar für eine Tasse Kaffee?«

»Niemals.«

Er lächelte erleichtert, ohne zu merken, dass sie das Lächeln in keiner Weise erwiderte.

Sie zog die Augen zusammen und verschränkte die Arme. »Aber ich würde acht Dollar für alles zahlen, was mit Schokolade ist.«

Nun gut, diese Bemerkung brachte sie am nächsten Tag in das Büro eines Finanzplaners. Der gleiche ordentliche Schreibtisch. Ein anderer Typ. Dieser Mann war noch verkrampfter als Clay und das sagte eine Menge. Sein Name war Fred. Seine Ausstrahlung war so steif wie sein Hemd.

Fred schaute einen Ordner durch, den Clay mitgebracht hatte, und Clay saß vorgebeugt da und hing an seinen Lippen. Amber hätte dringend einen Vier-Dollar-Kaffee gebraucht.

»Hm«, sagte Fred und schloss den Ordner endlich. »Sie werden mehr brauchen. Weit mehr.«

Clay nickte nachdenklich.

Fred fuhr fort. »Darum macht das aktuelle Schlupfloch in der Steuerpflicht unser neues Mehrgenerationen-Kapitalpaket so attraktiv. In zwanzig Jahren werden die Kosten für ein Studium voraussichtlich acht Mal so hoch sein wie heute. Wenn Sie Interesse haben an ...«

Sie hatte keins und irgendwo zwischen dem 401-k-Rentenvorsorgeplan und Anpassungen der Lebensversicherung fiel sie in einen Zustand der Bewusstlosigkeit. Eine Stunde später machten sie, beladen mit Informationsbroschüren und Statistiken, einen Spaziergang in die Stadt. Das war gut. Sie brauchte frische Luft.

Clay hatte seine freie Hand in die Tasche geschoben. Wieder wurde es still zwischen ihnen, aber nicht auf unangenehme Weise. Und das war das Geheimnis von Clay Walsh.

»Was ist verkehrt daran, vorauszuplanen?«, fragte er schließlich.

Das schrie nach einer bissigen Antwort, aber es war eine echte Frage und er hatte ein echtes Herz und dieser ganze Unsinn war für ihn irgendwie sinnvoll. Stattdessen sagte sie also: »Nächste Frage.«

»Äh, gut.« Er nahm sein Arbeitsbuch und öffnete es an der Stelle, die er gekennzeichnet hatte. »Wie viele Kinder hättest du gern?«

Sie hätte eine Antwort geben können, aber ein wunderschönes grünes Kleid – grün wie die Kiefern im Nordwesten – im Schaufenster eines exklusiven Kleidergeschäfts zog ihre Aufmerksamkeit auf sich. Es schien aus Seide zu sein und war wundervoll detailreich gearbeitet. Eine breite Schärpe verlief über eine Schulter. Sie wusste nicht, wo sie solch ein Kleid tragen würde, aber es wäre ein Vergnügen, es in ihrem Schrank zu haben.

Nur für den Fall, dass die Dinge sich von der Finanzplanung zum großen Ball im Palast weiterentwickeln würden. Falls nicht, hätte sie natürlich auch nichts dagegen, es zu tragen, um damit allein in ihrer Wohnung herumzutanzen. Mr Joe würde es gefallen.

»Was ist los?«, fragte Clay.

»Ist das nicht herrlich?«

Clay richtete den Blick auf das Kleid, seine Augen waren vom Lesen gerötet. Er betrachtete es einen Moment und zuckte dann die Achseln. »Überteuert. Also, welche Erfahrung hast du mit Kindererziehung?«

»Was sind Kinder?«

Na gut, das brachte sie ins Haus von David und Lisa, wo sie peinlich genau von allen drei beobachtet wurde, wie sie gedämpfte Karotten in so winzige Würfelchen schnitt, dass man eine Schnecke damit hätte füttern können.

Lisa stellte die Frage, die sich aufdrängte: »Ist das wirklich nötig?«

»Kleinere Stückchen«, sagte David. »Ihre Backenzähne sind noch nicht ganz draußen.«

»Kein Vorsagen«, mahnte Clay.

Lisa schüttelte den Kopf und setzte sich neben Amber. »Es tut mir so leid.«

»Ist schon okay. Das ist eine gute Übung für die Zeit, wenn ich alt und gebrechlich bin und mir meine dritten Zähne nicht mehr reinschieben kann.«

Lisa lachte und umarmte sie.

»Er versucht mich in die Flucht zu jagen«, flüsterte Amber.

»Das beherrscht er sehr gut«, sagte Lisa.

»Also«, sagte Clay, »findet ihr beiden, dass Amber und ich gut zusammenpassen?«

Amber fütterte Cosie weiter.

Lisa stöhnte. »Clay, bitte. Du weißt doch, dass das ein Gespräch ist, das man in der Ecke eines Zimmers führt, wenn der Betroffene nicht zuhört.«

»Wir haben nichts voreinander zu verbergen.«

»Wir haben die Arbeitsbücher als Beweis«, sagte Amber.

»Mach dich nur darüber lustig. Aber Tatsache ist, dass wir Dinge übereinander erfahren. Wichtige Dinge.«

»Jetzt weiß er«, sagte Amber, »dass ich gegen Wolle allergisch bin. Er würde mir also niemals einen Wollmantel kaufen. Nur als Beispiel.«

Lisa seufzte. »Ja, denn nichts schadet einer Ehe so sehr wie Wolle.«

Clay runzelte die Stirn. »Ich meine es ernst. Findet ihr, wir passen gut zusammen?«

Plötzlich schossen Cosies Hände nach oben und sie klatschte aufgeregt. Alle lachten. Amber konnte nur lächeln über Clays schockierten Gesichtsausdruck, aber als sein Blick zu ihr ging, lächelte er zurück.

David packte ihn am Arm. »Ich gehe mit Clay raus.«

* * *

»Bitteschön«, sagte David und gab ihm eisgekühlten Tee. »Ich habe Angst, dir zu diesem Zeitpunkt etwas Stärkeres zu geben. Du redest jetzt schon zu viel.«

Clay zuckte die Achseln, nahm das Glas und betrachtete den kleinen Hof, den sie eingerichtet hatten und in dem sich alles um Cosie drehte. Es gab ein Spielhaus. Gartengeräte zum Spielen. Bälle, Roller. Es war wie ein Paradies. »Ich weiß. Du hältst mich für verrückt.«

David trat neben ihn und schaute ebenfalls auf den Hof hinaus. »Clay, es ist ganz in Ordnung, jemanden kennenzulernen. Aber es gibt da einen ganz eigenen Rhythmus. Du findest heraus, was sie gern isst. Dann findest du heraus, dass sie eine Nachteule ist. Dann merkst du, dass sie eine seltsame Sucht nach Stevie Nicks Musik hat. Immer eins nach dem andern und von dort aus geht es dann weiter. Ich meine, dieses Buch und diese Fragen ... was soll das?«

Clay sah ihn nicht an. »Was genau ist deine Frage?«

»Warum setzt du sie so unter Druck?«

Clay starrte in sein Glas. Die Wahrheit war, dass er vielleicht einfach keine Ahnung hatte, wie man eine Frau auf unverfängliche Weise kennenlernte. Seine Erfahrungen in der Vergangenheit bestätigten das. Diese Gespräche kamen immer viel später. Normalerweise zu spät.

Davids Tonfall wurde milder. »Du hast sie wirklich gern, Mann. Ich habe viele Frauen um dich herum gesehen. Wir sind schon lange Freunde. Es gibt ein Davor und ein Danach und wir wollen nicht über das Davor reden, aber zu keiner Zeit deines Lebens hattest du ein Problem damit, die Aufmerksamkeit einer Frau zu gewinnen.« Er hob die Hände, als Clay protestieren wollte. »Ich weiß, ich weiß. Manche haben behauptet, du hättest sie zappeln lassen, während es dir immer nur darum ging, an deiner Theorie festzuhalten. Sie haben dich ohnehin nie wirklich verstanden.«

»Es war nie meine Absicht, jemanden zu verletzen.«

»Das weiß ich doch, Mann. Und in den vergangenen neun Jahren habe ich nicht wirklich jemanden gesehen, der gut genug für dich gewesen wäre.«

»Allein bin ich besser dran.«

»Aber du magst sie.«

»Sie ist …«

»Eine Versuchung?«

»Ja.«

David lachte. »Freut mich zu hören.«

Gelächter drang aus dem Inneren des Hauses. Durch die Glastür beobachteten sie, wie Lisa und Amber im Wohnzimmer mit Cosie spielten.

»Was hält dich zurück, Kumpel?«

Clay hatte nicht wirklich eine Antwort darauf. Zumindest keine, die irgendjemand hören wollte. David schaute wieder in den Hof, aber Clay konnte den Blick einfach nicht von Amber abwenden.

»Wir haben das Datum festgelegt«, sagte David und nahm einen Schluck von seinem Tee.

Clay lächelte und hob grüßend sein Glas.

»Nächsten Monat.«

»Das ging schnell.«

»Es wird nichts Ausgeflipptes. Lisa möchte eine kleine Feier. Wir werden sie hier im Hinterhof machen. Nur ein paar Freunde sollen dabei sein …«

»Nett.«

»… wie Kelly.«

Die Luft blieb Clay im Hals stecken, als wäre sie an seinen Mandeln festgeklebt. »*Wie* Kelly? Oder Kelly?«

David betrachtete das Eis in seinem Glas. »Sie fliegt von Phoenix her. Allein. Sie hat sich gerade von ihrem Mann getrennt.« Er gestikulierte, während er die Situation zu erklären versuchte. »Er hatte etwas laufen. Mit einer Frau aus seinem Büro. Sie versuchen, es wieder hinzukriegen.«

Clay ließ seinen Atem gleichmäßig ausströmen. Er hatte gedacht, sie sei glücklich. Vielleicht war das nur Wunschdenken gewesen.

»Ach, tut mir leid. Lisa musste sie einladen. Das weißt du.« Er stieß mit seinem Teeglas gegen Clays. »Bleibst du trotzdem mein Trauzeuge?«

Clay lächelte und nickte, obwohl ein eisiger Schauder über seinen Körper lief.

* * *

»Du bist ein Naturtalent«, sagte Lisa, als Amber Cosie auf ihrem Schoß hielt. Sie drehte eine weitere Multiplikationskarte um. »Sie steigt immer aus bei ein mal zwei.«

»Hab ich also bestanden?« Amber grinste.

Lisa legte die Karten beiseite, stützte den Ellbogen aufs Knie und das Kinn in ihre Hand. »Bist du wirklich so verzweifelt?«

»Wie lang kennst du ihn schon?«

»Seit der Uni. Er war eine Weile lang mit einer Freundin von mir zusammen. Die beiden haben David und mich verkuppelt, und so sieht's jetzt aus.«

»Wie war Clay ... damals?«

»Es war *viel* lustiger mit ihm.« Sie beugte sich vor und schob Cosie die Haare aus dem Gesicht. »Er war bei allen beliebt. Er hatte diese wilde Energie, durchgeknallt, aber nicht zu überspannt. Ich weiß – davon merkt man heute nichts mehr.«

Amber schaute aus dem Fenster. Clay und David unterhielten sich immer noch.

»Er hat früher diese alberne – und ich meine wirklich alberne – Campussendung zusammen mit einem weiteren Freund von uns veranstaltet. Es fing eigentlich als Spaß an, in unserem zweiten Studienjahr, aber es wurde immer größer. Es war verrückt. Sie sind sogar mit dem Ding herumgereist. Dann haben sie Semesterferienpartys veranstaltet, DVDs produziert ... Hat er dir das nicht erzählt?«

»Nein.«

»Na ja, sie haben viel Geld damit verdient. Sie haben es aufgebaut, dieses ... wie soll man es nennen? Das lief fast automatisch. Alles stand kurz davor, ungeheuer schnell zu wachsen und sich auszuweiten. Clay hatte Angebote von überallher. New York. Chicago. Die Werbeeinnahmen überstiegen jedes Vorstellungsvermögen. Und dann ...«

Amber wartete. Lisa hatte sich in ihren Erinnerungen verloren, ihr Blick war abwesend.

»Was war dann?«, fragte Amber schließlich.

Lisa stieß heftig den Atem aus. »Er sagte Nein. Zu der ganzen Sache. Zu allem. Er beendete das komplette Geschäft. Unter einer Menge bizarrer Vorwände. Was von seinem Geld übrig war, gab er weg.« Sie schaute aus dem Fenster zu den beiden Männern. »Und seitdem ist er nicht mehr derselbe.«

Sie blickten beide nach unten und sahen, dass Cosie eingeschlafen war. Sie atmete in tiefen Zügen, ein Kind, das sich um nichts sorgen musste. Amber küsste sie auf die Stirn und übergab sie Lisa, die flüsterte: »Ich bin gleich wieder da.«

Amber lehnte sich auf dem Sofa zurück und fragte sich, wer Clay gewesen war. Wozu er geworden war. Und was dazwischen geschehen war. Selbst wenn er lächelte, lag eine gewisse Traurigkeit in seinem Blick. Sie schien ihn nie zu verlassen. Egal, wie blau seine Augen im Licht des Tages leuchteten, dahinter verbarg sich eine lauernde Dunkelheit und trübte den Glanz, der sonst ganz sicher da gewesen wäre.

Eine Stunde später begleitete er sie die Treppe zu ihrer Wohnung hinauf.

Oben angekommen klopfte sie auf ihr Arbeitsbuch. »Du bist so still geworden. Willst du mir keine Fragen mehr stellen?«

»Nach elf passiert nichts Gutes mehr.«

Sie lachte und schüttelte den Kopf. »Die meisten Menschen versuchen es wenigstens bis Mitternacht.«

Er trat zurück und antwortete nicht.

»Na gut. Dann danke für das ... Abenteuer.« Sie schloss die Tür auf und wollte hineingehen.

»Ach, Amber?«

Sie drehte sich um und war überrascht, wie nahe er bei ihr stand. Sie berührten sich fast. Sie hielt die Luft an und hoffte, sie würden es tun.

»Was denn?« Sie schaute zu ihm hoch, in seine Augen. Er blinzelte langsam, als wolle er jede Einzelheit an ihr in sich aufnehmen.

»Würdest du uns bitte beiden einen Gefallen tun und entscheiden, was wir nächstes Mal machen?«

Sie lächelte. »Nächstes Mal?«

Und dann trat er einen Schritt zurück. Sein wunderschöner, verlorener, schwermütiger Blick war wieder auf seine Schuhe gerichtet.

»Gute Nacht, Stress-Mann.«

»Gute Nacht, schöne Frau.«

* * *

Clay saß allein im Imbiss, las in seinem Buch und machte sich Notizen. Es war der einzige Imbiss in der Stadt, der rund um die Uhr geöffnet hatte. Heute um ein Uhr nachts war er fast leer. Ein paar Lkw-Fahrer saßen an der Theke vor ihren panierten Beefsteaks und an einem Tisch in der Ecke saß zusammengedrängt eine kleine Gruppe Studenten. In jüngeren Jahren war er oft hier gewesen.

Durch die Eingangstür kam ein Mann, die Arme um die Hüfte eines Mädchens geschlungen. Clay seufzte und wünschte sich, er könnte die Erinnerungen ausradieren, die durch die kleinsten Dinge geweckt zu werden schienen. Aber sie lauerten immer direkt vor seiner Tür.

»Clay Walsh? Bist du das?«

Clay hob den Kopf. »Betty?«

Sie grinste breit und er sah, dass sie ihre Zähne hatte richten lassen. Als er sie das letzte Mal gesehen hatte, hatten zwei gefehlt. Es war kaum zu glauben, dass sie immer noch hier arbeitete. Als dies früher sein Lieblingsplatz gewesen war, war sie ihm mit ihrem gebeugten Rücken und dem allgegenwärtigen Fleck auf ihrer Bluse hundert Jahre alt vorgekommen.

Sie wischte sich die Hände an der weißen Schürze ab, die an ihr hing wie eine Kapitulationsflagge. Ihr Haar war zurückgekämmt und mit Spray fixiert, so stabil wie Beton, wenn ein starker Wind daran rüttelte.

»Na, so was. Sieh mal einer an, was fehlt denn hier?« Sie zwinkerte ihm zu. »Ich weiß es. Ein Tisch voller Mädchen, die dich einhüllen wie ein Klecks Bratensoße.«

Betty hatte schon immer eine besondere Art gehabt, sich auszudrücken. Er lächelte sie an. »Lustig.«

»Wie lange ist das jetzt her?«

»Mindestens neun Jahre.«

»Was machst du hier ganz allein zu dieser nächtlichen Stunde?«

»Ich denke nach.«

»Das sollten mehr Leute ausprobieren.«

»Betty, darf ich Sie etwas fragen?«

»Klar. Ich will nur erst ...« Sie glitt auf die Bank und hielt sich mit zwei unsicheren Händen am Tisch fest. »Oh, tut das gut, mal von den Füßen runterzukommen. Wie geht's deiner Tante Zella?«

»Sie tritt mir immer noch in den Hintern.«

»Schön zu hören! Ich habe gehört, dass du die Stellung in dem alten Antiquitätenladen hältst. Ist das nur ein Gerücht?«

»Nein, es stimmt.«

»Vielleicht bin ich ja die Einzige, die so denkt, aber der Clay, den ich kannte, wirkte nicht wie der Typ Mann für einen Antiquitätenladen.« Sie zuckte die Achseln. »Ich muss ein paar Sachen vorbeibringen. Ich hab eine Menge Zeug, das nur herumsteht und zu nichts nütze ist, außer als Ablagefläche für Staub. Wahrscheinlich hätte ich mir schon vor Jahren etwas Kleineres suchen sollen.« In ihren Augen lag ein wehmütiger Friede, als würde mit dem Verkauf ihrer Besitztümer eine Loslösung von dieser Erde beginnen. »Also, was willst du mich fragen? Ob die Footballmannschaft von Ohio dieses Mal wieder einen peinlichen Auftritt hinlegen wird oder nicht?«

»Oh ...«

»... hio.«

Clay spielte mit dem Umschlag seines Arbeitsbuches. »Es ist eher eine persönliche Frage.«

»Mein Lieber, wenn du den Zustand erreichst, dass du nicht mehr lachen kannst, ohne dir in die Hose zu machen, gibt es nicht mehr viel, was dir peinlich ist. Verstehst du, was ich meine?«

»Noch nicht, aber in Ordnung«, Clay lachte, »ich habe mich gefragt ... warum Sie nicht verheiratet sind.«

Betty blinzelte. Die Frage überraschte sie, das sah er ihr an.

»Ich meine, ist es nicht in Ordnung, allein zu sein? Was ist verkehrt daran? Die Leute halten einen für verrückt, aber es ist doch sicher auch etwas Gutes daran, oder nicht?«

»Ich schätze schon. Ich kann machen, was ich will. Mir kaufen, was ich will. Ich muss mich vor niemandem rechtfertigen, außer vor mir selbst.«

»Sind Sie manchmal einsam?«

»Klar. Aber du kannst mir glauben, wenn ich dir sage, dass ich eine Menge Einsamkeit in den Augen von Menschen sehe, die nicht allein sind. Sie sitzen direkt nebeneinander, nah genug, um sich zu berühren, aber es könnte genauso gut der Grand Canyon zwischen ihnen liegen. Man kann jede Mahlzeit des Tages zusammen einnehmen und einsam sein.«

»Genau das denke ich auch. Ist das der Grund, warum Sie nie geheiratet haben?«

Ihr altes, raues Gesicht wurde einen Moment lang nachdenklich. Ihre Gedanken glitten zwischen ihnen vorbei wie stille Segelboote auf einem schwarzen See.

»Warum denkst du, ich hätte nie geheiratet?«

»Ich ... ich habe es nur angenommen. Ich meine, Sie sind jeden einzelnen Tag hier. Sie haben nie einen Ehering getragen.«

»Ich war verheiratet.«

»Wirklich?«

»Ja. Sein Name war Earl.«

»Erzählen Sie mir mehr«, sagte Clay und beugte sich zu ihr vor.

»Na gut, wir heirateten, als wir siebzehn Jahre alt waren. Er fiel mit fünfundzwanzig im Krieg.«

Clay lehnte sich zurück. Mit so einer Geschichte hatte er nicht gerechnet. »Du liebe Güte, Betty. Das tut mir leid.«

»Muss es nicht. Es waren die besten acht Jahre meines Lebens.«

»Aber ... in all der Zeit haben Sie nie wieder geheiratet?«

»Warum hätte ich das tun sollen? Er war mein Ein und Alles. Es hätte nie einen anderen für mich geben können.« Betty betrachtete ihre Hand. »Ich hatte nie einen Ehering. Wir konnten es uns nicht leisten, als wir heirateten. Wir wollten uns Ringe kaufen, sobald wir etwas Geld hätten.« Sie lachte beim Gedanken daran. »An unserem ersten Jahrestag waren wir so arm, dass wir uns nur einen Schokoriegel kaufen konnten. Wir teilten ihn in zwei Hälften und aßen ihn am Feuer. An jedem 20. Januar hole ich mir einen Schokoriegel zum Gedenken an Earl. Und esse die Hälfte auf.« Sie grinste und klopfte sich auf den Bauch. »Dann esse ich die andere Hälfte als Zugabe. Es besteht kein Grund, einen guten Schokoriegel verkommen zu lassen.«

Clay berührte sie an der Hand. »Das klingt nach einer wunderbaren Liebesgeschichte.«

»Die Frage ist, warum du keine hübsche Dame an deiner Seite hast? Der Himmel weiß, dass genug von ihnen Schlange gestanden haben, um deine Aufmerksamkeit zu gewinnen.«

Clays Gesicht wurde heiß. »Na ja, ich arbeite daran.«

Betty warf einen kurzen Blick auf sein Arbeitsbuch. »Wie Hausaufgaben oder so etwas?«

»So ähnlich.«

»Du brauchst ein wesentlich dickeres Buch als dieses hier, um eine Frau zu verstehen, Clay Walsh.«

»Vielleicht versuche ich, mich selbst zu verstehen.«

»Was gibt es da zu verstehen? Earl und ich kannten uns gerade mal drei Wochen, als wir in den Hafen der Ehe einliefen.«

Clay lachte. »Ich werde mehr als drei Wochen brauchen. Sie ... jagt mir irgendwie Angst ein.«

Betty lächelte vielsagend. »Ich verstehe. So eine Geschichte ist das also.«

»Ja, so ist es wohl.«

»Weißt du, die Ehe ist irgendwie wie ein Teebeutel. Man weiß nicht, wie stark er wirklich ist, bis du ihn in kochendes Wasser legst.«

»Ein Teebeutel, ja?« Er dachte an all den Tee, den Tante Zella ihm im Lauf der Jahre geschickt hatte.

»Und das Wasser kocht nicht, bis es Hitze bekommt, und die Hitze kommt nicht, bevor man nicht das Jawort spricht.«

»Ich will nur sichergehen, dass sie die Richtige für mich ist und … na ja, vielleicht will ich noch sicherer gehen, dass ich der Richtige für sie bin.«

Betty nickte freundlich. »Weißt du was, Clay, das wusste ich immer von dir.«

»Was denn?«

»Ich wusste, dass du ein besserer Mann bist als der, der zu jeder Nachtstunde hier in den Imbiss kam. Ich habe einmal für dich gebetet.«

»Sie haben für mich gebetet?« Clay war tief gerührt. Für ihn war Betty immer nur die Frau gewesen, die dafür sorgte, dass das Essen auf den Tisch kam. Es erstaunte ihn, dass sie so etwas für ihn getan hatte. Und dass sie etwas anderes in ihm gesehen hatte als diesen Idioten, der er war. »Was haben Sie gebetet?«

»Dass du erkennen würdest, dass du mehr wert bist, als du dachtest.« Sie glitt aus der Sitzgruppe und stand mit so viel Mühe auf, wie sie sich gesetzt hatte. »Was darf ich dir bringen? Ein Stück Kuchen? Wir haben heute Aprikose.«

»Nein danke, Betty. Kaffee reicht mir.«

»Gut, dann Kaffee. Ich bringe ihn dir schwarz, denn es sieht aus, als bräuchtest du etwas, das stark genug ist, um dir ein wenig Vernunft einzubläuen.«

»Das ist immer gut, wenn mir jemand etwas einbläut.«

»War nur ein Scherz. Also gut, ich bringe dir auch deine Pommes mit Bratensoße.«

Betty entfernte sich und Clay sah ihr nach, wie sie hinter die Theke ging. Er lächelte, als er an ihren Mann dachte und an eine Liebe, die den Tod überdauerte. Dann nahm er das Platzdeckchen aus Papier und drehte es um, holte den Bleistift aus seinem Buch und fing an zu schreiben.

KAPITEL 10

»Welchen Prozentsatz Ihres jährlichen Einkommens halten Sie für eine angemessene Ausgabe für ein Haustier?« Trish hob den Kopf und fächelte sich Luft zu. »Ich verstehe, wie er es schafft, dich so in Rage zu versetzen.«

Amber zuckte nur die Achseln. Sie war mit einem Blumengesteck für den achtzigsten Geburtstag einer Frau beschäftigt. Sie fand, es sollte leuchtend bunt sein.

»Gib mir das mal«, sagte Carol, schnappte sich das Arbeitsbuch und blätterte es durch.

»Es sind nicht alles solche Fragen«, erklärte Amber.

Carol schob sich die Brille auf die Nase, um zu lesen. »Was halten Sie von der Todesstrafe?«

Trish bewegte ihre Schultern wie eine schlechte Imitation von Marilyn Monroe und ließ ihre Stimme tief und sinnlich klingen. »Oh ... ja ... hm ... die Todesstrafe.«

Amber warf ihr einen strafenden Blick zu.

»Na gut, ich höre auf damit. Aber nein danke. Wirklich. Ich brauche einen echten Mann«, sagte Trish.

»Clay ist ein echter Mann.«

»Ich habe jede Menge Erfahrung, meine Lieben. Und bis jetzt habe ich noch keinen gefunden, der mich glücklicher machen kann als ein gutes Stück Schokolade.« Carol schob Amber das Arbeitsbuch zu. »Aber ich gebe die Hoffnung nicht auf und bin immer noch auf der Suche.«

»Er ist zuverlässig. Handwerklich geschickt.« Sie hatte es kaum ausgesprochen, als es ihr schon unangenehm war.

Trish nickte unbeeindruckt. »Mein Staubsauger ist auch sehr zuverlässig.«

»Und ich kann dir den Namen meines Handwerkers Ronald geben«, fügte Carol hinzu, »falls es das ist, was du suchst.«

Eine Pause trat ein und Amber schaute zu Boden. Sie fand es schrecklich, was sie über Clay sagten und wie sie ihn verspotteten. Wie viel Hohn hatte er wohl in den vergangenen neun Jahren ertragen?

Carol sagte: »Trish, holst du mir nochmal eine Schachtel Nadeln, bitte?« Trish verschwand nach hinten und Carol sauste zu ihr hinüber. »Amber, meine Liebe, meinst du nicht, das könnte eine Masche sein, so eine ›Mich-bekommst-du-nicht-so-leicht‹-Tour? Das kann doch nicht sein Ernst sein, oder?« Sie deutete auf das Arbeitsbuch. »Ich meine, bei einer ersten Verabredung? Ein Eheberater?«

Amber seufzte und wandte den Blick ab. »Ich weiß. Er ist eigenartig.«

»Es gibt eigenartig und dann kommt sonderbar und dann wunderlich und dann Clay.«

»Du kennst ihn nicht so gut wie ich.«

»Was weißt du denn wirklich über ihn, hm? Er kann Sachen reparieren. Das konnte Ted Bundy auch. Und er war ein Serienmörder.« Carol sah sie an und seufzte. »Magst du diesen Typen wirklich?«

»Das ... das weiß ich ehrlich gesagt noch nicht. Ich bewege mich langsam darauf zu. Ich meine, bis jetzt hat es mit dem, was ich bei einem Mann suche, nicht so gut geklappt. Es ist irgendwie erfrischend, einen Mann kennenzulernen, der gute Manieren hat.«

Carol gab ihr einen scherzhaften Stoß. »Und was weiß ich schon, oder? Mensch, ich habe Cupcake geheiratet, also hör nicht auf mich!«

»Wir sind diesen Samstag wieder verabredet«, sagte Amber.

Trish kam zurück. »Lass mich raten. Ihr geht zur Kraftfahrzeugbehörde, um zu testen, wie gut ihr einparken könnt.«

Amber lächelte. Nein ... was sie geplant hatte, war ein wenig romantischer.

Die Woche zog sich dahin, aber endlich kam der Samstag. Clay war pünktlich um zwölf Uhr da, wie sie es von ihm erwartet hatte. Sie stand hinter der Fliegengittertür und beobachtete ihn, wie er auf die Schuhschachtel hinabblickte, die auf dem Treppenabsatz stand.

Er hob sie auf und las, was sie auf den Deckel geschrieben hatte. »Entscheide dich.« Er sah sie an. »Ach, fängt das jetzt schon mit dem Ultimatum an?«

Sie lachte. »Du musst sie aufmachen, Dummerchen.«

Er hob den Deckel und spähte hinein. »Lauter Zettel, in der Mitte gefaltet. Geheimnisvoll. Oder wir basteln etwas. Mit Glitzer kann ich nicht gut umgehen.«

»Nimm dir einen.«

»Na gut.«

Er fasste hinein, zog einen heraus, öffnete ihn und hob die Augenbrauen. »Zum Baumarkt?«

»Komm schon. Wir haben keine Zeit zu verlieren!«

Der Baumarkt lag vom Antiquitätengeschäft aus nur um die Ecke. Sie brauchten länger für das Parken als für die Fahrt dorthin.

Clay schaute sie immer wieder von der Seite an, als könne er es kaum aushalten vor Spannung, was sie vorhatten.

»Gang drei«, sagte Amber, als sie den Laden betraten.

Er gehorchte, dann stand er mit den Händen in den Taschen da und sah sich um. »Äxte?«

»Nun ja, du bist furchtbar schwer zu verführen, also muss ich zu extremen Mitteln greifen.«

Er grinste sie an. Sie mochte sein Grinsen.

»Ich wusste, du würdest mich eines Tages umbringen«, sagte er.

»Na los, such dir etwas aus. Irgendetwas Scharfes.« Sie posierte davor wie die Lottofee.

»Du jagst mir wirklich Angst ein.« Er lachte.

»Ich weiß. Es macht irgendwie Spaß, das zu sehen.«

Nach einem kurzen, geheimnisvollen Halt beim Supermarkt waren sie eine Stunde später am Atwood Lake. Sie hatte diesen wunderschönen Ort am Tag nach ihrer Ankunft entdeckt, als sie unterwegs gewesen war, um herauszufinden, was es in der Gegend Interessantes zu sehen und zu unternehmen gab. Clay trug zwei große Holzklötze vom Truck herüber. Amber tat so, als würde sie Zweige suchen, doch sie wollte ihn beobachten. Er war ein merkwürdiger Mann, aber sie dachte, wenn sie ihn eine Weile lang in einer anderen Umgebung sehen würde, könnte sie vielleicht herausfinden, wie er gestrickt war.

Er ließ die Klötze neben der rustikalen Feuerstelle fallen, packte seinen brandneuen Spalthammer und fing an zu hacken. Amber vergaß, dass sie angeblich auf der Suche nach Zweigen war. Er ertappte sie dabei, wie sie ihn anstarrte, aber sie schaffte es einfach nicht, den Blick abzuwenden.

Clay warf sich in die stolze Pose eines Holzfällers und sie kicherte.

Sie fing wieder an, Zweige aufzusammeln und rückte Stück für Stück näher an ihn heran. »Warum lässt du es mich nicht einmal versuchen?«, fragte sie.

Er hielt mitten im Schlag inne. »Ernsthaft?«

»Was? Glaubst du nicht, dass eine Frau eine Axt schwingen kann?«

»Ich glaube nicht, dass eine Frau, die eine Katze hat und ein Bonbonglas für Kleingeld und Antihistamintabletten in der Tasche, eine Axt schwingen kann.«

»Es ist ein Bonbonglas für Scheine. Und ich hab die Antihistamintabletten nur für dich gekauft. Also, jetzt schau zu und lern was.« Sie hob die Axt hoch über ihren Kopf, um ihn zu beeindrucken, und wackelte ein wenig damit herum, um zu sehen, wie er reagieren würde. Er wirkte nervös und schien sich auf das Schlimmste gefasst zu machen. Sie lachte und hielt es für besser, ihn nicht weiter zu reizen. Er war ohnehin die meiste Zeit ein Nervenbündel. Sie senkte die Axt und spaltete den Klotz in zwei Hälften.

»Oho!« Clay sah sie mit großen Augen an.

»Komm mit«, sagte sie. »Ich kann auch Feuer machen.«

Mit einem einzigen Schlag des Feuersteins gegen den Stahlrand der Feuerstelle entzündete sich die Flamme.

»Die Funken fliegen.« Sie lächelte.

»Was ist in der Tüte?«, fragte er und deutete auf den höchst geheimnisvollen Einkaufsbeutel, mit dem sie ihn geneckt hatte.

Mit einer dramatischen Geste zog sie eine Tüte Marshmallows hervor.

»Perfekt«, sagte er.

Amber nahm einen Stock, spießte ein Marshmallow auf und reichte ihn an Clay weiter. Das Gleiche machte sie mit ihrem Stock. Dann hielt sie ihn wie ein Mikrofon an ihren Mund. »Mr Walsh, die Welt will es erfahren: Wann werden Sie sie küssen?«

Wie ein eifriger Reporter streckte sie ihm das Marshmallow ins Gesicht. Er sah zu Boden.

Sie hielt das Marshmallow in die Grube, wo es Feuer fing und so orange leuchtete wie ein Kürbis.

»Kein Kommentar?«, fragte sie, während das Marshmallow vor seinem Gesicht brannte.

»Du bist unverbesserlich.«

»Ich weiß. Und ich danke dir. Wie magst du deine Marshmallows?«

»Knusprig verbrannt. Und du?«

»Schmelzend und warm, zusammengequetscht und eingehüllt in die Arme von Schokolade, alles unter einer festen Lage Vollkornkekse.« Sie grinste. »Hmm.«

Er lachte, schüttelte den Kopf und versengte sein Marshmallow nach allen Regeln der Kunst.

Zwei Stunden vergingen wie im Flug. Sie redeten weniger, als sie erwartet hatte. Aber er war ausgelassener, als sie gedacht hätte. Sie schwangen am Klettergerüst des nahe gelegenen Spielplatzes. Sie gingen am See entlang und warfen Steine. Er zeigte ihr alle einheimischen Bäume. Sie beobachteten die Kajakfahrer.

Und er berührte sie kein einziges Mal.

Was würde sie nicht geben für ... was? Was genau wollte sie von ihm?

»Also dann«, sagte sie, nachdem sie zur Feuerstelle zurückgekehrt waren und jeder seinen Anteil Marshmallows verzehrt hatte, »wir sollten gehen.«

»Ach?« Er wirkte überrascht.

»Ich habe später noch etwas vor. Aber zuerst müssen wir parken gehen. Es gibt keinen See ohne den perfekten Platz, um im Auto zu knutschen.« Sie zeigte mit dem Finger auf ihn. »Und erzähl mir nicht, du wüsstest nicht, wo der ist.«

Er lächelte, verlor aber etwas Farbe in seinen Wangen.

»Ich mache nur Spaß. Tatsächlich nehme ich dich zu einem Kurs in emotionaler Selbstverteidigung mit. Ich glaube, du qualifizierst dich vom Fleck weg für den schwarzen Gürtel.« Amber zwinkerte und er lachte glucksend, während er den Kopf über sie schüttelte und ihm das wirre Haar ins Gesicht fiel.

Als sie wieder im Truck saßen, die Fenster heruntergekurbelt, fuhren sie nach Norden, an der Ostseite des Sees entlang. Es war wieder still. Small Talk lag ihm nicht besonders, das schätzte sie an ihm. Sie war ebenfalls nicht gut darin. Doch obwohl es ihnen gelungen war, so viel Spaß miteinander zu haben, gab es immer noch diese dicke Mauer zwischen ihnen. Es war, als wäre er unberührbar. Oder als wäre sie es. Einer von ihnen war es auf jeden Fall. Unberührbar wie eine ansteckende Krankheit.

»Darf ich?« Sie streckte die Hand nach dem Radio aus. Er nickte.

Amber suchte sich durch die Sender. Countrymusic? Nein. Hip-Hop? Nein. Ein Radioprediger?

»›*... denn mit einem Opfer hat er für immer die vollendet, die geheiligt werden.*‹« Laut und geprägt durch einen starken Südstaatenakzent.

»Was ist damit? Hm?«

Clay lachte. »Such weiter.«

Sie traf auf Heavy Metal, lateinamerikanische Musik, Oper, Klassik und dann ...

»Es gibt nur eine Sache – und ich meine nur diese eine Sache –, der garantiert keine heißblütige Frau auf diesem oder einem anderen Planeten widerstehen kann. Hört ihr mir zu? Desinteresse.«

Amber knurrte. »Lucky Chucky. Verschone mich.«

Clay warf ihr einen Seitenblick zu. »Entschuldige bitte. Hast du etwas gesagt?«

Sie lachte. Sein Humor überraschte sie immer wieder.

»Wer bist du nochmal?«, fuhr er fort, die Augen auf die Straße gerichtet, doch wieder zeigte sich der Hauch eines Lächelns.

»Du bist ganz schön frech.« Sie schlug ihm scherzhaft gegen den Arm.

»Ja, das bin ich.« Er deutete zum Radio. »Dieser Mann weiß übrigens, wovon er spricht.«

Sie stöhnte wieder. »Ich bitte dich.«

»Zach aus Collegedale, was kann ich für dich tun?«

»Oh Zach, bitte, wenn dir irgendetwas in der Welt lieb und teuer ist, leg auf«, flehte Amber.

»Ja, äh, ich werde nächste Woche einundzwanzig und ich und meine Freunde wollen eine größere Kneipentour machen, und –«

»Komm zur Sache, Zach.«

»Ja, Zach«, sagte Amber und streckte den Ellbogen aus dem Fenster.

»Also, wenn ich zu einer Frau hingehe, die in einer Gruppe von anderen Frauen in einem Lokal steht, was ist dann die wirksamste Art, um die erste Frau abzuschleppen?«

»Baggere ihre Freundinnen an. Nächster Anrufer, bitte.«

Clay schaltete das Radio ab. »Los geht's. Es ist Zeit für das Arbeitsbuch.«

* * *

»Dir gefällt dieses Buch wirklich sehr, oder?«, fragte Amber. Sie saßen auf der untersten Treppenstufe, direkt unter dem Fenster ihrer Wohnung.

Clay wusste es nicht. Aber er wusste, dass es ihm gefiel, ihr Fragen zu stellen. Und es gefiel ihm zu sehen, wie sie sie beantwortete. Und wenn man es genau betrachtete, konnte er vielleicht Hilfe dabei gebrauchen, richtig mit einer Frau zu sprechen. In früheren Zeiten hatte er die geheime Sprache mühelos beherrscht – aber jetzt war sie ihm fremd.

Dies hier war ... anders. Und er musste zugeben, dass er sich wirklich ungeschickt anstellte. Aber er wusste, wenn dies wenigstens entfernt an das herankommen sollte, was er sich erhoffte, dann würden sie echte Gespräche miteinander führen müssen. Es gab ein paar schwierige Themen, die er würde anschneiden müssen.

Sie war damit beschäftigt, ihr Arbeitsbuch auszufüllen, als er herausplatzte: »Ich kenne ihn.«

»Wen?«

»Lucky Chucky.«

Amber lachte, als wäre es ein Witz. Clay biss sich auf die Lippe und hoffte, sie würde merken, dass es keiner war. Sie merkte es. Sogar ziemlich schnell.

»David kennt ihn auch.«

Sie klappte ihr Arbeitsbuch zu. »Du und David, ihr seid mit Lucky Chucky befreundet?«

»Sein echter Name ist Brad.«

»Ich weiß nicht, ob er einen echten Namen verdient, aber na gut.« Sie schüttelte den Kopf. »Ich kann ehrlich nicht erkennen, was euch verbindet.«

»Als ich nicht mehr bei der Studentenverbindung mitmachen wollte, waren er und David die Einzigen, die noch zu mir hielten. Alle anderen wandten sich von mir ab.«

»Ich verstehe. Loyalität bedeutet dir viel.«

»Er ist ein Opfer.«

»Ich bitte dich.«

Amber verdrehte die Augen.

»Hör mir doch erst mal zu.«

»Na gut«, sagte sie und stützte das Kinn in ihre Hand.

Clay überlegte, wie er es erklären könnte. »Es ist so. Er ist der Typ Mann, der immer mit allem durchgekommen ist, einfach, weil die Leute es zugelassen haben. Ist das seine Schuld? Er ist ein Produkt des Systems.«

»Das ist lächerlich.«

»Genau wie ich selbst es auch war.«

»Bevor du ›das Licht‹ gesehen hast?«

»Und ein Religiösling wurde.«

Sie lachte, als wäre die Vorstellung zu absurd. »Aber du warst nie so.«

Nur mit Mühe konnte er seine Scham verbergen.

Sie musterte ihn. »Nein. Du warst nie ... Egal. Lucky Chucky. Wenn ich seinen Namen noch einmal sagen muss, fange ich an zu würgen.«

»Du hast das Radio eingeschaltet, nicht ich.«

Sie nahm ihr Arbeitsbuch in die Hand und blätterte die Seite um. »›Mögt ihr die Freunde eures Partners?‹ Das ist definitiv das gelbe Licht. Und das ist freundlich ausgedrückt, denn eigentlich will ich rotes Licht sagen.«

Clay blätterte in seinem Buch um und versuchte die Stelle zu finden, an der sie war. Sie sprang immer wild hin und her.

»Wenn wir gerade bei Freunden sind – du lernst heute meine Familie kennen.«

»Wie bitte?«

»Ich weiß. Das geht alles sehr schnell. Auf Seite 19 stehen die Fragen zu deiner Vorbereitung.«

»Deine Familie? Hier?«

Sie stupste ihn an. »Keine Angst. Nur eine von ihnen beißt und ich bin ziemlich sicher, dass sie gegen Tollwut geimpft ist.« Sie stand auf, ging die Treppe zu ihrer Wohnung hoch und rief: »Du musst dir etwas anziehen, was eher ... weniger ... Denk an eine Verabredung.«

Clay schaute auf sein Sweatshirt hinab. »Aber ich –«

»Dir fällt schon etwas ein. Wir sehen uns um sieben.«

Amber schloss die Tür und Clay klappte sein Arbeitsbuch zu. Er trottete zu seinem Truck und fragte sich, wen er wohl heute Abend kennenlernen würde. Er machte sich Gedanken, was für ein Hemd passend wäre und wie um alles in der Welt es ihm gelingen würde, ihr zu erzählen, was für ein Mensch er früher gewesen war.

Zu Hause vor dem Spiegel, als er sein Hemd zuknöpfte und seinen Mut zusammennahm, wusste er, dass er es ihr bald erzählen musste. Aber wie? Und wie konnte er die Sache mit Brad erklären? Alle wollten ihn hassen. Ihm die Schuld geben. Aber Brad war das Produkt einer Kultur, die ihn verehrte. Er war von ihr verschluckt worden, genau wie alle anderen auch.

Natürlich würde Brad seiner Theorie nie zustimmen. Clay wusste das mit großer Sicherheit. Er hatte bei verschiedenen Gelegenheiten mit ihm darüber gesprochen. An einem ganz bestimmten Abend, draußen auf der hinteren Terrasse eines Restaurants, hatte Clay gedacht, er wäre zu ihm durchgedrungen. Brad war Feuer und Flamme für eine Frau gewesen. Er dachte, es könnte die wahre Liebe sein. Aber Clay kam einfach nicht an ihn heran.

Es gelang ihm immer noch nicht. Aber er weigerte sich aufzugeben. Damals, als Brad ihm sogar eine Klippe hinunter gefolgt wäre, hatte er ihn in seine eigene dunkle Abwärtsspirale mitgenommen, und diese Schuld sorgte dafür, dass Brad ihm immer ein Herzensanliegen blieb.

Es war im Untergeschoss einer wilden Hausparty gewesen, als Clay Brad das erste Mal vorgeschlagen hatte, DVDs zu machen. Diese Idee war ihm gekommen, als er seine eigenen Wunden leckte, knietief in den Trümmern einer Beziehung, die er selbst, durch seine eigene Sünde, beendet hatte. Der durchschlagende Erfolg ihrer Sendung trug die ersten Samen, die am Ende eine zerstörerische Ernte hervorbringen würden.

Clay griff zum Telefon und wählte.

»Hallo?«

»Hallo, Brad, ich bin's.«

»Clay. Hallo! Was machst du so?«

»Ich wollte nur hören, wie die Dinge da draußen für dich laufen.«

»Ich hab erst eine Hälfte der scharfen Blondinen durch, aber ich glaube, ab nächsten Samstag kann ich mit den Brünetten anfangen. Natürlich gibt's da immer noch die halbscharfen Blondinen, gegen die ich auch nichts einzuwenden habe, wenn sie einen tollen Körper haben.«

Clay umklammerte das Telefon und hörte sich selbst atmen.

»Schau mal, Mann«, sagte Brad, »ohne euch ist es nicht dasselbe. Überhaupt nicht. Wen soll ich beim Basketball schlagen?«

Clay lachte. »Stimmt genau. Mein Spiel verschlechtert sich stündlich.«

»Das liegt daran, dass du keinen Sex hast, Clay. Sex sorgt

dafür, dass selbst der kleinste Mann mit einem einzigen Sprung die höchsten Gebäude erklimmt.«

Clay stieß einen angespannten Seufzer aus. Er fragte sich, ob zwischen ihm und Brad überhaupt noch etwas war. Irgendeine Gemeinsamkeit. Aber er durfte nicht aufgeben. Bei jeder Gelegenheit, die sich ihm bot, musste er versuchen, bessere Samen auszusäen. Vielleicht würden sie eines Tages Wurzeln schlagen, so wie bei ihm. Es sah allerdings nicht danach aus, als würde das heute passieren.

»Gut, hör zu, ich sollte lieber ...«

»Warte, Mann. Tut mir leid«, sagte Brad. »Es gefällt mir einfach, dich zum Schwitzen zu bringen, aber ich kann dich nicht einmal sehen, also macht es keinen Spaß mehr. Was machst du gerade? Was hast du vor?«

Clay sah an sich herunter. »Im Moment versuche ich, mir ein Hemd auszusuchen.«

»Mensch, mit dir geht es wirklich bergab. Erst kannst du dir keine Frau aussuchen, jetzt nicht einmal mehr ein Hemd.«

»Ich kann mir kein Hemd aussuchen ... für eine Frau.«

Stille. Clay grinste. Es gelang ihm nicht oft, Brad sprachlos zu machen.

»Du hast eine ...?«

»Verabredung.«

Clay verkrampfte sich und erwartete gleich einige derbe Ratschläge von Brad. Doch stattdessen herrschte wieder Stille, dann: »Nimm ein weißes.«

»Ein weißes Hemd?«

»Ja. Ein weißes mit Knöpfen. Jeans dazu. Das ist für Frauen unwiderstehlich. Weiß löst irgendetwas bei Frauen aus. Diese ganze Sache mit der Reinheit. Und in deinem Fall signalisiert es außerdem, dass sie es mit der Priesterschaft zu tun haben.«

»Na gut. Ein weißes also.«

Im Hintergrund riefen zwei kichernde Frauen Brads Namen.

»Ich muss …«

»Ich weiß. Ich wollte nur mal von dir hören. Sicherstellen, dass du keinem Ärger aus dem Weg gehst. Ich hab dich heute im Radio gehört.«

»Das … hast du?«

»Wir sehen uns bald. Bei Davids Hochzeit, ja?«

»Seinem Begräbnis. Aber ja, wir sehen uns da. Der Junggesellenabschied wird sicher lustig.«

Clay hängte auf und widmete sich seinem Schrank. Er griff nach einem weißen Hemd und zog die Hand dann schnell wieder zurück. Weiß …

Amber berührte ihn an der Schulter, als sie sich im Brauhaus an einen Bistrotisch setzten. »Das Hemd hast du gut ausgesucht. Es gefällt mir. Schwarz steht dir gut.«

»Unterstreicht die schwarze Wolke, die über seinem Kopf hängt«, flüsterte Carol Trish zu.

Offenbar steckten sie unter einer Decke. Carol gab den Takt vor, Trish hängte sich an.

Amber hatte sie vor zehn Minuten einander vorgestellt und schon ging das wieder von vorne los. Eins konnte er in diesen Tagen ganz sicher von sich sagen: Er machte selten einen guten ersten Eindruck.

Amber warf Carol einen scharfen Blick zu.

Trishs Lippen bildeten eine schmale Linie. »Amber hat uns erzählt, dass Sie zuverlässig sind.«

Amber hob die Hände zu einer Unschuldsgeste. »Und das bist du ja auch. Ich hab noch andere Dinge gesagt.«

»Und handwerklich geschickt«, fügte Carol hinzu.

Amber seufzte und in ihren Augen stand plötzlich eine gewisse Reue.

»Deine Familie ist furchterregend.« Er zwinkerte ihr zu. Im selben Moment verspürte er einen Anflug von Traurigkeit, als ihm bewusst wurde, was für ein unstetes Leben sie geführt haben musste. Sie zog von Stadt zu Stadt und fand eine Familie in Blumenläden oder wo immer es ihr möglich war. Er hatte wenigstens Tante Zella.

»Also, Clay«, sagte Trish, »was machen Sie so zum Vergnügen?«

»Arbeitsbücher.« Carol zeigte das kürzeste Lächeln, das jemals in der Geschichte registriert wurde.

Dann schauten sie ihn an, als erwarteten sie eine ernsthafte Antwort. »Nun ja, es macht mir wirklich Spaß, mit Holz zu arbeiten und Antiquitäten zu restaurieren. Neulich brachte jemand einen alten Kinderschaukelstuhl vorbei. Er hat seinem Bruder gehört und sie haben in einem Zelt gelebt, als ...« Ihre Blicke wurden glasig. Er war *wirklich* langweilig. »Mir macht es auch Spaß, Geräte zu reparieren, die auf mysteriöse Weise kaputtgehen.«

Amber lachte.

»Ihr beiden seid so seltsam«, sagte Trish. Sie packte Amber am Arm. »Komm, wir holen uns Nachschub für die Drinks.«

Clay spürte, wie ihm das Herz sank, als sie weggingen, denn Carol sah aus, als würde sie sich gleich vorbeugen und ihn bei lebendigem Leib auffressen.

»Was ist?«, fragte er schließlich.

»Ich weiß, wer Sie sind«, sagte sie und kniff die Augen zusammen.

Clay senkte den Blick. Woher sollte sie das wissen?

»Was sind Ihre Absichten?«, fragte sie.

»Ich habe keine.«

»Falsche Antwort.«

»Wer ich war«, sagte Clay und hörte sich selbst kaum sprechen, »das ist nicht das, was ich jetzt bin.«

Der Lärm der Menge füllte die Pause zwischen ihnen, aber es wirkte immer noch wie ein bedrückendes Schweigen.

»Sie ist ein süßes Mädchen und Sie sollten besser Absichten haben.«

»Ich habe gute Absichten.«

»Ach ja? Also, Ihre guten Absichten könnten ihr am Ende das Herz brechen.« Sie nahm einen langen Schluck und fuhr fort. »Sie sind so sonderbar wie ein vegetarischer Burger, das kann ich Ihnen sagen. Ich war drei Mal verheiratet, dazu kommt eine annullierte Ehe. Ich war mit einem Mann verheiratet, der sich Cupcake nannte. Ich hab ein Gefühl für das Sonderbare. Und ich verstehe, was daran attraktiv ist. Wirklich und wahrhaftig. Eine Weile lang ist es ganz lustig. Mal etwas anderes. Man sagt sich: *Dieser Typ ist nicht wie der Rest.* Aber in Wirklichkeit sind sie alle gleich. Ihr seid alle gleich.«

Clay schüttelte den Kopf.

»Sie hat Sie gern. Das wissen Sie, oder?«

Er warf einen Blick zu Amber hinüber, die an der Bar mit Trish lachte.

»So wahr mir Gott helfe, wenn Sie ihr das Herz brechen, dann haben Sie mich auf dem Hals und ich bringe Cupcake mit. Diese Frau hat schon genug in ihrem Leben durchgemacht. Sie braucht keine weitere Enttäuschung.«

Clay sah Carol in die Augen. »Ich verhalte mich ihr gegenüber anständig.«

»Sich anständig zu verhalten ist manchmal mehr, als kein Unrecht zu tun.«

Amber und Trish kamen zurück. Amber setzte sich neben ihn und Trish verwickelte Carol in ein Gespräch über zwei Männer in der Ecke, von denen sich einer offenbar nach Carol erkundigt hatte.

Amber tippte ihm auf den Arm. »Ist alles in Ordnung?«

»Bestens.« Clay warf einen Seitenblick zu Trish und Carol. »Aber definitiv gelb.«

KAPITEL 11

Nachdem sie etwas zusammen getrunken hatten, wollte Clay nicht Gute Nacht sagen. Es war ein wenig kühl für einen Spaziergang, aber Clay bewegte sich gern im Freien. Er hatte festgestellt, wie gut es ihm tat, nachdem sein Leben so eine dramatische Wende genommen hatte. Als ihm nur wenige Freunde und viele unbeantwortete Fragen geblieben waren, hatte er damit angefangen. Manchmal war er zwei oder drei Stunden umhergewandert, ohne ein wirkliches Ziel zu haben. Er folgte Zuglinien, Joggingstrecken und Radwegen, ging mitten durch die Wildnis und an Seeufern entlang.

Und je mehr er sich so bewegte, ohne Musik, nur die Luft um sich, desto stärker spürte er das Ziehen in seinem Herzen, das unerklärliche Flüstern, das so viel sagte, ohne ein einziges Wort zu sprechen. Hier geschah es am häufigsten, dass er Frieden fand, abgesehen von seiner Arbeit im hinteren Bereich des Antiquitätenladens.

Und jetzt, als Amber neben ihm war und die Dunkelheit sich auf die Stadt senkte, war er genau dort, wo er sein wollte. Und mit wem er dort sein wollte. Es war so wunderbar, sie zu beobachten, wie sie ohne Musik tanzte, falsch sang und vom Funkeln eines Sterns beeindruckt war. In den vergangenen neun Jahren hatte er sich so auf sein eigenes Innenleben konzentriert, dass er selten nach oben und nach draußen geschaut hatte. Er achtete nicht darauf, wie sich die Bäume veränderten oder welche Farbenpracht sich in der Dämmerung am Himmel zeigte.

Oder jetzt, wie die Straßenlaternen einen warmen Schimmer

auf den kalten betonierten Bürgersteig am Marktplatz warfen. Sie war eine Art persönliche Straßenlaterne für ihn.

Sie hatte die Arme um ihren Körper gelegt, als der Wind auffrischte. Er zog seinen Mantel aus und half ihr hinein. Ihm fielen die Rundungen ihres Körpers auf, als sie ihre Arme in die Ärmel schob. Ihm fiel auch auf, dass er seine Hände länger auf ihren Schultern liegen ließ als nötig.

»Danke, mein freundlicher Herr.«

»Gern geschehen.« Sie gingen weiter.

Er beobachtete, wie sie die Hände in die Manteltaschen schob und sie wie ein Mäuschen durchstöberte. Sie zog eine kleine Plastiktüte hervor. »Was ist das?«

»Ich habe etwas für dich gekauft, meine Dame.«

Amber blieb stehen und sah ernsthaft schockiert aus. »Tatsächlich?« Sie hob die Tüte hoch. »Und hast du es selbst eingepackt?«

»Nein, ich habe zusätzlich dafür bezahlt.«

Er schaute zu, wie sie in die Tüte griff. Zuerst zog sie die Lupe hervor. Sie spähte hindurch und ihr Auge wurde vergrößert, als sie den Blick zu ihm hoch richtete. »Es haut mich einfach um, wie scharf deine Poren aussehen.« Er lachte, während sie die Lupe mit fragender Miene begutachtete. »Äh … danke?«

»Da ist noch etwas.«

Sie griff hinein und zog die CD heraus. »*Die spanische Sprache beherrschen.*«

»Das soll dir helfen, dich zu konzentrieren. *Comprendes?*«

»*Comprendo.* Und *gracias.* Sehr aufmerksam.«

»Es ist ein Anfang.«

Sie trat näher an ihn heran, so wie sie immer die Grenzen austesten wollte – so wie sie immer sein Herz zum Schmelzen brachte, selbst wenn ihm ein kalter Wind in den Rücken blies.

»Das ist es«, sagte sie. »Mach weiter so.«

Wieder ein Schritt näher. Er starrte in ihre Augen und brauchte seine ganze Selbstbeherrschung, um sich umzudrehen und weiterzugehen.

Nach ein oder zwei Schritten war sie schon an seiner Seite, so dicht, dass er ihr Parfum riechen konnte. »Wohin gehen wir überhaupt?«

»Ich möchte dich mit jemandem bekannt machen.« Er deutete nach vorn. »Da ist es.«

Ihr Gesicht erhellte sich. »Oh, ein Imbiss! Ich liebe Imbisse!«

Er schüttelte den Kopf und lachte leise. »Nur du kannst dich so über einen Imbiss freuen.«

»Man trifft die interessantesten Menschen in Imbissstuben. Es ist immer spät. Und man trinkt Kaffee. Und man unterhält sich. Los!« Sie fing an zu rennen und er versuchte, mit ihr Schritt zu halten. Es gelang ihm, wenigstens so viel schneller zu sein, dass er ihr die Tür aufhalten konnte.

Drinnen führte er sie an seinen Lieblingsplatz. Betty schaute auf, bemerkte Amber und winkte freundlich mit vielsagendem Lächeln. »Ich bin gleich bei euch. Pommes und Bratensoße?«

»Wie klingt das für dich?«, fragte er Amber.

»Wunderbar«, sagte sie.

»Soll ich dir den Mantel abnehmen?«

Sie schüttelte den Kopf. »Ich mag ihn irgendwie. Er ist warm. Und er riecht nach dir.«

»Holzstaub mit einem Hauch Firnis und Kopfnoten von Farbentferner?«

Sie lächelte ihn kokett an, als Betty mit zwei Portionen Pommes und einer Schale Bratensoße auftauchte. »Frisch aus der Pfanne – etwas Besseres gibt es nicht.«

»Betty, das ist Amber.«

»Hallo, meine Süße. Ihr jungen Leute ruft, wenn ihr irgendetwas braucht, ja? Ich bringe euch Kaffee, sobald er fertig ist.« Betty zwinkerte ihnen herzlich zu und eilte davon.

Clay wollte nach seinem Arbeitsbuch greifen, als ihm einfiel, dass sie die Bücher nicht dabeihatten. Er wusste nicht, was er mit seinen Händen anfangen sollte.

»Ich schätze, wir müssen einander ohne Bücher erkunden«, sagte Amber und zog eine Augenbraue hoch.

»Du kennst mich gut«, antwortete er lachend.

»Wollen wir mal sehen, wie gut.« Sie schnappte sich drei Pommes und tunkte sie direkt in die Soße. In diesem Moment wurde ihm bewusst, dass es wahre Liebe sein konnte. »Wie alt warst du, als sie sich getrennt haben?«

Clay lehnte sich zurück. Diese Frage kam unerwartet. Er hatte nicht geahnt, dass er so durchschaubar sein konnte. Wie kam es, dass sie ihn so gut kannte?

»Acht.« Dann wurde es ihm klar. Natürlich wusste sie es. Es war auch ihre Geschichte. »Und du?«

»Dreizehn. Eine schlechte Zeit für ein Mädchen, um seinen Papa zu verlieren.«

»Wo ist er jetzt?«

Sie dachte nach und ihr Blick verdunkelte sich. »Ich weiß es nicht. Meine Mutter ist vor Jahren gestorben. Und jemand sagte mir, er sei auch gestorben, irgendwo in Mexiko auf einer Ölplattform. Für mich war er schon lange vorher tot.«

»Das tut mir leid.«

»Es ist seltsam, aber trotzdem, manchmal ... vermisse ich unser altes Haus. Mein Zimmer. Meinen Platz am Esstisch.«

Oh ja. Clay hatte sein Haus noch vor Augen. Die Star-Trek-Bettwäsche. LEGO-Kästen in seinem Schrank. Er hatte sich nie davon getrennt und fragte sich, was aus ihnen geworden war. Das Licht über seinem Bett flackerte jede dritte Nacht aus unerfindlichen Gründen. Unter seinem Fenster im zweiten Stock lag ein Feld, auf das er manchmal hinabschaute und sich vorstellte, ein Löwe würde dort leben und sein Schwanz würde mit dem goldenen Weizen verschmelzen wie in *Der Geist und die Dunkelheit*.

Beim Essen saß er neben seiner Mutter. Sein Vater hatte den Platz am Kopfende des Tisches. Es schien jedoch keiner von ihnen das Sagen zu haben. Das Eis in den Wassergläsern war immer fast geschmolzen, dünn wie eine Oblate und nicht richtig kalt, wenn man es berührte.

Das erste Mal, als er sie streiten hörte, war er mitten in der Nacht durch einen markerschütternden Schrei aus dem Schlaf gerissen worden. Er versteckte sich unter der Bettdecke und erstickte fast in der Hitze seines eigenen keuchenden Atems. Er zitterte so heftig, dass das Bett wackelte und gegen die Wand schlug, doch im Vergleich zum Lärm aus dem benachbarten Zimmer war das kaum wahrnehmbar.

Und dann trieben die Bestandteile ihrer Familie langsam auseinander, wie Wrackteile eines Schiffs, das auf einen Felsen gelaufen war. Die Scheidung erfolgte schnell. Sechs Monate später heiratete sein Vater wieder, gründete eine neue Familie und zog in den Bundesstaat Washington. Jahrelang kamen gelegentlich Geburtstagskarten, aber das hörte auf, als Clay achtzehn wurde. Irgendwo, so sagte man ihm, hatte er vier Halbgeschwister.

Seine Mutter hatte eine Art Nervenzusammenbruch, verlor ihre Arbeit, fing an zu trinken, kam wieder auf die Beine, fing erneut an zu trinken und schaffte keinen Neuanfang mehr. Jedenfalls keinen echten. Als er das letzte Mal von ihr gehört hatte, lebte sie mit einem Typen auf einem Boot irgendwo vor der Küste der Florida Keys. Aber das war vier Jahre her.

»Dieser Mantel hat wirklich viele Taschen zum Erforschen.« Amber grinste ihn an. »Wie einer, den ich kenne.« Sie kramte darin herum. »Hm. Was hast du da noch drin? Irgendetwas Interessantes?«

»Eher nicht.«

»Einen Stift und ...« Sie zog etwas heraus. »Was ist das?«

Clay verkrampfte sich. Die Tischunterlage. Er versuchte, danach zu greifen. »Das habe ich ganz vergessen.«

»Darf ich mir das anschauen?«

»Nein.«

Wie üblich hörte sie nicht auf ihn und faltete das Papier trotzdem auseinander. Clay seufzte und sank auf seinem Sitz in sich zusammen.

»Das scheint eine Checkliste zu sein.« Sie beäugte ihn. »Nichts ist der Romantik so zuträglich wie eine Checkliste.«

»Lass einfach ... bitte, lass –«

»›Lupe.‹ Abgehakt. ›Spanisch-CD.‹ Abgehakt. Abgehakt. Abgehakt. Abgehakt.«

Clay wandte den Blick ab und versuchte seine Verlegenheit zu verbergen. Hier, direkt vor ihren Augen, wurde ihm vorgeführt, dass er der langweiligste Kerl war, der jemals auf dieser Erde gelebt hatte.

Sie hielt inne und las dann: »Respektiere ihre Gefühle genauso wie ihren Körper.«

Er fing an zu schwitzen. Er wollte es gerade mit einer umfassenden Entschuldigung versuchen, als sie freundlich lächelte, das Papier zusammenfaltete und zurück in die Tasche steckte.

»Abgehakt.«

Sie beugte sich über den Tisch, die Hände in ihrem Schoß versteckt. »Wie kommt es, dass du nicht schon längst verheiratet bist?«

Manchmal war sie wirklich verblüffend. Die Checkliste hatte sie nicht im Geringsten aus der Stimmung gebracht. »Ich könnte dich das Gleiche fragen.«

Betty tauchte mit dem Kaffee und zwei Bechern auf. »Ihr zwei seht aus, als wärt ihr geradewegs dem Film *Schlaflos in Seattle* entstiegen, mit all den verliebten Blicken, die zwischen euch hin und her gehen. Ihr seid ein hübsches Paar, das kann ich euch sagen.« Sie goss den Kaffee ein und schaute vom einen zum anderen. »Was kann ich noch für euch tun?«

Clay lächelte verkrampft. »Wir brauchen sonst nichts, Betty.

Und danke auch für den perfekt peinlichen Moment, den Sie gerade hervorgerufen haben. *Peinlich in Ohio.*«

Amber brach in Gelächter aus.

»Gern geschehen. Dafür habe ich eine Begabung.«

Amber sah Betty nach, wie sie sich entfernte. »Ja, das stimmt. Wir sind wirklich ziemlich hübsch zusammen.«

»Ich finde, du bist der hübsche Teil«, sagte Clay, »und ich bin hier nur der Platzhalter.«

»Hör auf. Du bist wunderbar. Und ich liebe *Schlaflos in Seattle.*«

»Das denke ich mir.«

»Du etwa nicht?«

»Ich bin allergisch gegen Katzen.«

»Und?«

»Bill Pullman war der nette Typ. Freundlich. Zuverlässig. Aber weil es ihn zufällig juckt und er rote Augen bekommt und die ganze Zeit niest, ist es für Meg Ryan in Ordnung, mit Tom Hanks abzuhauen. Der langweilige Typ mit den Allergien wird im Film immer sitzen gelassen und das ist nicht in Ordnung. Das muss aufhören.« Er legte den Kopf auf die Seite. »Bin ich langweilig?«

Sie ließ sich Zeit und musterte ihn nachdenklich.

»Die Bill Pullmans dieser Welt werden nicht immer sitzen gelassen. Ein typisches Beispiel: *Während du schliefst.* Sandra Bullock verknallt sich Hals über Kopf in den rasierklingenscharfen Bruder, der ins Koma fällt. Aber ist es nicht der äußerst langweilige, steife, eigentümliche, jüngere Bruder, der nach der höchsten Wahrheit sucht und am Ende die Frau bekommt?«

»In Ordnung. Gutes Beispiel.«

»Und nur der Vollständigkeit halber, ich fand Bill Pullman immer scharf.«

»Und ich glaube allmählich, Bill ist mein größter Konkurrent.«

»Wenn er Präsident der Vereinigten Staaten ist, Außerirdische bekriegt und einen Kampfjet fliegt, dann schon. Ansonsten hast du gute Karten.« Sie griff nach seinem Handgelenk und schaute auf die Uhr. »Es ist fast elf. Wenn wir nicht bald nach Hause kommen, verwandelt sich einer von uns in einen Kürbis, und ich wette, ich bin es nicht.«

Sie brachte ihn zum Lachen. Oft. Er kramte etwas Geld heraus und legte es auf den Tisch. »Wenn es dir nichts ausmacht, ich muss noch für kleine Jungs. Halt dich fern von meinen Taschen.«

Clay ging zur Toilette, spritzte sich Wasser ins Gesicht und starrte sein Spiegelbild an, das durch das grelle fluoreszierende Licht unvorteilhaft beleuchtet wurde. »Du *bist* langweilig. Das bist du. Sie ist zu Tode gelangweilt, Walsh. Früher warst du so ...« Er sah zu Boden. Was er früher war, war gefährlich. Klar, es hatte Spaß mit ihm gemacht. Aber es war eine Menge Zerstörung damit einhergegangen.

Er sah sich wieder in die Augen. »Sie lacht über deine Witze. Sofern du es mal schaffst, witzig zu sein. Sei nur etwas mehr ... etwas weniger grüblerisch. Denk nicht so viel. Mach einfach mit.« Seine Hand machte eine Geste, als wolle sie ihm sagen, dass dazu mehr als ein paar Motivationssprüche nötig waren. Er holte tief Luft. »Nein. Mach nicht mit. Genau das hat dich in Schwierigkeiten gebracht. Lass es ruhig angehen. Sei ... vorsichtig.«

Er richtete sich auf, nahm ein paar Papiertücher und wischte sich das Gesicht ab. »Mit anderen Worten, sei langweilig.«

Clay öffnete die Toilettentür, ging um die Ecke und blieb abrupt stehen, als sein Blick auf die Menge im Restaurant fiel. Alle Augen waren auf ihn gerichtet und es wurde gejubelt, geklatscht und skandiert: »*Pi-pi! Pi-pi! Pi-pi!*«

Sein erster Impuls war, unter einen Tisch zu kriechen, aber er entdeckte Amber in der Menge. Sie schrie am lautesten, klatschte wild in die Hände und grinste von einem Ohr zum anderen. Also beschloss er, genau das Gegenteil von dem zu tun, was sein Instinkt ihm sagte.

Er verbeugte sich. Dann reckte er die Arme in Siegerpose nach oben.

Die Menge tobte.

KAPITEL 12

Genau zur richtigen Zeit. Und sie warteten auch nicht mehr auf das Wochenende. Es war Mittwoch, der Tag, an dem Amber um vier Uhr von der Arbeit kam. Um halb fünf stand Clay vor ihrer Tür und klopfte.

Ihre neue Spanisch-CD lief, als sie ihn begrüßte. »*Buenos dias*, Stress-Mann. Ich freue mich total über meine Geschenke.«

»*Bueno.*«

»Bist du sicher, dass du so früh mit der Arbeit aufhören kannst?«

»Na ja, ich bin der Chef.«

»Also gut.« Sie nahm die Schuhschachtel, die sie für ihre Unternehmungen vorbereitet hatte. »Sollen wir?«

»Ich kann dir doch nicht das ganze Vergnügen allein überlassen.« Er hielt triumphierend seine eigene Schuhschachtel hoch, die er unter dem Arm getragen hatte. Auf dem Deckel stand in großen Buchstaben *Amber*. Er schüttelte die Schachtel und hob den Deckel ab. »Zieh einen Zettel.«

Das brachte sie in die Bibliothek. Sie saßen an einem gemütlichen Tisch in der Nähe des Fensters, wo die spätnachmittäglichen Sonnenstrahlen die Stapel von Büchern, die sie um sich herum aufgeschlagen hatten, in ein majestätisches Licht tauchten.

»›Es ist leichter, Festtage zu halten als Gebote‹«, sagte Clay. »Das stammt von Benjamin Franklin.«

»Ha, das ist wahr. Ich bevorzuge auf jeden Fall die Festtage.« Amber schaute auf das Buch hinunter, das sie in der Hand hatte.

»›Unser Leben beginnt an jenem Tag aufzuhören, an welchem wir aufhören, über Dinge zu reden, die wichtig sind.‹«

»Gut. Wer hat das gesagt?«

»Martin Luther King jr. Wie ist es damit? ›Wenn du dich zu jemandem hingezogen fühlst, heißt das nur, dass dein Unterbewusstsein sich von dem anderen Unterbewusstsein angezogen fühlt – unterbewusst. Also ist das, was wir Schicksal nennen, das Bewusstsein zweier Neurosen, dass sie perfekt zusammenpassen.‹«

»Und wer hat *das* gesagt?«

»Nora Ephron, *Schlaflos in Seattle*.«

»Hättest du Lust, morgen zu mir nach Hause zu kommen?«

Die Worte platzten aus ihm heraus, durchbrachen die gebotene Stille der Bibliothek. Er schien nicht beabsichtigt zu haben, dass es so laut klang. Und dann sah er aus, als wäre er nicht einmal sicher, ob er es überhaupt hatte sagen wollen.

Amber schaute ihn an und wartete auf eine Pointe. Aber er meinte es ernst. »Um zu sehen, wo du wohnst? Gern. Dazu hätte ich Lust.«

»Wir könnten etwas zusammen kochen?« Eine leichte Rötung überzog seine Wangen.

Amber konnte dem Grinsen nicht widerstehen, das sich in ihr breitmachte. »Allein? Nur wir beide?«

Wie sich dann herausstellte, war die Antwort Nein. Sie hatten ein drittes Rad am Wagen. Clay holte Amber mit seinem Truck ab und fuhr dann zu Tante Zella, um sie mitzunehmen. Sie saß zwischen ihnen auf der gepolsterten Bank, die den Vordersitz in seinem Truck bildete. Amber hätte es sich denken können, aber wenn schon jemand dabei sein musste, dann konnte sie genauso gut ein Mitglied seiner Familie kennenlernen.

Sie hielten in der Einfahrt vor Clays Haus. Amber spähte aus dem Fenster, unverhohlen neugierig, wie Clay Walsh lebte. Wenn man es recht bedachte, war es nicht sehr überraschend.

Rote Ziegelsteine, alt, aber gut gepflegt. Und – kaum zu glauben – ein weißer Lattenzaun umgab den Hof.

Clay lächelte sie an. »Es gefällt dir.«

Sie nickte.

Amber half Tante Zella aus dem Wagen und Clay schloss die Eingangstür auf. Im Inneren war es sauber, hell und mit viel neutraler Farbe geringfügig dekoriert. Das Haus konnte auf jeden Fall eine feminine Note vertragen, wie einen Läufer, eine Lampe oder einen Farbklecks anderer Art. An einer Wand gleich neben der Eingangstür hing eine kleine gerahmte Schriftrolle. Sie vermutete, dass es die Zehn Gebote waren, offenbar auf Hebräisch. Gemessen daran, wie sehr er sich an diese Gebote hielt, hätte sie erwartet, sie quer über die Decke gemalt zu finden oder etwas in der Art. Sie warf dem Rahmen noch einmal einen Seitenblick zu. Es kam ihr vor, als würden die Gebote sie unerbittlich anstarren. Wahrscheinlich deshalb, weil sie nie besonders gut darin gewesen war, sie zu halten.

Sie folgte ihm weiter. Es gab keinen Fernseher, dafür viele Bücher, die sich überall stapelten. In einer Ecke lag ein Baseball.

»Kommen Sie und schauen Sie sich unseren Garten an«, sagte Tante Zella.

Während Amber ihr zur Hintertür folgte, spähte sie ins Badezimmer. Der Toilettensitz war unten. In seinem Zimmer war das Bett gemacht.

Ordentlich und sauber. Genau wie sein Leben. Alles andere, vermutete sie, wäre zu schockierend für ihn, um es zu verkraften.

Draußen gab es keine Veranda. Es gab nur ein paar Liegestühle im Hinterhof. In der Nähe der Tür stand ein Grill auf dem Gras. Tante Zella zeigte auf den Garten. Es war ein winziges Stückchen Land, einen oder anderthalb Meter breit, das sich seitlich an der Hauswand entlangzog, bis es an die Ziegel stieß. Ein paar leere Tomatenstöcke hingen kraftlos in der Erde.

»Clay baut hier Tomaten für uns an. Genau hier. Er macht sie auch in Dosen ein. Er hat Übung darin.«

Clay kam nach draußen und machte den Grill an.

»Ich zeige Miss Amber unseren Garten hier.«

Clay deutete darauf. »Tante Zella, es ist nur dieses kleine Stück. Und die Pflanzen sind ohnehin alle tot.«

»Kümmere dich um deinen eigenen Kram. Sie wirkt beeindruckt.«

Amber lächelte und tat ihr Bestes, um beeindruckt zu wirken. Clay schüttelte den Kopf. Tante Zella nahm sie bei der Hand und ging mit ihr ums Haus. Sie zeigte ihr die Gartenbox, unter deren fast vollständig verschlossenem Deckel ein paar Geräte sichtbar waren. Sie blieb stehen, griff nach einer Hacke und einem Päckchen Samen und schlurfte zum Garten zurück.

»Bitte halten Sie mal«, sagte sie und drückte Amber die Samen in die Hand. Mit zitternden Händen begann sie, die Erde vor ihren Füßen zu wenden. Amber beobachtete, wie die Erde sich immer wieder drehte, sanft und methodisch.

Clay rief von der Hintertür aus: »Tante Zella, wir haben schon bald Frost. Das wird nichts mehr.«

Tante Zella tat seinen Einwand mit einem ärgerlichen Wedeln der Hand ab. Sie nahm die Samen aus Ambers Hand und fing an, sie über dem Boden zu verteilen. Amber sah still zu.

Dann sagte Tante Zella mit leiser Stimme: »Manchmal, selbst wenn der Boden nicht besonders fruchtbar und es auch nicht die beste Jahreszeit ist und die Samen in den kältesten Tagen aufgehen, heißt das nicht, dass keine Tomatenpflanze heranwächst. Manchmal muss man alle seine Samen in die Erde werfen und gucken, was passiert.« Sie fing an, die Samen überall auszustreuen.

Clay warf die Hände in die Luft. »Ist das dein Ernst? Ich habe die Samen für die nächste Saison gekauft. Beim Ausverkauf.«

Tante Zella zwinkerte Amber vielsagend zu. »Und manchmal

mache ich solche Dinge einfach nur, damit er denkt, ich wäre dement.«

Fünfundvierzig Minuten später hatte Clay ein wunderbares Essen zubereitet. Steak, gedämpfte grüne Bohnen, gratinierte Kartoffeln – himmlisch! Offenbar war es ein Rezept, das von Tante Zellas Seite innerhalb der Familie weitergegeben wurde.

Clay zog die Stühle für Amber und Tante Zella nach hinten, wobei Tante Zella am Kopfende des Tisches saß.

Tante Zella machte eine Geste, die dem Tisch und Clay gleichermaßen galt. »Keine Kerzen? Keine Blumen? Ich schäme mich für dich. Ich schäme mich. Lasst uns beten.« Sie hielt Amber die eine Hand hin und Clay die andere.

Ehrfürchtig senkte Amber den Kopf. Sie hatte noch nie an einem Tisch gesessen, wo sich die Leute die Hand gaben und beteten. Sie atmete leise und flach und war gespannt, was passieren würde. Es war eine gewisse nervöse Stille, in der man einen Stuhl bei der geringsten Bewegung quietschen hörte. Sie versuchte angestrengt, sich nicht zu bewegen.

Nach ein paar Augenblicken der Stille sagte Tante Zella: »Danke.«

Und schon war es vorbei. Amber hob den Kopf, Clay und Tante Zella hatten ihre Augen schon wieder geöffnet und fingen an zu essen. Es war aufrichtig und ehrfürchtig und so ... schlicht.

Während des Essens erzählte Tante Zella Geschichten aus Clays Kindheitstagen – er war ein wilder, ungestümer, entzückender kleiner Junge gewesen, der eine Gruppe Fremder auf der Straße genauso leicht unterhalten konnte wie ein Zimmer voller Erwachsener oder einen Spielplatz voller Kinder.

»Oh Junge, er hat mich immer zum Lachen gebracht. Er brachte alle zum Lachen. Ich werde nie vergessen, wie ich ihn einmal auf dem Spielplatz der *South Elementary School* sah. Er kann damals nicht älter als sechs oder sieben gewesen sein. Er hatte eine Spielzeuggitarre und tat so, als wäre er Elvis. Alle Mädchen rannten hinter ihm her und kreischten.«

»Tante Zella ...«

»Ich mein ja nur. Du warst früher ein Ladykiller ...«

»Ein Magnet.«

»... um es mal mit einem Ausdruck aus eurer Zeit zu sagen.«

»Schon gut, schon gut. Genug von mir. Tante Zella, ist es nicht Zeit für dein Schläfchen oder so?«

Amber half ihm, den Tisch abzuräumen. Als sie anfingen, das Geschirr zu spülen, lag Tante Zella im Lehnstuhl im Wohnzimmer und schlief tief und fest, ihre Dose Tomaten fest umklammernd.

»Das ist so wertvoll«, sagte Amber, als Clay ihr einen weiteren Teller zum Abtrocknen reichte. »Du bist gesegnet.«

»Wir haben ein Ritual – eine Tradition –, an dem ihr viel liegt. Immer wenn zu viel Zeit ohne einen Besuch vergeht, schickt sie mir einen einzelnen Teebeutel als Erinnerung.«

Als er die Pfanne schrubbte, bemerkte Amber Clays aufgerollten Ärmel, der nach oben rutschte, wenn er nach dem Spülmittel griff. Und dort auf seinem Oberarm war ein Stacheldraht eintätowiert. Sie war verblüfft und wollte den Blick abwenden, konnte es aber nicht. Als Clay es bemerkte, schob er schnell den Ärmel nach unten. Sie räusperte sich und trocknete weiter ab.

»Du und Tante Zella, ihr trinkt also zusammen Tee?«

»Ja.«

Sie trocknete die letzte Schüssel ab und drehte sich wieder zu Tante Zella um. »Sie sieht so friedlich aus.«

»Sie tut nur so.«

»Nein, das stimmt nicht.«

Clay trat näher. Er griff an Amber vorbei nach einem Handtuch, berührte ihren Arm und dann ihre Hand.

Amber wandte sich von ihm ab und freute sich, verfolgt zu werden. Von diesem Spiel verstand sie auch etwas. Sie trat zurück und betrachtete die Bücherregale. »Hast du die alle gelesen?«

Clay folgte ihr ins Wohnzimmer – sie konnte seine Schritte hinter sich hören. »Die meisten.«

Sie ließ den Finger an den Buchrücken entlanggleiten. *Die Regel des hl. Benedikt. Die Bekenntnisse des hl. Augustinus.* Dann zog sie eine fest gebundene Ausgabe von *Blumen für Algernon* heraus. »Ich hab das in der zehnten Klasse gelesen. Es ist so traurig. ›Ja, wenn jemand Verstand hat, so erinnert er sich, dass zweierlei und von zweierlei Ursachen kommende Trübungen den Augen widerfahren, nämlich einmal, wenn sie aus dem Licht in die Finsternis, und dann, wenn sie aus der Finsternis ins Licht versetzt werden; und wenn er nun daran festhält, dass dieselben Erscheinungen in der Seele sich zutragen, so wird er nicht unvernünftig lachen, sooft er Verblüfftheit und Ungeschicktheit beim Erschauen eines Gegenstandes bei einer Seele bemerkt.‹ Das hing eine Weile an meiner Pinnwand. Eigentlich ist es ein Zitat von Platon.« Sie schob das Buch ins Regal zurück, als ein anderes Buch ihre Aufmerksamkeit weckte. »Ist das eine Bibel?«

»Ja.«

»Darf ich?« Sie zog sie ehrfürchtig heraus. Sie war schwer, der Ledereinband weich und abgenutzt. »Und an welche Teile davon glaubst du?«

Er lächelte nur, als wäre das ein Thema für ein anderes Gespräch.

»Na gut. Hast du denn ein paar Lieblingsstellen?«

»›Das Alte ist vergangen. Siehe, alles ist neu geworden.‹«

Amber sah auf die Seiten hinunter. »Steht das da drin?« Sie blätterte in der Bibel und befühlte das Papier. Es war so dünn, doch seltsamerweise gleichzeitig fest und strapazierfähig. Manche Seiten waren zerknittert. Dieses Buch war sehr oft gelesen worden.

Sie kam zur ersten Seite. Dort stand eine Widmung.

Für Clay von Kelly.

»Wer ist Kelly?«

»Sie hat ihm die Bibel geschenkt«, sagte Tante Zella aus dem Lehnstuhl, die Augen immer noch geschlossen. »Sie hat sein Leben verändert.«

»Ich hab's dir doch gesagt«, bemerkte Clay mit einem Nicken zu Tante Zella.

Er streckte die Hand nach der Bibel aus, aber Amber drehte sich weg. Ein Foto, das zwischen den Seiten steckte, ragte ein Stück hervor. Sie zog es heraus und betrachtete es. Es stammte sicher aus der Studienzeit. Clays strahlend blaue Augen zogen sofort die Aufmerksamkeit auf sich, aber es waren noch andere auf dem Bild. David. Lisa. Eine Frau, die über Clays Schulter hing. Sie war groß und dünn und hatte seidige weißblonde Haare. Hohle, ausgeprägte Wangen. Wunderschöne Lippen. Ihre Augen waren taubenhaft, unschuldiger als die der anderen drei.

Sie sah zu Clay hoch. »Willst du nicht darüber reden?«

»Es ist kompliziert.«

»Amber ist ein helles Köpfchen«, meldete Tante Zella sich wieder aus dem Lehnstuhl. »Probier's einfach.«

Clay fasste Amber am Arm und führte sie weg vom Wohnzimmer. Sie gingen auf die vordere Veranda, wo er sich gegen die Backsteinwand lehnte und in die Gegend starrte. Immer wieder flog ein trauriger Ausdruck über sein Gesicht.

»Kelly war meine letzte echte Freundin.«

»Vor all deinen Theorien.«

»Sie war die erste Frau, die mir wirklich etwas bedeutete. Sie schenkte mir die Bibel, kurz bevor wir Schluss machten. Ich machte mich immer über sie lustig ... Ich weiß nicht einmal ... Ich verstehe nicht, warum sie mich jemals mochte. Was sie in mir sah.« Clay senkte den Kopf, als wollten die Worte nicht recht herauskommen. Amber berührte ihn an der Schulter und wartete geduldig. »Sie wollte ... sie wollte noch warten. Und natürlich hab ich nicht gewartet. Ich hab nie gewartet. Niemand hat je von mir verlangt zu warten. Also hab ich rumgemacht.« Seine Kiefernmuskeln traten hervor. »Mit einer ihrer Freundinnen.«

»Oh …«

»Es kommt noch schlimmer.« Ein langer Seufzer kam über seine Lippen. »Um sich darüber hinwegzutrösten, fing sie an, mit einem anderen Typen auszugehen. Sie wurde schwanger von ihm. Und sie haben geheiratet. Ich habe sie verletzt …«

Sie beobachtete ihn, wie er gedankenlos an seinem Unterarm rieb, genau an der Stelle, wo sich die Tätowierung unter seinem Ärmel verbarg, dann blickte sie hinunter auf die Bibel in ihrer Hand. »Ist das der Grund, warum du dich verändert hast?«

»Es war nicht eine große Sache. Es waren eher viele kleine Dinge, die zusammenkamen. Und dieses Buch hat nicht viel geholfen. Manchmal wünschte ich, ich hätte es nie aufgeschlagen.«

»Warum?«

»Als ich es erst einmal selbst gelesen hatte, konnte ich mich nicht mehr darüber lustig machen. Jemand anderes könnte es vielleicht, aber ich nicht. Zum ersten Mal in meinem Leben hatte ich das Gefühl, zur Rechenschaft gezogen zu werden.«

Es war einen Moment lang still. Amber ließ ihn nachdenken und versuchte zu verarbeiten, was er ihr erzählt hatte. Er hatte bisher noch nie so viel von sich preisgegeben.

Die Stimmung wurde ein wenig leichter, als er ihr einen Blick zuwarf und lächelte, als wäre ihm ein Gewicht von den Schultern genommen worden. »Da war … etwas. Ein Gefühl. Wie eine Stimme, aber …«

»Du hörst Stimmen?«

»Nein, keine echten … Warte.«

»Was?«

»Pst. Da ist es wieder. Ein Flüstern. Es sagt mir … es sagt mir etwas über dich.«

Sie versetzte seinem Arm einen Stoß. »Ich meine es ernst. Erzähl mir mehr davon.«

»Ich kann es nicht erklären. Trotzdem. Nicht einmal jetzt. Es ist nicht leicht in Worte zu fassen, ohne wie ein Verrückter zu klingen.«

»Ich halte dich ohnehin für einen Verrückten.«

»Frag sie, ob sie irgendwann mit dir in die Kirche geht.«

Sie drehten sich um und dort stand Tante Zella hinter der Fliegengittertür, die Tomatendose immer noch fest umklammert.

»Danke, Tante Zella.«

»Gehst du zur Kirche?«, fragte Amber.

»Nicht mehr so oft. Früher bin ich hingegangen.«

»Die Menschen dort waren nicht vollkommen, also hat er sich fehl am Platz gefühlt«, sagte Tante Zella.

»Das glaube ich«, sagte Amber mit einem leichten Lächeln.

Clay sah sie an. »Ich bin irgendwie davon abgekommen. Ich hatte genug von der Heuchlershow.«

»Also, ich war noch nie in der Kirche, darum denke ich, du und ich, wir sollten mal miteinander hingehen. Ich würde das gern mit dir erleben.«

»Warum?«

»Darum.«

»Du lieber Himmel, ihr zwei! Alle beide. Bringt mich sofort nach Hause. Das tut ja langsam weh.«

KAPITEL 13

»Bist du groß oder bist du klein oder mittendrin? Gott liebt dich.
Bist du dick oder bist du dünn oder mittendrin? Gott liebt dich.
Er liebt dich, wenn du lächelst, er liebt dich, wenn du weinst.
Er liebt dich, wenn du müde bist, er liebt dich, wenn du träumst.
*Egal, wie du aussiehst, egal, wie du dich fühlst – Gott liebt dich!«**

Und dann schrien all die kleinen Kinder vorne in der Kirche aus vollem Hals: »Ist das nicht super?« Die Gemeinde lachte und klatschte.

Clay warf einen Seitenblick zu Amber, die fasziniert war und ebenfalls lachte und klatschte.

Das war das quietschende, strahlende Programm, das jedem gefiel. Clays Blick wanderte zu einem älteren Ehepaar, drei Reihen weiter hinten und einen Platz weiter. Sie trugen ihre Sonntagskleider. Ein anderer Mann saß allein da und hatte die Arme verschränkt.

Als er das erste Mal anfing, in die Kirche zu gehen, erfüllte sie alle seine Hoffnungen. Mit der Hilfe von anderen in der Gemeinde durchlief er einen vollständigen Prozess der Umkehr. Dann hatte der oberste Diakon eine Affäre mit der Sekretärin. Der Musikpastor lief mit einem anderen Mann davon. Und das ganze Gefüge wurde erschüttert. Er konnte nichts mehr glauben,

---

* Bist du groß oder bist du klein; Originaltitel: If You're Black Or If You're White; Text & Melodie: überliefert; Dt. Text: Johannes Kleiner & Ralph Glöckner; © (Dt. Text) SCM Hänssler, 71087 Holzgerlingen

was von der Kanzel gesagt wurde. Keinem Händedruck. Keinem Schulterklopfen. Eines Tages, als er versuchte, sein Leben in Ordnung zu bringen, ging ihm auf, dass die Menschen in der Kirche genauso kaputt waren wie die auf der anderen Seite.

Dann kam der Sonntag, an dem er einfach nicht aus dem Bett aufstand.

Dann der nächste. Und der nächste.

Bald betrat er die Kirche überhaupt nicht mehr. Aber manchmal ging er mit seiner Bibel zu einer Bank in der Nähe, von wo er den Kirchturm in den Himmel ragen und die schönen Glasfenster sehen konnte.

Innen drin herrschte ihm zu viel Chaos. Aber von außen gefielen ihm die Festigkeit der Steine und die prachtvolle Unverwundbarkeit der Mauern.

Ein Junge von ungefähr sechs Jahren, der in einem Miniaturanzug steckte, ging zur Bühne hoch, eine kleine Bibel in den Händen. Der Lehrer nickte und er begann zu lesen: »›Liebe und Wahrheit haben sich verbündet. Gerechtigkeit und Frieden küssen sich.‹« Er verzog fragend das Gesicht. »Sie *küssen* sich?«

Die Menge lachte leise und als das Lachen verklang, tat Clay das Einzige, was ihm in diesem Moment richtig vorkam. Er legte seine Hand über die von Amber, seine Finger glitten zwischen ihre wie Reben, die einander umschlangen. Sie taten beide so, als konzentrierten sie sich auf das, was vorn in der Kirche vor sich ging, aber er spürte jede einzelne Bewegung von ihr direkt in seinem Herzen.

Er stellte sie sich beide als Ehepaar vor. Wie sie miteinander kochten und sich stritten, wie viel Salz ins Essen gehörte. Wie sie an einem Sonntag wandern gingen, nachdem sie die Garage ausgeräumt hatten. Wie sie nach einem guten Auto Ausschau hielten, das besser und zuverlässiger war.

Er sah sich vor einem schwarzen Minivan stehen, dem Vorjahresmodell. Und sie stand da und beäugte ein rotes Cabriolet.

Und wie sie dann, eingetaucht ins Morgenlicht, in seinem Bett aufwachten.

Er schluckte und wehrte seine Gedanken ab.

* * *

»Na los.« Amber schaute zu Trish, dann zu Carol. Trish blies Ballons auf. Carol bereitete Bänder vor. »Ich will wirklich wissen, was ihr denkt. Seid ehrlich.«

Carol sah aus, als versuchte sie, alles ganz genau zu durchdenken. »Ihr beiden scheint so verschieden, das ist alles.« Sie hielt inne, auf eine Art, die weniger ein Komma darstellte als ein Ausrufezeichen. »Er ist anders.« Sie warf Amber einen Blick zu, der forderte: *Bitte sag mir, dass du das weißt.*

»Ich weiß.«

»Du könntest etwas viel Besseres haben, Amber. Wirklich«, sagte Trish.

Amber dachte an den Gottesdienst am Tag davor. Sie hatte sich ihr Leben lang nie wohler gefühlt, nie geborgener. »Gestern in der Kirche hat er meine Hand gehalten.« Sie schaute zwischen den beiden hin und her. »Es hat sich angefühlt, als wäre ich zu Hause.«

Trish stieß einen entnervten Seufzer aus, so laut, dass es klang, als hätte sie die Luft aus einem Ballon gelassen. »Amber. Menschen haben dieses Gefühl beim Händchenhalten, wenn sie sich in der fünften Klasse hinter der Sporthalle treffen. Verstehst du?«

»Zu Hause, Trish. Was kann es Besseres geben?«

Carol schnitt weiterhin Stücke vom Band ab, aber das Schneiden wurde lauter. Und schneller.

Amber kam zu dem Schluss, dass jeder Versuch, sie zu überzeugen, nutzlos war. Sie wusste, was sie wusste. Es war etwas Besonderes an diesem Mann, etwas, das über die typische Chemie hinausging, nach der sie so viele Beziehungen bewertet hatte.

»Ich habe mit mir gerungen«, sagte Carol. Ihr Gesicht war angespannt vor Sorge. Und sie hielt eine DVD-Hülle in der Hand.

»Was denn?«

Sie überreichte Amber die DVD, so wie vielleicht ein Arzt ein schlechtes Testergebnis überreichen würde.

Trish schaute über Ambers Schulter. »Klasse! Eine von denen wollte ich immer schon haben!«

Hochschulstudentinnen enthüllt. Auf dem Cover der DVD waren leicht bekleidete Frauen im Bikini zu sehen, die Bierflaschen hochhielten und in die Kamera kreischten. In krassem Gegensatz zu diesem Chaos stand der Hintergrund, ein wunderschöner Strand, den alle zu ignorieren schienen.

»Warum gibst du mir das?«, fragte Amber.

»Schau dir doch mal an, wer das hier produziert hat«, sagte Carol ernst.

Amber drehte die Hülle um. Sofort fiel ihr Blick auf seinen Namen. *Clay Walsh.*

»Du solltest dir das bei Gelegenheit mal angucken«, sagte Carol ausdruckslos und fing wieder an, Stücke vom Band abzuschneiden.

Amber legte die DVD auf die Theke. Sie wollte sie nicht einmal berühren. »Das muss ich nicht. Es spielt keine Rolle. Der Mann, der das gemacht hat, der ist weg. Ich bin ihm nie begegnet. Und ich werde nie –«

Plötzlich läutete die Tür und Trish starrte denjenigen, der hereingekommen war, so überwältigt an, dass sie den Ballon losließ, den sie gerade aufgeblasen hatte. Er schoss nach oben, zischte durch den Raum und zwang alle dazu, sich zu ducken. Carol und Amber drehten sich um, um zu sehen, wen Trish so angaffte.

Sie trat vor ihre beiden Kolleginnen und ging zur Kasse. »Was können wir mit Ihnen – ich meine, für Sie tun?«

Ein Mann, leger gekleidet, die Haare mit etwas viel Gel nach hinten gekämmt, bewegte sich zur Theke. Er warf Trish ein anerkennendes Lächeln zu.

»Sie steht unter Medikamenteneinfluss«, knurrte Carol und ging Richtung Hinterzimmer. »Sie weiß nicht, was sie redet.«

»Ich weiß *genau*, was ich rede«, gurrte Trish.

Amber musterte den Mann. Er sah gut aus. Eingebildet. Die Art, wie er sich bewegte, verriet, dass er ein Frauenheld war. Sie wusste, dass er innerhalb von Sekunden alles und jeden im Raum abgeschätzt hatte.

»Ich brauche nur ein paar Blumen.«

Trish hatte offenbar die Sprache verloren. Sie stand nur da und grinste wie ein Honigkuchenpferd.

Amber räusperte sich. »Natürlich. Was hätten Sie denn gern?«

»Sie sind für ... eine alte Freundin.«

Trish drängelte sich wieder vor und Amber ging ihr aus dem Weg. »Wir haben eine neue Auswahl von *Passions*blumen. Dort hinten. Ich könnte sie Ihnen zeigen.«

Sie lehnte sich auf die Theke und drückte die Ellbogen nach hinten, um die allezeit so beliebte Pose einzunehmen, die den Ausschnitt betonte.

Amber war drauf und dran, sich abzuwenden. Sie wollte nicht sehen, wie das Schiff unterging. Aber der Mann schaute zu ihr und sagte: »Ich dachte an Rosen?«

Trish war immer noch atemlos, darum nickte Amber. »Gern. Welche Farbe?«

»Äh ... ich weiß nicht.«

Sie dachte kurz nach. »Mit weißen Rosen macht man nie etwas falsch.«

»Perfekt.«

»Geben Sie mir fünf Minuten.«

Trish fing an, mit ihm zu plaudern, aber Amber konnte spüren, dass der Mann sie beobachtete.

»Nehmen Sie sich Zeit«, rief er. Sie lächelte höflich, holte sich alles, was sie brauchte, und hörte, wie Trish sich selbst vorstellte.

»Sieht aus, als wüssten Sie beinahe, was Sie tun«, sagte er, wieder an Amber gewandt.

»Danke.« Er beobachtete sie immer noch. »Was ist?«

Dann kamen die eindeutigen Signale: Er lehnte sich lässig an die Theke. Lächelte breit. Schenkte Trish, die nur Zentimeter von ihm entfernt war, keinerlei Beachtung mehr.

Amber kürzte die Stiele der Rosen. »Ich bin vergeben.«

In genau diesem Moment ließ Trish einen Ballon platzen und erschreckte alle damit. Sie legte den Kopf auf die Seite und fuhr mit dem Finger am Rand ihres Ponys entlang. »Ich nicht.«

»Trish, holst du mir bitte die Schachtel mit den Grußkarten?« Amber fragte sich, ob sich diese Frau noch mehr zum Narren machen konnte, außer vielleicht, indem sie direkt über die Theke in seine Arme sprang. Jemand musste sie vor sich selbst bewahren.

»Klar.« Trish stapfte davon.

Amber wickelte den Strauß ein und verschnürte ihn sorgfältig. »Trish holt gerade die Karten, dann können Sie etwas dazu –«

»Sagt das nicht alles?«, fragte der Mann.

Amber lächelte gezwungen und sah ihm direkt in die Augen. »Ich schätze, das kommt auf die Frau an.« Sie gab ihm die Blumen.

Er knallte zwei Zwanziger auf die Theke. »Kaufen Sie sich etwas Schönes davon.« Und schon war er weg.

Trish kam zurückgeeilt und hielt nach ihm Ausschau. Plötzlich wirkte sie, als hätte jemand die Luft bei ihr herausgelassen, genau wie aus dem Ballon, der noch auf der Theke lag. »Was ist passiert? Wo ist er hingegangen?«

»Trish, das ist kein Typ, mit dem du dich einlassen solltest.«

»Wenn du dir einen Typen aussuchst, der steif wie ein Brett ist, ok. Ich suche lieber nach einem anschmiegsamen.«

»Er ist geschmeidig – da hast du recht. Viel zu geschmeidig.«

»Das kann ein Mann gar nicht sein.«

»Er ist ein Frauenheld. Siehst du das denn nicht?«

Trish drehte sich zu ihr. »Denkst du, ich hätte keine Augen im Kopf?«

»Ich weiß nicht. Du hast dich dem Kerl irgendwie total an den Hals geworfen.«

»Ich versuche nur, etwas Spaß im Leben zu haben. Es zu genießen.«

Amber gab nach und ließ das Argument gelten. Wenn Trish eine Bierwerbung zum Vorbild für ihr Leben nehmen wollte, dann war das ihre Sache. Sie schob einen Zwanziger in ihre Richtung und steckte den anderen in die Kasse.

»Was ist das?«

»Er sagte, du sollst dir was Schönes davon kaufen.«

Trish kreischte den ganzen Weg bis ins Hinterzimmer.

Carol tauchte wieder auf und verdrehte die Augen über so viel Albernheit. »Eins muss ich dir zugestehen: Du hast ein bisschen mehr im Kopf als das Busenwunder da hinten.«

Amber lächelte. »Ich kann sie verstehen. Die Aufmerksamkeit – sie ist manchmal ... berauschend.«

»Aber denk dran, danach kommt immer der Kater.« Carol fing an, das Geld in der Kasse zu zählen. »Triffst du dich heute mit dem Puritaner?«

»Nein. Er ist bei einem Junggesellenabschied.«

Carol zog eine Augenbraue hoch. »Nanu, wird der Puritaner freizügig?«

»Er muss da hin. Es ist einer seiner besten Freunde.«

Carol biss sich auf die Lippe, schloss die Kasse und ging zu Amber hinüber, die abgeschnittene Stiele wegfegte. »Meine Liebe, du weißt, dass ... äh, dass Junggesellenabschiede ...«

»Ich weiß, was du sagen willst. Nach elf Uhr passiert nichts Gutes mehr.«

»Na ja, nein, das würde ich nie sagen. Aber grundsätzlich stimmt es schon – allerdings geht es eher um die Zeit nach ein Uhr nachts.«

»Ich kenne ihn, Carol. Es wird nichts passieren. Er ist ein guter Kerl.«

»Er ist immer noch ein Mann. Vergiss das nicht.«

»Da draußen gibt es immer noch welche, weißt du – die guten Männer.«

»Wenn du meinst.«

Clay würde anständig bleiben. Das war er immer.

* * *

David schaute auf seine Uhr. »Wo steckt er nur?«

Clay betrachtete die Architektur des Hotels. »Das wollen wir wahrscheinlich gar nicht wissen.«

»Oh Mann. Es ist mein Junggesellenabschied. Ich meine, wenn es etwas gibt, zu dem dieser Mann nicht zu spät kommt, dann ist das doch ganz bestimmt ein Junggesellenabschied.«

Genau in diesem Moment hörten sie Reifen quietschen, und um die Ecke schoss der vertraute gelbe Mustang, der eine weiße Rauchfahne hinter sich herzog. Mehrere Mardi-Grass-Perlen schwangen am Rückspiegel hin und her, aber dieses Mal war nur eine Frau im Auto.

Brad saß auf dem Beifahrersitz und streckte die Finger zum Peace-Zeichen aus, als der Wagen kreischend zum Stehen kam. Auf dem Armaturenbrett rutschte ein Strauß weißer Rosen nach rechts, als das Auto anhielt.

David und Clay wechselten einen Blick und David stöhnte. »Weiße Rosen. Also wirklich. Das ist eine Beleidigung der Farbe Weiß«, flüsterte er.

Brad sprang aus dem Wagen, gekleidet im lässigen bunten Stil der Einheimischen von der Westküste, zu denen er nun ja auch gehörte.

»Es wurde auch Zeit«, sagte Clay. »Wir haben eine Reservierung fürs Essen um halb neun.«

»Clay«, sagte Brad und legte seine Arme um die Schultern beider Männer, als sie das Hotel betraten, »so ein Abend ist das nicht. Das ist ein Abend, an dem man sich entspannt.«

»Erwarten wir nicht das Unmögliche.« David lachte und zwinkerte ihm zu. »Na los, da oben hat die Party schon angefangen und ich bin noch nicht einmal dabei!«

Brad hatte eine Suite in einem Hotel gebucht, das er das »Hotel vieler Erinnerungen« nannte, und dort drängten sich schon zehn Männer, von denen Clay ein paar kannte. Fünf davon waren Studienkollegen, die sich von ihm abgewandt und seinen Namen in den Dreck gezogen hatten. Aber das war neun Jahre her und er nahm an, dass die Zeit manches heilte.

Er überstand ein paar Gespräche, die zum großen Teil aus belanglosem Geplauder bestanden. Er war dankbar, dass Brad die meiste Aufmerksamkeit beanspruchte. Er war immer noch eine Stimmungskanone und wusste, wie man alle in Fahrt brachte. Fünfzehn Minuten später ging es laut und chaotisch zu und die Party entsprach in jeder Hinsicht dem üblichen Junggesellenabschied.

Clay sah auf die Uhr. Noch zehn Minuten und dann konnten sie sich auf den Weg zum Restaurant machen. Das war seine Aufgabe gewesen: ein gutes Restaurant zu finden. Er wusste, was für ein Steakhaus David bevorzugte. Es war nicht schwer – rotes Fleisch, Bier und ein paar gut aussehende Bardamen.

Die meiste Zeit dachte Clay an Amber. Ihr süßes Lächeln ging ihm nicht mehr aus dem Kopf. Er konnte die Vorstellung nicht abschütteln, sie in seinem Haus zu haben ... die ganze Zeit. Er sah sie vor sich – wie sie las, Tee auf der Terrasse trank, auf verrückte Ideen kam und versuchte, Gurken im Garten zu ziehen.

Clay stand an dem großen Fenster, das auf die Stadt hinausschaute, und starrte an seinem eigenen Spiegelbild vorbei, als Brad auf dem Weg zur Toilette an ihm vorbeikam.

Er beugte sich zum Spiegel vor, zog seine Weste zurecht und glättete sein Haar. »Also ... wann lerne ich sie kennen?«, fragte er und schaute Clay aus dem Spiegel an.

»Gar nicht.«

»Hat sie auch einen Namen?«

»Ja. Sie heißt die Dings.«

Brad lachte und hob grüßend sein Bierglas. »Kommt sie zur Hochzeit?«

»Bist du bald so weit, Schönling? Das Essen ist um halb neun.«

»Ja, das sagtest du bereits.«

David trat ans Fenster. »Schau, die Limos sind hier.« Er wandte sich an Brad. »Bist du immer noch nicht unwiderstehlich genug? Wir haben Hunger. Wer will rotes Fleisch?«

Die restlichen Männer stimmten mit lauten Rufen zu und es wurde wieder chaotisch, als plötzlich ein lautes Klopfen an der Tür zu hören war. Alle verstummten.

»Hotelsicherheitsdienst. Es gab Beschwerden über den Lärm. Öffnen Sie die Tür.«

Brad bedeutete allen, sich zu setzen. »Bleibt einfach ganz ruhig, ja?« Er öffnete die Tür.

Ein großer, stämmiger Sicherheitsmann trat ein, der jeden anstarrte, gefolgt von der Hotelmanagerin, die gleichermaßen beunruhigt dreinblickte.

»Wer von Ihnen ist der registrierte Gast?«, fragte sie.

Brad zeigte auf David. »Das ist er.«

»Oh nein, das stimmt nicht«, sagte David. »Das läuft unter seinem Namen.«

Aber der Sicherheitsmann marschierte auf David zu. »Sir, ich muss Sie bitten, sich zu setzen.«

David wirkte ernsthaft verwirrt. Das galt auch für alle anderen. Bis die Hotelmanagerin sich plötzlich den Schal vom Hals zog. Dann knöpfte sie den Ärmel ihrer weißen Bluse auf.

»David«, säuselte sie, »setz dich.«

Der Wachmann zog einen Stuhl in die Mitte des Zimmers. Ein erschrockener Ausdruck huschte über Davids Gesicht und traf Clay mitten ins Herz.

Brad lächelte und zuckte die Achseln, und dann forderten die Kerle David in Sprechchören auf, sich hinzusetzen. Zögernd leistete er ihnen Folge.

Clay lenkte Davids Aufmerksamkeit auf sich. »David, bitte. Tu das nicht.«

Die Frau umrundete den Stuhl auf fünfzehn Zentimeter hohen Absätzen. Clay schaute zu Brad und richtete den Finger auf ihn. »Mach diese Tür auf.«

Die langen roten Fingernägel der Frau machten sich am obersten Knopf ihrer Bluse zu schaffen.

Grinsend und mit einem Anflug von Zorn in den Augen verriegelte Brad die Tür. Dann legte er das Sicherheitsschloss vor.

Die Frau zog ihre Bluse aus dem Rock. Clay trat in Davids Blickfeld. »Denk an Lisa. Denk an Cosie. Cosie.«

David schluckte schwer. Einen Moment lang schaute er zu seinen jubelnden Freunden, im nächsten zu Clay. Schweißtropfen bildeten sich auf seiner Stirn.

Brad bahnte sich einen Weg in die Mitte des Zimmers, sein Gesicht glühte.

»Das tut ihnen nicht weh. Werd erwachsen, Clay. Was ist schon dabei? Männer machen so etwas. Ein *Mann* macht so etwas. Du bist ein Waschlappen, weißt du das?« Er ließ den Blick durch den Raum schweifen und sagte lauter als nötig: »Hat noch jemand ein Problem damit?«

Entschiedenes Nein von allen Seiten. Die Frau war erstarrt, die Bluse halb geöffnet, ein Bein auf dem Rand des Stuhls aufgestützt, während ihre Augen hin und her flogen.

Brad stampfte zur Tür und entriegelte sie. Er riss sie auf, aber sein Gesicht und sein wütender Blick hatten sich merklich abgekühlt. »Willst du gehen, Clay? Dann geh doch. Der Rest von uns wird hierbleiben und die Befragung genießen.«

Der ganze Raum schien sich auf ihn zuzubewegen. Alle starrten ihn durchdringend an. David schaute zu Boden.

Clay holte tief Luft, fand sein Gleichgewicht wieder und ging zur Tür hinaus. Sie wurde hinter ihm zugeschlagen.

Aber die Buhrufe konnte er trotzdem hören.

* * *

Amber versuchte es mit Musik, aber heute Abend konnte sie nichts damit anfangen. Schließlich packte sie die Einkäufe aus und dachte einen Moment daran, etwas kaputt zu machen. Was war noch übrig? Das Thermostat vielleicht?

Auf der Theke lag die neue Bibel, die sie sich gekauft hatte. Das Dünndruckpapier faszinierte sie immer noch. Sie blätterte durch die Seiten. *Wo fängt man damit an?*, fragte sie sich.

Sie schlenderte zu ihrer Pinnwand und starrte lange auf den Regenbogen, der unten hingesteckt war. So lang war er eine Quelle des Trostes für sie gewesen. Ein Symbol der Hoffnung, dass an seinem Ende eine Art Schatz auf sie wartete, eines Tages, irgendwo.

Aber sie kannte die Wahrheit – hinter dem Regenbogen gab es eine Menge Fantasy und Mythen, an die sie geglaubt hatte. Langsam löste sie die Zeichnung von der Pinnwand, und das Foto, das sich dahinter verbarg, fiel herab. Es glitt mit einem zischenden Geräusch über den Boden und blieb an der Ecke des Sofas liegen. Sie berührte es nicht, sondern schaute von oben darauf hinunter. Dabei brauchte sie es nicht einmal zu sehen, denn sie kannte es auswendig.

Sie hatte sich niemals hübscher gefühlt, bevor oder seit das Foto gemacht worden war.

Das Hochzeitskleid war der Fund des Jahrhunderts gewesen – achtzig Dollar in einem Sozialladen. Gerade die Art, wie sie auf ihr Kleid gestoßen war, war wie ein Zeichen, dass sie ihn heiraten sollte. Sie hatten wenig Geld, aber sie waren unzertrennlich.

Das schulterfreie Kleid war mit floraler Spitze und von Hand aufgenähten Perlen verziert, der Rock sprang an der Vorderseite in Falten auf und es hatte eine lange Schleppe. Sie konnte die Geräusche dieses Tages immer noch hören: wie seine kleinen Nichten und Neffen bei der Feier herumrannten, wie ein Hubschrauber die Trauung kurzzeitig unterbrach, die Art, wie er ihr ins Ohr flüsterte, dass er sie liebte.

Sie wischte sich die Tränen aus dem Gesicht, bevor sie vom Kinn tropfen konnten. Sie hatte sich immer geschworen, es an dem Punkt zu schaffen, an dem ihre Eltern versagt hatten. Sie glaubte an die wahre Liebe. Sie glaubte, dass Liebe alles überwand.

Amber beugte sich direkt über das Foto und neigte den Kopf zur Seite, um es deutlicher sehen zu können. Mit spitzen Fingern hob sie es auf. In Sekundenschnelle hatte sie das Bild entzweigerissen, genau in der Mitte. Sie blieb in der linken Hälfte und sah immer noch zauberhaft aus in diesem Kleid. Sie schob sich die Haare aus dem Gesicht, steckte sich wieder an die Pinnwand und schob den Regenbogen über das Foto. Sie befestigte das Blatt, das sie von ihrer »Verabredung« mit Clay aufbewahrt hatte, neben der Braut, die vielleicht nie wieder eine sein würde.

Die andere Hälfte des Fotos jagte sie durch den gut funktionierenden Küchenabfallzerkleinerer.

Dann ging Amber zu ihrem Bett, legte sich hin, umklammerte den Rand ihres Kissens und ließ den Tränen ihren Lauf.

* * *

Clay stand auf der Straße und fuhr sich mit den Fingern durch die Haare, während das Herz in seiner Brust wild pochte. Er hörte Schritte hinter sich.

Er hatte gewusst, dass Brad ihm folgen würde. Er tat das immer, wenn sie sich gestritten hatten. Aber es war nie eine schöne Begegnung. Und es geschah nie, um Dinge zu klären.

»Du schuldest mir zweihundert Dollar!«, brüllte Brad.

Clay trat zurück, um einen besseren Stand zu haben. Er kannte Brad gut genug, um zu wissen, dass ihm womöglich eine Handgreiflichkeit bevorstand.

»Was ist?«, sagte Brad, und sein Zorn schwächte das breite Grinsen, das er wie ein Accessoire zur Schau trug. »Mir war nicht klar, dass ich deine Erlaubnis brauche, heiliger Meister.«

Die beiden standen schwer atmend auf dem im Dunklen liegenden Bürgersteig. Dann drehte sich Clay um und fing an zu marschieren.

»Nimm deine Spielsachen und geh nach Hause, wie gerufen«, schrie Brad ihm nach.

Clay blieb stehen. Dieses alte Gefühl – wie ein Fuß auf seiner Brust, wie ein Feuer, das seine Kehle hinauf brannte – kehrte schlagartig zurück, als wäre es nicht beinahe ein Jahrzehnt weggewesen. Er schluckte, holte Luft, versuchte nicht hinzuhören und sich zu beruhigen.

»So edel«, spottete Brad. Sein Ton triefte vor Groll, der sich aus Dutzenden unausgesprochener Worte nährte. »So ... überlegen. Wir beugen uns vor dir.«

Schließlich drehte Clay sich um und kämpfte darum, die Emotionen – sowohl den Zorn als auch die Kränkung – nicht überkochen zu lassen.

Brad warf die Hände in die Luft. »Du bist ein Vorbild für uns alle. Wie immer.« Er lachte, auf eine Weise, die Clay schon tausendmal gehört hatte und die normalerweise für die Frauen reserviert war, die Brad gleichgültig hinter sich zurückließ.

Er wollte ihm einen Fausthieb versetzen. Direkt in sein Gesicht schlagen, direkt in diesen dummen Mund. Doch selbst als er die Faust ballte, wusste er, dass er das nicht konnte.

Brad hielt das, was in dem Hotelzimmer passiert war, wirklich für harmlos.

Er verstand nichts von dem, woran Clay glaubte. Für Brad sah es wahrscheinlich so aus, als wäre eines Tages ein Außerirdischer aufgetaucht, hätte seinen Freund entführt und durch ein unbekanntes Wesen ersetzt.

Clay öffnete langsam seine Faust und schob die Hände in die Taschen. »Wann ist das passiert? Wie kommt es, dass wir ...?«

»Was?«, fragte Brad.

»Wann wurde es zu einem Witz, eine Frau mit Respekt zu behandeln?«

»Ach, komm schon.«

»Willst du darüber lachen, dass jemand an die Liebe als etwas Heiliges glaubt? Na los. Lach schon!«

Brad salutierte wie ein römischer Soldat. Hinter ihm sah Clay die Männer aus der Hotelhalle strömen und zu den Limousinen gehen, die am Straßenrand warteten. Offenbar hatte sich die Party oben auch ohne ihn aufgelöst.

»Brad! Wir wollen los!«, schrie einer der Männer. Drei hingen aus den beiden Schiebedächern und sangen etwas Unzusammenhängendes im Chor.

»Wir sehen uns später, Spartakus.«

Clay trat aus dem Licht der Straßenlaterne und bewegte sich auf die Dunkelheit zu. Er brauchte jetzt einen strammen Marsch. Die rüpelhaften Geräusche betrunkener Männer folgten ihm.

»Hey, Clay.«

Er drehte sich um und sah David auf sich zukommen. Dass der Abend nicht so gelaufen war wie geplant, war seinen hängenden Schultern anzusehen. David schaute zu einer Limousine zurück, die auf ihn wartete. »Ich wusste nicht, dass er das vorhatte, das schwöre ich dir.«

»Ich weiß.«

»Ich wollte nichts weiter als ein Steak.«

Clay nickte zu den Limousinen hinüber. »Es sieht aus, als würde sich dein Wunsch noch erfüllen.«

Jemand hupte.

David machte eine Handbewegung zu der dunklen Straße vor ihnen hin. »Gehst du spazieren?«

»Ja.«

David nahm Clays Hand, schüttelte sie heftig und sah ihm dabei direkt in die Augen – der wortlose Dank eines engen Freundes.

»Wir sehen uns morgen.«

»In Ordnung.«

David eilte zum Hotel zurück und verschwand in seiner Limousine.

Ja, er musste laufen. Lange und in der Dunkelheit. Durch seine Emotionen marschieren. Einfach gehen. Vielleicht nie mehr anhalten. Er schob die Hände tief in die Taschen seiner Jeans und wünschte sich, er hätte einen Mantel. Die kalte Luft stach in seine Wangen und kräuselte die Innenseite seines Hemds.

Er war nur ein paar Hundert Meter die Straße hinuntergegangen, als er eine Stimme hörte: »Du.« Eine große Hand packte ihn am Arm und riss ihn mit Schwung herum, sodass er das Gleichgewicht verlor.

Es war der ›Sicherheitsbedienstete‹. Hinter dem Mann stand die Frau und knöpfte ihre weiße Bluse zu, während sie ihn anstarrte.

Clay riss sich aus dem Griff des Mannes los.

»Weißt du, wie viel Trinkgeld ihr deinetwegen heute Abend

entgangen ist?« Er stieß Clay fest gegen die Brust. »Findest du nicht, du solltest etwas daran ändern?«

Plötzlich hatte Clay das Gefühl, als sei es erst gestern gewesen, als sei er in einer Bar, in einer Rauferei, in Rage darüber geraten, dass jemand ihn schief angeguckt hatte. Mit einer fließenden Bewegung versetzte er dem Mann einen Stoß, sodass dieser völlig überrumpelt rückwärtsstolperte, während seine Augen vor Wut blitzten.

Clay hatte nicht die Absicht, sich aus der Affäre zu ziehen. Früher hatte er nie einen Rückzieher gemacht, selbst wenn ihm der gesunde Menschenverstand sagte, dass das besser wäre. Er wollte sich auf den Mann stürzen, aber die Stripperin trat zwischen sie, wie sie es wahrscheinlich schon hundertmal in ihrem Leben getan hatte. Sie streckte die Hände aus und forderte den Wachmann mit einem Blick auf, sich zurückzuhalten.

Als sie sich an Clay wandte, war ihr Ton anklagend. »Hallo, wenn du keine Lust darauf hattest, ist das okay. Aber warum bist du nicht einfach gegangen?«

Clay sah die harten Züge einer Frau, die niemals gut behandelt worden war, das übertriebene Make-up einer Frau, die ihren Anblick im Spiegel nicht mehr ertragen konnte. Es war schwer zu sagen, wie alt sie war. Er blickte auf die Straße hinter ihr.

»Schau mich an«, sagte sie schroff. »Hat irgendjemand da drin dich um Hilfe gebeten?«

Hier gab es keine richtigen Antworten, das wusste Clay.

Sie trat näher an ihn heran, schwankte auf ihren hohen Absätzen und ihre Stimme wurde schärfer. »Das Einzige, was du erreicht hast, ist, dass meine Kinder so gut wie nichts zum Geburtstag bekommen.«

Clay konnte sich nur Cosie vorstellen, mit ihrem Kipplaster, den sie in eine rosa Decke gewickelt hatte. Er fragte sich, wie oft sich diese Frau als Prinzessin verkleidet hatte, als sie ein kleines Mädchen gewesen war, wie oft sie sich vor dem Spiegel gedreht und von einem Märchenprinzen geträumt hatte. Was konnte er zu ihr sagen? Er wollte ihr sagen, dass es Hoffnung gab, dass es gute, beständige Liebe gab. Lebensverändernde Liebe.

»Glaubst du, du wärst besser als ich?« Sie musterte ihn von oben bis unten. Und dann nahm sie den Wachmann bei der Hand und verschwand in die andere Richtung, wobei die fünfzehn Zentimeter hohen Absätze ihre Schritte verkürzten.

Clay blieb lange dort stehen, völlig ausgezehrt von dem, was nur ein lustiger Abend mit Freunden hätte werden sollen. Er schaute nach oben, doch die Sterne waren hinter einem tintenschwarzen Nachthimmel verdeckt. Also setzte er sich in Bewegung.

Er hatte keine Freunde. Nicht wirklich. Keine, die ihn verstanden, die eine Ahnung davon hatten, worauf es ihm ankam und welchen Weg er gewählt hatte und aus welchem Grund. Es gab wirklich nur einen, den einen Gott im Himmel, der klar und deutlich die Schneise der Zerstörung sah, die er in so vielen Leben hinterlassen hatte. Und er hatte sich geschworen, dass er an jedem einzelnen Tag versuchen würde, es wiedergutzumachen.

Nein, er glaubte nicht, besser zu sein als sie. In Wirklichkeit war er davon überzeugt, dass er schlechter war.

Er ging. Immer weiter. Sein Herz und seine Beine zitterten vor Erschöpfung, aber er konnte nicht anhalten. Er dachte an das Geld in Ambers Bonbonglas. Es gab ihr die Freiheit zu gehen, wann immer sie wollte. Zu fliehen.

Im Park hielt Clay an, setzte sich auf eine leere Schaukel, zu müde und zu aufgewühlt, um nach Hause zu gehen. Über ihm quietschten die Ketten bei jeder Bewegung der Schaukel. Er umschloss sie mit den Fingern und ihm wurde klar, dass ihm die vollständige Befreiung aus seinen Ketten noch fehlte und wahrscheinlich nie eintreten würde.

KAPITEL 14

Wie ein Wirbelwind sauste Amber zur Tür hinaus, schlug die Fliegengittertür zu und rannte die Stufen zu ihm hinunter, die Schuhschachtel im Arm und die Augen glänzend vor Aufregung. Sie riss die Tür des Trucks auf und schlüpfte hinein, wobei sie etwas mit in den Wagen zog, was nur als Riesentasche bezeichnet werden konnte. Sie warf den Deckel von der Schachtel und sagte: »Ich bin dran. Nimm einen.«

Clay griff hinein und zog einen Zettel heraus.

»Was steht drauf?«

»›Verirr dich.‹« Er war sich ziemlich sicher, dass er das schon getan hatte. Es war ein neuer Tag, aber es war ihm nicht gelungen, die letzte Nacht abzuschütteln. Nichts davon. Hier saß ein Sonnenstrahl direkt neben ihm. Und er war das schwarze Loch, das alles Licht verschlang. Er versuchte zu lächeln.

»Fahr los.«

Sie fuhren eine Weile, hinauf in die Berge, während Amber bestimmte Anweisungen gab, hier und dort abzubiegen. Eine Stunde später kamen sie an einer heruntergekommenen Scheune vorbei, die von einem unsichtbaren Gewicht niedergedrückt wurde und allmählich in sich zusammensank.

»Fragst du dich nicht«, sagte sie und betrachtete die Scheune, als wäre sie eine Wiese voller Wildblumen, »was sie für eine Geschichte hat? Was dort im Lauf der Jahre geschehen ist? Wer schon alles hier war?«

»Wohin fahren wir?«

»Das ist es.« Sie beugte sich aus dem Fenster und ließ den

Wind an ihren Haaren zerren. »Schau dir die Farbe dieser Blätter an.« Sie zog den Kopf zurück. »Stimmt etwas nicht?«

»Alles in Ordnung.«

»Bieg noch einmal ab.«

Clay schaute nach vorn. Es gab nirgendwo eine Abzweigung. »Wo?«

»Bieg einfach ab. In irgendeine Straße, die du findest.«

Nach weiteren fünfzehn Minuten, in denen sie hier und dort abgebogen waren, waren sie rundum umgeben von den ländlichen Randgebieten der Stadt.

»Hast du eine Ahnung, wo wir sind?«, fragte sie.

»Nicht im Geringsten.«

»Perfekt. Dann halt an.«

Clay parkte am Rand der Straße, obwohl sie kilometerweit kein Auto gesehen hatten. Eine rote Scheune, stabiler als die letzte, stand in der Mitte eines immer noch grünen Feldes. In der Nähe befand sich ein alter Silberahorn, dessen Wurzeln sich aus der Erde kämpften und einen trockenen, staubigen Ring um den Stamm bildeten. Die Reste eines alten Zauns verschwanden hinter der Scheune und außer Sichtweite.

»Steig aus.«

»Was?« Seine Aufmerksamkeit richtete sich mit einem Schlag wieder auf Amber.

»Du hast gehört, was ich gesagt habe.« Ein scherzhaftes Lächeln widersprach ihrem ernsten Ton.

»Nur ich?«

»Nur du.«

Clay stieg aus und ging auf die Scheune zu. Als er sich wieder umdrehte, hatte sie das Radio im Truck angemacht und die Türen geöffnet, sodass die Musik herausströmte wie Sonnenlicht aus einer Regenwolke. Mit einem einzelnen Finger winkte sie ihn zu sich her.

Er war so ... leer. Da war nichts mehr von der Freude, die er vor ein paar Tagen noch gespürt hatte. Er wollte sie in seinen Armen haben. Danach sehnte er sich am meisten. Mehr als nach allem anderen. Tatsache war jedoch, dass sie zu gut für ihn war. Sie brauchte mehr als das, was er geben konnte. Er besaß nichts weiter als eine Reihe nichtssagender Ziele, die niemanden außer ihn interessierten.

Doch gleichzeitig konnte er ihr nicht widerstehen, und bevor er wusste, wie er dorthingekommen war, stand er direkt vor ihr. Sie nahm seine Hand – die zitterte, wie er jetzt merkte. Und sie schob seine andere Hand an ihre Hüfte. Und dann tanzte sie mit ihm.

Clay wollte in diesem Moment aufgehen. Er konnte nicht einmal mehr die Musik hören. Alles, was er fühlen und woran er denken konnte, war sie.

Er bewegte sich näher an sie heran und versuchte, sie dabei nicht zu umklammern. Er wollte sich so anständig verhalten, wie er es immer von sich behauptet hatte. Er ließ seine Hände, wo sie hingehörten, und drückte seine Wange an ihr weiches Haar. Irgendwann hörte die Musik auf und ein Werbespot wurde gesendet, aber sie tanzten weiter. Er wollte nicht aufhören. Und darum musste er genau das tun.

Er trat einen Schritt zurück und sah Amber bedauernd an. Er ließ ihre Hände los.

Ihre Augen betrachteten ihn forschend, auf der Suche nach einer Antwort, aber es gab nichts, was er tun oder sagen konnte. Wie immer schien sie zu spüren, wann er überfordert war. Sie setzte ein fröhliches Lächeln auf. »Ich habe eine Decke mitgebracht.« Sie rannte zurück zum Wagen.

Clay konnte ihr nur nachsehen.

Bald lagen sie auf dem Rücken, Arme und Beine ausgestreckt wie Kinder, und starrten in den Himmel. Clay starrte über den Himmel hinaus. Und er nahm an, dass Gott auf ihn zurückstarrte.

»Du hast kein einziges Wort über den Junggesellenabschied gesagt.«

Clay rollte zur Seite und schlug sein Arbeitsbuch auf, das sie pflichtgetreu zusammen mit den Thunfischsandwiches eingepackt hatte. Direkt auf Seite 27. Amber schien völlig darin versunken, einen Vogel zu beobachten, der auf der Scheune saß.

»Wie viele Sexualpartner hattest du in den vergangenen zehn Jahren?«

Ambers Augen wurden groß. Sie bedeckte das Gesicht mit den Händen und kreischte, als wäre sie gerade Zeugin eines Mordes geworden.

»Wir sind fast durch«, versuchte er es.

»Und das war fast eine normale Verabredung«, sagte sie und spähte zwischen den Fingern hindurch.

»Wie meinst du das?«

»Wie ich das meine? Eine normale Verabredung, Clay. Normal.« Ihre Nasenflügel bebten vor Frustration.

»Eine *normale* Verabredung. Du meinst, bei der zwei Fremde zuerst miteinander ins Bett hüpfen und hinterher versuchen herauszufinden, ob sie irgendetwas gemeinsam haben? Meinst du das mit *normal*?«

Sie setzte sich auf, nahm sein Buch und warf es beiseite. »Was ist heute mit dir los?«

Er wandte den Blick ab. Er konnte es nicht einmal benennen. Neben ihnen knarrte die Scheune im Wind.

»Warum urteilst du so hart über alle?« Sie zog ihre Knie dicht an sich heran. »Die meisten von uns geben sich nur alle Mühe … nicht einsam zu sein. Und das ist nicht leicht.« Sie schob sich die Haare aus dem Gesicht und warf ihm einen scharfen Blick zu. »Gefällt es dir, ganz allein zu leben, Clay? Ohne jemanden, mit dem du …« Sie fing an, sich von ihm zu entfernen. Nicht körperlich. Aber ihre Augen verloren den intensiven Glanz, den er so liebte. »Kauf mir Blumen. Schreib mir eine Karte. Ich möchte nicht, dass du mich zu deinem gemeinnützigen Projekt machst.«

»Ich bin nicht … Das ist nicht …«

»Ich möchte, dass du mit mir tanzt.« Ihre Miene wurde weicher. »Das war in Ordnung, oder?«

»Ja.«

»Clay, ich weiß, dass das in dir steckt. Ich weiß es.« Sie machte eine dramatische Geste. »Schmeichle mir. Errege mich. Erobere mich im Sturm. Sag mir, dass ich die attraktivste Frau bin, die du je gesehen hast, auch wenn du das nicht ernst meinst. Das ist mir egal.«

»Soll ich dich anlügen?«

»Genau. Ich will eine *normale* Verabredung.«

»Ich hab eine Menge Worte verschwendet. Ich will nicht noch mehr verschwenden.«

»An mich.« Tränen standen in ihren Augen. »Ach, du sammelst doch sonst alle möglichen Punkte.«

»Das hat nichts mit Punktesammeln zu tun.«

»Entschuldigung. Du hast recht. Es geht um rot-gelb-grün.« Sie griff wieder nach seinem Buch und warf es über seinen Kopf. »Na gut. Ich war mit fünf Männern zusammen. Ich hatte Sex mit fünf Männern. Mit ungefähr vier weiteren hab ich heftig herumgeknutscht. Mehr oder weniger.«

Clay schluckte. So sollte es nicht laufen. Er wollte das nicht hören. Nicht auf diese Art. Nicht wenn ihr dabei Tränen über die Wangen liefen.

Sie wischte sie weg, ihr Blick war wütend. »Und ich war verheiratet.«

Clay erstarrte. »Wie bitte?«

»Ja. Einmal, wenn wir schon beim Zählen sind. Das ist übrigens nicht einmal eine Frage in diesem Buch. Was willst du sonst noch wissen?«

Er bekam keine Luft mehr.

»Es war ohnehin so, als würde ich allein leben. Du weißt ja, was ich damit meine, oder? Eines Tages, als er zur Abwechslung mal zu Hause war, bin ich also zu ihm gegangen und hab ihm die Scheidungspapiere direkt vor die Nase gehalten. Dann hab ich mir ein Müsli gemacht. Wir haben nicht einmal darüber gesprochen.«

Tausend Fragen lagen ihm auf der Zunge und wurden nur durch die Tatsache zurückgehalten, dass er nicht so viele Worte gleichzeitig herausbrachte. »Hat er …?«

»Ich kehre nicht mehr dorthin zurück, Clay. Und ich werde dir nicht eine Reihe von schlimmen Dingen über ihn erzählen, nur damit ich mich weniger verantwortlich fühlen muss. Ich kann ihm nicht die Schuld für meine Entscheidung geben. Und du kannst es auch nicht.« Sie breitete beide Arme aus. »Aber so bin ich.«

Sie stand auf, scheuchte ihn von der Decke herunter und fing an, alle Sachen einzupacken. Er saß im Gras und sah ihr zu, starr vor Angst. Er war dabei, sie zu verlieren.

Und dann brach es aus ihm hervor, als spräche ein anderer an seiner Stelle: »Ich kann mich nicht einmal daran erinnern, mit wie vielen Frauen ich zusammen war.« Es war die widerlichste Feststellung, die man laut aussprechen konnte. Clay schaffte es beinahe nicht, sie anzusehen, doch als er es tat, wirkte sie nicht abgestoßen. Warum rannte sie nicht auf und davon?

Sie ließ die Decke fallen, kniete sich neben ihn und streckte die Hand nach seinem Arm aus. Er wollte nicht zurückzucken, aber er tat es trotzdem.

»Können wir noch einmal von vorn anfangen?«, fragte Amber. »Uns in den Wagen setzen und uns noch einmal verirren?«

»Es ist zu spät.«

Sie blieb bei ihm, aber sie hätte die Flucht ergreifen müssen. So schnell und so weit weg sie konnte.

Der Wind pfiff durch die fehlenden Schindeln der Scheune.

Der Geruch nach Heu kam und ging. Clay starrte in den weit offenen Himmel und wünschte, es gäbe eine Höhle, in die er sich verkriechen könnte.

Amber wandte sich ihm zu, ihre Gefühle hatten sich beruhigt. »Warum hast du mich nicht zu der Hochzeit von David und Lisa eingeladen? Sie ist übermorgen, nicht wahr?«

Es war die seltsamste Frage nach allem, was sie gerade durchgemacht hatten, so zusammenhanglos.

»Möchtest du denn mitkommen?«

»Möchtest du mich dabeihaben?«

Er nickte.

Sie beugte sich zu ihm vor und legte die Hand auf seine Brust. »Ich möchte dich nicht einengen. Oder dich verändern. Oder etwas an deiner Überzeugung verändern.« Sie bewegte sich in sein Sichtfeld. »Hörst du, was ich dir sage, Clay? Du bist gut, durch und durch. Ich glaube das von ganzem Herzen. Alles, was ich möchte, ist, dass du mir sagst, welches *Gefühl* ich dir gebe.« Ihre Hand bewegte sich zu seinem Gesicht. »Kannst du das?«

Warum kamen keine Worte? Ihre Fingerrücken berührten seine Wange.

»Was für ein Gefühl gebe ich dir, Clay?« Ihre Haare fielen ihr über die Schultern. »Hast du Gefühle?«

Ihr Gesicht war nur zentimeterweit von seinem entfernt. Er konnte nirgendwohin sehen als in ihre Augen.

»Denkst du an mich, bevor du einschläfst?« Ihre Finger glitten an seiner Schulter entlang. »Wünschst du dir nicht, du müsstest nur deinen Kopf auf dem Kissen drehen und könntest sehen, wie ich dich anschaue?«

Jetzt streichelte ihre Hand seinen Arm. Er schloss die Augen, aus Angst, was sie darin sehen könnte, wenn sie tief genug hineinsah.

»Ich muss wissen, dass du mich willst«, flüsterte sie. »Ich muss das wissen. Es ist wichtig für mich. Für *mich* ...«

Schließlich öffnete Clay die Augen. Es war, als wäre seine Seele aufgebrochen. Was konnte er noch vor ihr verbergen?

Sanft, wie warmes Wasser, beugte sie sich vor, um ihn zu küssen.

Und er drehte den Kopf weg.

Ihre Hände fielen herunter. Sie setzte sich auf und rückte von ihm ab. Ihre Augen wirkten ... ängstlich. Dann wütend. Sie ließ die Decke liegen, gab dem Arbeitsbuch im Vorbeigehen einen Tritt und stieg in den Wagen. Sie schlug die Tür so fest zu, dass die Schwalbenschar, die auf der Scheune hockte, sofort die Flucht ergriff.

Er legte sich wieder hin und starrte in den Himmel. Er hatte den Verdacht schon immer gehabt und hatte es neun Jahre lang zu leugnen versucht:

Er war eine emotionale Wüste.

KAPITEL 15

Sie hatten keine Kosmetiktücher mehr und reichten Amber nun die Papiertücher, in die sie die Blumen einwickelten.

»Das tut weh.«

»Natürlich tut es weh«, sagte Carol und klopfte ihr sanft auf den Rücken.

»Das hier«, sagte Amber und hielt das wattierte Papiertuch in die Höhe.

»Oh.« Carol warf einen Blick zu Trish. »Schau mal, ob du etwas Weicheres findest.«

»Aber das andere tut auch weh«, gab Amber zu.

Als Trish nach hinten ging, zog Carol Amber in eine feste Umarmung. »Meine Liebe, ich hatte keine Ahnung, dass du schon einmal verheiratet warst. Wenn ich das gewusst hätte, hätte ich dir gesagt, du sollst vorsichtig sein.«

Amber hob den Kopf. »Du hast mir trotzdem gesagt, ich soll vorsichtig sein.«

»Jedes Mal, wenn eine Beziehung vorbei ist, die für eine Frau bedeutungsvoll war, dann wird ein Stück von ihrem Herzen gestohlen, und sie bekommt es nie wieder zurück.«

»Es ist nicht vorbei. ... Wir machen nur eine Pause.«

»Dauerhaft.« Carol seufzte. »Meine Liebe, wenn man nicht zu einer Hochzeit eingeladen wird, ist das ein erstes Zeichen dafür, dass es vorbei ist.«

Amber brach wieder in Tränen aus.

Trish kehrte zurück. »Ich wollte diesen Pulli nach der Arbeit anziehen, aber hier bitte.« Sie gab ihn Amber. »Er ist waschbar.«

»Danke.«

»Erzähl mir, was mit deinem Ex-Mann war«, sagte Carol sanft.

Amber schloss die Augen und versuchte, nicht an ihn zu denken, aber schon war er da.

Er durchstreifte das Haus, glitt wie Nebel an ihr vorbei, machte nie den Versuch, sie zu berühren. Er zuckte zurück, wenn sie ihn berühren wollte. Irgendwann wachte sie regelmäßig mitten in der Nacht auf, nur um festzustellen, dass er nicht in seinem Bett war. Er verkroch sich in einem anderen Zimmer und schloss die Tür ab. In der kältesten, schwärzesten Nacht blieb sie auf und wartete, dass er aus diesem Zimmer kommen würde. Sie hoffte, er würde sich hinsetzen und mit ihr reden und ihr sagen, was sie falsch machte – und warum sie nicht gut genug für ihn war.

»Du hattest recht«, sagte sie und blickte Carol an. »Clay und ich, wir sind zu verschieden.« Allmählich kam sie jedoch zu dem Schluss, dass sie diejenige war, die zu verschieden war. Sie war die Ursache dafür, dass heißblütige Männer wie die Tundra gefroren. Sie war nie länger als ein paar Wochen ohne einen Mann in ihrem Leben geblieben, aber sie konnte auch an einer Hand die Tage abzählen, an denen sie nicht einsam gewesen war. Neue Tränen flossen und Amber wischte sich das Gesicht mit dem Pulli ab.

»Was? Was ist denn, Liebes?«

»Ich entspreche total dem Klischee.«

Carol griff nach einer Schachtel Pralinen. »Glaub mir, das trifft auf Trish zu. Aber von dir kann man das keinesfalls behaupten.«

»Es stimmt. Auf mich trifft das zu.« Trish nickte.

»Hier, nimm eine«, sagte Carol.

»Wo hast du die her?«

»Mach dir keine Gedanken. Sie gehören einem Kunden. Er holt seine Bestellung erst später ab. Trish kann zum Konditor hinunterspringen und neue holen. In der Zwischenzeit müssen wir dafür sorgen, dass es dir gut geht.« Sie packte Amber an beiden Schultern. »Lass mich nicht im Stich.«

»Ich wünschte, ich wäre tot.« Sie stopfte sich Pralinen in den Mund. »Nein, ich wünschte, *er* wäre tot.«

»Entscheide dich.«

»Ich gebe auf.«

»Du kannst die Liebe aufgeben, das ist in Ordnung. Aber diesen Job darfst du nicht aufgeben. Ich brauche dich.«

Amber schaute Carol mit tränenüberströmtem Gesicht an. »Ich ziehe weiter. Ja, das mache ich. Darin bin ich geübt.«

Carol legte ihr eine weitere Praline in die Hand. »Und was passiert, Süße, wenn dir die Orte ausgehen, an die du fliehen kannst?«

»Die Welt ist ziemlich groß.«

Carol nahm Ambers Hände. »Die Welt ist auch ziemlich chaotisch. Überall.« Sie seufzte und zog ihr Feuerzeug aus der Hosentasche. »Sorg dafür, dass du ein paar Wurzeln hast, Kleine. Und wenn dann diese großen Windhosen husten und prusten und versuchen, dein Haus zusammenzupusten, dann weichst du nicht von der Stelle und gerätst nicht einmal ins Wanken.« Sie sah zur Tür. »Wenn wir gerade vom Pusten reden – ich muss kurz nach draußen. Kommst du klar?«

Amber setzte das Lächeln auf, das Carol von ihr sehen wollte. »Ich komme klar. Versprochen! Er war nicht der erste Mann und er wird nicht der letzte sein.«

»Gutes Mädchen.«

Carol ging nach draußen. Amber konnte durchs Fenster sehen, wie sie ihre Zigarette anzündete und sich so in den Wind stellte, dass ihr die Haare aus dem Gesicht geweht wurden. Vielleicht brauchte Carol sie genau so, wie sie Carol gerade brauchte.

Sie gab Trish den Pulli zurück. »Danke, dass du den für mich geopfert hast.«

»Jederzeit gern.« Trish strich ihr über die Schulter. »Hör mal, ich kenne tausend Typen. Buchstäblich tausend Typen. Ich meine, mit der Universität hier sind sie zahlenmäßig sogar den Ameisen überlegen. Du bist so eine süße, attraktive Frau. Ich könnte schon für morgen Abend etwas für dich verabreden. Versprochen. Ein Wort von dir genügt, und ich bringe dich mit einem Zwanzigjährigen zusammen.«

»Danke. Aber ich glaube, ich sollte erst mal eine Weile Pause machen.«

Trish zuckte die Achseln. »Wie du willst. Ist es für dich okay, hier die Stellung zu halten? Ich muss zum Konditor und neue Pralinen holen.«

»Ja, ich komme zurecht.« Obwohl ihre Augen sich irgendwie verquollen anfühlten.

Trish schnappte sich ihre Handtasche und verschwand. Amber blieb mit dem Duft der vielen Rosen rundherum zurück. Im Moment kam ihr der Geruch irgendwie giftig vor.

Ja, die Welt war ein einziges Chaos. Aber vielleicht war sie die Chaotischste überhaupt.

* * *

Direkt in der Mitte des Ladens, wo er mehr Platz hatte, begann Clay die Polsterung abzureißen. Es war sinnlos, sie aufzuheben. Sie war abscheulich und nicht mehr zu retten. An der Oberfläche sah sie vielleicht noch ganz gut aus, aber darunter war sie verschmutzt. Der Schmutz war sogar so schlimm, dass er bis zum Holz vordrang, welches an diesen Stellen anfing zu faulen.

Wozu war ein Zweiersofa überhaupt gut? Es war nicht einmal lang genug, um sich für ein ordentliches Schläfchen darauf auszustrecken. Er zerrte und riss an der Polsterung. Das Problem war, dass sie so fest und so unregelmäßig an das Holz geklammert war, dass er viel Muskelkraft benötigte, um sie zu entfernen. Er richtete sich auf, holte tief Luft und fragte sich, warum jemand das Material so stark befestigt hatte. Es war, als hätte derjenige befürchtet, die Polsterung könnte aufstehen und davonspazieren.

Er hockte sich hin und begutachtete das Holz. Es hatte tatsächlich schon einen Riss. Er zog sich mitten durch die Rückseite nach unten.

Er würde wohl eine Axt brauchen.

Gerade, als er sie in die Luft hob, öffnete sich die Tür und George kam grinsend und summend hereinmarschiert. »Eins, zwei, drei, vier, Eckstein, alles muss versteckt sein!« Als sein Blick auf Clay fiel, blieb er stehen. »Du siehst schrecklich aus.« George führte nicht weiter aus, was ihm so schrecklich erschien – Clay im Allgemeinen oder die Tatsache, dass er eine Axt über dem Kopf schwang. Georges Blick wanderte von der erhobenen Axt zu dem Zweiersofa, das eher so aussah, als wolle es jegliche Romantik im Keim ersticken. »Was machst du mit dem armen Möbelstück?«

»Ich repariere es.«

»Das sieht man. Ich bewundere deine Arbeit.« George öffnete die Ladentür mit einer höflichen Geste und grinste breit. »Warum unterbrichst du nicht den Mord an diesem unschuldigen Sofa und kommst mit, um dir ein paar unvergleichliche Antiquitäten anzuschauen, die du reparieren könntest? Ich mache dir ein besonderes Angebot für Nachttische: zwei zum Preis von einem. Ich würde noch kostenlos einen Vorschlaghammer dazugeben, aber ich sehe, dass du schon eine wunderbare Axt besitzt.«

Clay starrte nur auf das Sofa. Es sah zerlegt aus.

»Komm schon, ich hab da draußen ein paar gute Sachen. Gehen wir.«

Er folgte George ins Freie. Die Sonne blendete ihn, sodass er seine Augen beschirmte, als sie zur Rückseite des Lieferwagens gingen. George pfiff vor sich hin und bewegte sich mit federnden Schritten.

»Worüber bist du so glücklich?«, fragte Clay.

»Ich bin fast fertig mit dem Rolls-Royce«, erklärte George. »Er ist eine Schönheit. Ich muss nur noch ein wenig am Motor basteln.«

»Schön für dich.« Clay klopfte ihm auf die Schulter.

»Außerdem hatte meine Frau vor ein paar Tagen einen Herzinfarkt.«

»Wie bitte?«

»Sie ist tot. Ich hab sie gefunden, wie sie mit dem Gesicht in ihrem Frühstück lag.« Traurigkeit trübte Georges Miene, aber sie erhellte sich sofort wieder, als er auf den Lieferwagen deutete. »Jetzt mach weiter. Schau dir all diese Nachttische an! Solange du die Axt aus dem Spiel lässt, kannst du etwas Schönes daraus machen, glaube ich.«

»George, es tut mir so –«

»Na los, beeil dich. Ich hab noch etwas zu erledigen. Ich hole in einer Stunde eine Stoßstange für den Rolls-Royce ab.«

Clay starrte geistesabwesend in den Wagen und betrachtete all die gebrauchten und beschädigten Gegenstände, die so dicht gedrängt und aufeinandergestapelt waren, wie der Lieferwagen es zuließ. Er hätte gern geglaubt, dass alles sich reparieren ließe, mit genug Muskelkraft und einer Vorstellung davon, was es einmal gewesen war und wieder werden könnte.

Er trat zurück. »Heute nicht, George.«

»Clay! Du brichst mir das Herz! Willst du nicht mal das Regal mit den kleinen eingeschnitzten Herzen? Du bist doch verrückt nach solchen Dingen.«

Clay blickte zu George, dessen alternde Augen verzweifelt auf eine Antwort warteten. Fünfzehn Minuten später standen zehn Möbelstücke und Antiquitäten neben dem Wagen. George war überglücklich, was an einem anderen Tag vielleicht normal gewesen wäre. Aber wie konnte er glücklich sein, wenn seine Frau gerade gestorben war? Clay behielt seine verwunderten Gedanken für sich. Außerdem, dachte er, so wie die Sache mit Amber sich entwickelte, würde er in nächster Zeit jede Menge Zeit zu füllen haben.

»Gut, jetzt muss ich los.« George sprang in den Lieferwagen und hängte den Ellbogen aus dem Fenster.

Clay trat neben ihn. »Wirst du sie nicht vermissen?«

George wandte den Blick ab und deutete mit dem Daumen zu Ambers Wohnung. »Hey, was ist mit dir? Hm? Liebst du diese Frau? Wenn ja, dann ist das Leben zu kurz. Das ist alles, was ich dir sagen kann. Aber ...«

»Ja?«

»Wenn nichts daraus wird, gibst du mir dann ihre Nummer?«

»Irrsinnig witzig!«

Der Motor brüllte auf, als George den Wagen startete, und verfiel dann in ein tiefes, stotterndes Rumpeln. »Würde es dir etwas ausmachen, heute Nachmittag zur Beerdigung zu kommen? Helen hat sich im Gedränge immer wohlgefühlt.«

»Gern, George. Natürlich.«

George setzte zu einem Dank an, aber seine Unterlippe zitterte und er nickte nur zur Antwort.

Der Lieferwagen entfernte sich und zog eine Staubwolke hinter sich her.

* * *

Amber spähte aus dem Fenster. Alles war ruhig. Sie ging zu ihrer neuen Bibel, griff darunter und zog die DVD hervor. So sehr sie sich auch bemühte, konnte sie es sich doch nicht vorstellen. Selbst an seinem schlimmsten Tag wirkte Clay Walsh immer noch wie ein Heiliger.

Sie musste akzeptieren, dass hinter all dieser ... was für ein

Wort sollte sie überhaupt dafür gebrauchen? Wie sollte sie es nennen? Beziehungs-Nüchternheit? Ja, hinter seiner Beziehungs-Nüchternheit verbarg sich wahrscheinlich nur Höflichkeit. Vermutlich versuchte er einen Weg zu finden, um Schluss zu machen, weil er sie nicht ... attraktiv, interessant, amüsant fand. Vielleicht befolgte sie die Regeln nicht richtig. In Wirklichkeit kannte sie gar nicht alle Regeln. Sie hatte noch nie eine Bibel aufgeschlagen, um sie herauszufinden. Außerdem, das wusste sie, stellte sie für alles, was er sich mühsam erarbeitet hatte, eine Komplikation dar. Er hatte sich seine Theorien ausgedacht und dann kam sie wie ein Wirbelwind und brachte alles durcheinander.

Die DVD glitt in den Player, als wäre sie schwerelos. Amber kniete vor dem Fernseher und blinzelte langsam, als die Bilder und Geräusche aus dem Kasten zu strömen begannen. Sie hielt die Hand vor ihren Mund. Sie wollte die Augen schließen, aber sie konnte den Blick nicht abwenden.

* * *

Auf einem Friedhof hoch oben auf einem Hügel, der einen atemberaubenden Ausblick auf die Stadt unter ihnen bot, stand Clay neben George.

Abgesehen vom Pastor waren sie die beiden einzigen Menschen hier. In seinem schlecht sitzenden Anzug stand George mit verschränkten Händen da und schaute auf den einfachen hölzernen Kasten, der alles war, was er sich hatte leisten können. Ein paar purpurfarbene Wildblumen, soweit Clay wusste, die einzigen, die im Herbst in dieser Gegend wuchsen, lagen aufgehäuft auf dem Sarg.

Der Pastor stand mit seinem schwarzen Buch ungefähr am Kopfende des Sargs. Er zitierte das Übliche: »Staub zu Staub«, »Liebe ist langmütig und gütig« und so weiter. Nach fünf Minuten war er fertig. »Gibt es noch etwas, das Sie gern über Ihre Frau Helen sagen wollen, George?«

»Ja, Sir.« George trat vor, die Augen auf den Sarg gerichtet. »Sie machte das beste Brathähnchen, das ich jemals gegessen habe, und das gilt auch für die Zeit, als ich drei Monate unten im Süden arbeitete. Es war so knusprig, dass ich es kaum beschreiben kann. Sie hat auch das ganze Hähnchen gebraten, nur für uns beide.« Respektvoll trat er zurück neben Clay.

»Nun gut«, sagte der Pastor. Er sprach ein Gebet, dann ging er zu George und streckte ihm die Hand hin. »Es war schön, Sie zu treffen, George.«

»Danke, Pastor. Danke, dass Sie so kurzfristig gekommen sind.« George hatte Mühe, den Gruß des Pastors zu erwidern – seine Hände zitterten, sodass er beide benutzte, um die Hand des anderen Mannes zu ergreifen.

Der Pastor ging den Hügel hinab. Clay und George blieben noch lange stehen. George sah mit langsamem Blinzeln auf den Sarg, als gäbe es so viel zu begreifen – mehr als ein Mensch überhaupt begreifen konnte.

Clay wusste nicht, was er tun sollte. Vielleicht brauchte George ein wenig Zeit für sich allein. »Also, ich sollte dann ...«

Und dann fiel George auf die Knie und verbarg sein Gesicht in den Händen. Sein Klagelaut wurde vom Wind aufgenommen und davongetragen, sodass er sich in einen leisen Schrei verwandelte.

Clay kniete sich neben ihn und legte ihm eine Hand auf die Schulter. Unter ihnen kamen und gingen die verhaltenen Geräusche des Straßenverkehrs.

»Sie ist alles, was ich habe«, rief George. »Sie ist alles, was ich habe.« Tränen strömten über sein Gesicht, als er auf den Sarg blickte. »Es war nicht perfekt mit uns, das stimmt. Die meiste Zeit fühlte es sich nicht einmal wie Liebe an. Aber ich war immer schwierig und sie hat mich nie verlassen. Sie hat es nicht einmal angedroht. Sie hat mir gedroht, mich mit einer Bratpfanne zu schlagen, aber das hab ich wahrscheinlich verdient.«

Clay sah zu, wie Erinnerungen eines ganzen Lebens über Georges Gesicht hinwegzogen, während er versuchte, die Tränen aufzuhalten, die sich nicht aufhalten ließen.

»Ich habe sie oft Hel genannt – das hat sie immer betroffen gemacht, aber manchmal hat sie auch darüber gelacht. Sie hat mir immer wieder gesagt, ich soll mir einen anderen Spitznamen für sie ausdenken, und ich sagte, das würde ich, sobald ich einen fände, der besser zu ihr passte.« Er schmunzelte, aber sein Kinn zitterte.

Clay wich George nicht von der Seite. Die Sonne war beinahe untergegangen, als der Totengräber auftauchte und sagte, es wäre an der Zeit.

George stand auf und legte sich auf den Sarg, er küsste ihn lang und umarmte ihn, wobei seine Arme nur zur Hälfte um die Kiste herumreichten. Er trat zurück und sie schauten zu, wie der Mann den Sarg langsam in die Erde hinunterließ, immer zehn Zentimeter auf einmal.

George wandte sich Clay zu. »Du kannst jetzt gehen. Du hast Wichtigeres zu tun.«

»George, ich –«

»Nichts *ich*. Mach jetzt weiter. Ich komme zurecht. Du kannst gehen. Hast du nicht ein Zweiersofa zu reparieren? Den ganzen Schaden, den du angerichtet hast?« Mit verschleierten Augen warf George Clay einen vielsagenden Blick zu.

»Na gut.« Clay schüttelte ihm die Hand, drückte ihn an der Schulter und machte sich auf den Weg den Hügel hinunter. Er schlang die Arme um sich, durchgefroren von einem Wind, der nicht mehr von der Sonne gewärmt wurde, und dem Anblick des einsamen Mannes auf dem Hügel, der lange Abschied nahm. Während er lief, bemerkte er, wie trübe und purpurfarben der Himmel war. Es war das erste Mal, dass ihm so etwas auffiel, abgesehen von den Zeiten, wenn er mit Amber zusammen war. Er schaute zurück.

George hielt die Schaufel in der Hand, hob die Erde und ließ sie nach und nach in Helens Grab fallen, mutterseelenallein.

Er versuchte sie anzurufen, aber es nahm niemand ab. Jetzt stand er auf dem Treppenabsatz, wo sie immer die Schuhschachtel für ihn hingestellt hatte, und wo er sie gezwungen hatte, unter einem Schirm im Regen zu stehen. Er klopfte. Alle Lichter waren aus. Die Vorhänge waren zugezogen, aber nicht vollständig, und als er durch die Fenster spähte, konnte er ein wenig von der Wohnung sehen, hauptsächlich die Küchentheke.

Das Bonbonglas mit dem Geld, das dort immer gestanden hatte, war weg.

Mr Joe starrte ihn vom Boden aus an, die Ohren zurückgelegt, die Augen zusammengekniffen.

Eilig sprang Clay in seinen Truck und fuhr zum Blumenladen. Alles war verschlossen, aber es brannte ein Licht, offenbar in einem Hinterzimmer. Das Schild sagte unmissverständlich »Geschlossen«, aber er schlug trotzdem gegen die Tür. Noch einmal. Und noch einmal.

Schließlich kam die Inhaberin des Ladens, die er vor Kurzem kennengelernt hatte, nach vorne. Sie öffnete die Tür.

Carol – so hieß sie. Weniger denkwürdig als der wütende Blick, mit dem sie ihn den ganzen Abend angestarrt hatte.

»Wir haben geschlossen. Und ich glaube nicht, dass Ihnen Blumen jetzt weiterhelfen.«

»Ich bin nicht hier, um Blumen zu –«

Carol warf ihm einen Blick zu, der zu sagen schien, er solle das noch einmal überdenken.

»Wissen Sie, wo sie ist?«

Carol trat aus dem Laden, schloss die Tür, zog eine Zigarette aus der Tasche und als Nächstes ein Feuerzeug. Es war so dunkel, dass die Zigarettenspitze in hellem Orange aufleuchtete, als sie sie anzündete, wie eine winzige Sonne. Sie nahm ein paar Züge. Die Kälte machte ihr offenbar nichts aus. »Ich habe ihr eine Ihrer alten DVDs gegeben.«

Clay suchte ihre Augen, versuchte ihren Ausdruck und ihre Worte zu begreifen. Was sagte sie da? *Die* DVD?

»Sie wissen, welche.«

Clay schlug die Hand vor den Mund, aber es spielte keine Rolle – er war sprachlos.

Er wandte sich ab und versuchte sich nicht vorzustellen, was Amber denken oder fühlen würde, wenn sie sie anschaute. Was sie *sehen* würde. Er hätte Carol am liebsten angeschrien. Warum hatte sie das getan?

Er lehnte sich an die Außenwand des Ladens und starrte in die leere Straße, während der Rauch an ihm vorbeizog. Aber das war es nicht, was ihn erstickte. Er kannte die Antwort auf seine unausgesprochene Frage – Amber musste ihn sehen, vollständig.

Die Zigarette hing zwischen Carols Fingern. Asche schwebte zu Boden. »Und wissen Sie was? Sie ist nicht einmal zusammengezuckt. Ich sagte ihr, sie solle den Namen anschauen, der daraufsteht. Und es war ihr egal. Sie glaubt, dass Sie ein guter Mann sind.«

Clay sah sie an.

»Sind Sie ein guter Mann?« Sie zog wieder an der Zigarette. Der ausgestoßene Rauch vertrieb die kalte Luft und hing wie ein Schleier zwischen ihnen.

Er wusste nicht, wie er diese Frage beantworten sollte.

»Denn sie ist gut. Ja, vielleicht ist sie impulsiv und ungezähmt und hat eine Vergangenheit wie jeder von uns. Aber in ihrem Herzen glaubt sie an die Liebe. Und obwohl ich es beim besten Willen nicht begreifen kann, glaubt sie an Sie.«

»Wo ist sie? Sagen Sie mir einfach, wo sie ist.«

Carol warf ihre Zigarette auf den Boden und zertrat sie. »Da müssen Sie sich schon ein bisschen mehr anstrengen.«

* * *

Sie hatte nach drei Gläsern aufhören wollen. Jetzt war sie beim fünften.

Amber knallte das Schnapsglas auf den Tisch. In ihrem Kopf drehte sich alles.

Trish kicherte. »Jetzt können wir das *jeden* Abend machen!« Sie neigte den Kopf, als müsse sie Amber gründlich begutachten. »Okay, ich sehe schon, hier sind drastischere Maßnahmen nötig. Warte hier. Geh nicht weg. Ich hole etwas, das deine Laune heben wird.«

Trish verschwand, aber Amber merkte es kaum. Alles, was sie sehen konnte, waren diese Bilder. Die Mädchen. Die Worte. Die Art, wie Clay das Ganze aufheizte, ohne sich im Geringsten darum zu kümmern, wer diese Mädchen waren oder was sie brauchten. Natürlich schien ihnen das ebenfalls gleichgültig zu sein. Sie schienen die Aufmerksamkeit zu genießen.

Unterschied sie sich so sehr von ihnen? Auch sie genoss Aufmerksamkeit in ihrem Leben, aber nie war ihr Beachtung so viel wert gewesen wie damals von ihrem Ehemann. Sie waren sechs Wochen verheiratet gewesen, als sie zum Schluss kam, sie müsste verführerischer sein. Sexy. Sinnlich. Mehr wie die Frauen auf den Zeitschriften im Supermarkt. Vielleicht lag da das Problem. Vielleicht wollte er mehr davon.

Sie kaufte sich neue Kleider. Dachte über eine Schönheitsoperation nach. Legte mehr Make-up auf. Ließ sich Strähnchen machen. Sie trug ihre Röcke kürzer. Trainierte Bauch und Beine und versuchte Schuhe zu tragen, die ihre Waden betonten. Sie zupfte sich die Augenbrauen und versuchte es mit künstlichen Wimpern. Sie konnte es sich nicht leisten, aber sie schnappte sich die Kreditkarte und kaufte eine teure Hautcreme, die eine wundersame Wirkung versprach. Sie wechselte das Parfum. Sie versuchte, mehr zu kichern. Sie ließ ihre Bluse an der Schulter nach unten gleiten. Sie hörte auf, sich einen Pferdeschwanz zu machen.

Sie hinterließ ihm kleine Nachrichten. Kaufte Eintrittskarten für Baseballspiele. Fing an, sein Lieblingsbier zu trinken.

Doch er wurde immer distanzierter, bis er schließlich eines Tages ganz aufhörte, sie zu berühren.

Es war ein Dienstag gewesen, der 14. Februar, als sie mit Rosenblüten eine Spur zum Bett legte und im ganzen Haus Kerzen anzündete. Sie kochte sein Lieblingsessen und kaufte wunderschöne Dessous. Er verspätete sich nach der Arbeit und sie wartete und wartete trotzdem, versuchte, das Essen warm zu halten und die Kerzen davor zu bewahren, in ihrem eigenen Wachs zu ertrinken.

Zwei Stunden später kam er nach Hause. Sie öffnete ihm die Tür, lud ihn mit einer Geste zum Tisch ein, den sie mit gutem, vom Nachbarn geborgtem Geschirr gedeckt hatte. Sie hatte eine Tischdecke aufgelegt und einen wunderschönen Strauß aus den Blumen gemacht, die sie im Supermarkt mitgenommen hatte.

Als er sie ansah, posierte sie scherzhaft wie ein Model. Er betrachtete das Essen.

»Hackbraten nach dem Rezept deiner Mutter«, sagte sie.

Sein Blick wanderte durchs Zimmer. Er bemerkte die Kerzen, dann die Rosenblüten, die ins Schlafzimmer führten.

Und dann schaute er wieder zu ihr. »Die Sache ist die, ich bin wirklich müde. Es war ein langer Tag und ich wollte eigentlich nur noch unter die Dusche und dann ins Bett. Pack das alles ein«, sagte er und nickte zur Küche hin, »und dann mache ich mich morgen darüber her, versprochen.«

Er verschwand ins Schlafzimmer. Sie hörte, wie die Dusche angestellt und die Tür zum Bad verschlossen wurde.

»Schau mal, wen ich beim Dartspielen entdeckt habe!« Trishs aufgeregtes Kreischen holte Amber mit einem Ruck in die Realität zurück. An Trishs Arm hing der Mann von neulich, der im Laden gewesen war, um weiße Rosen zu kaufen.

Trish packte ihn an beiden Schultern und schob ihn zum Tisch. Er glitt auf den Platz neben Amber und sah im Dämmerlicht der schlecht beleuchteten Bar unverschämt gut aus. Seine Haare waren nicht so geglättet wie letztes Mal, sondern standen ein wenig mehr ab. Er wirkte weniger gekünstelt, aber das lag vielleicht nur an ihrem Alkoholkonsum.

»Hallo«, sagte er.

»Haben Ihrer Freundin die Rosen gefallen?« Sie hoffte, dass die Worte richtig herauskamen. Sie hatte langsam das Gefühl, dass sie in ihrem Mund hin und her rutschten und in der falschen Reihenfolge über ihre Lippen purzelten, wenn überhaupt.

»Sie war begeistert.«

Der Typ grinste sie an und Amber fuhr sich mit den Fingern durch die Haare. »Willst du mich?«

Er blinzelte, als sei er nicht sicher, ob er sie richtig verstanden hatte.

»Bin ich die attraktivste Frau, die du je gesehen hast?« Na also, jetzt kamen die Worte prima heraus. Schnell noch dazu.

»Natürlich.«

»Bist du allergisch gegen Katzen?«

»Keinesfalls.«

Er nahm ihre Hand, half ihr von ihrem Platz, führte sie mit der Hand an ihrem Rücken durch die Menge zur Tanzfläche. Ein langsamer Song wurde gespielt. Sie erkannte ihn nicht, was ungewöhnlich war. Aber sie konzentrierte sich nicht auf die Musik.

Er zog sie sofort dicht an sich heran, als ginge er davon aus, dass sie genau das wollte und dass er genau derjenige war, den sie haben wollte und dass dies genau der Ort war, an dem sie sein wollte. Sie unterhielten sich über Belangloses, die Gesichter nah beieinander. Er schien fasziniert von ihr, als gäbe es für ihn jetzt nichts anderes. Seine Stimme war tief und beruhigend. Er machte ihr Komplimente. Ihm gefielen ihre Haare. Ihre Augen. Ihr Lächeln. »Du bist wunderbar«, sagte er irgendwann, drückte sie dicht an sich und legte seine Wange an ihre. Seine Hand streichelte ihre Schulter. Sein Aftershave war kaum vorhanden, nur ein Hauch davon, als wüsste er, wie nah eine Frau ihm kommen musste, um es zu riechen. Er strich ihr die Haare aus dem Gesicht und lächelte sie an, als wäre sie das Einzige, was im Moment zählte.

Zwei oder drei Lieder später – sie zählte sie nicht – fragte er, ob sie irgendwohin gehen wolle, wo es etwas intimer war. Amber war sich nicht sicher, ob sie überhaupt Ja gesagt hatte, aber da hatte er schon ihre Hand genommen und führte sie zur Tür hinaus.

Von der Bar aus winkte und grinste Trish, als würden Ambers kühnste Träume wahr werden.

Draußen war es kalt. Der Mann schlang seine Arme um sie und schützte sie dicht an sich gedrückt vor dem Wind. Auf dem Parkplatz öffnete er die Tür eines roten Sportwagens – gemietet, sagte er ihr – und sie stieg ein. Es roch nach seinem Aftershave.

Er glitt auf den Fahrersitz und ließ den Motor an, der erst aufbrüllte und dann schnurrte. Er grinste sie an, berührte sie am Arm und bemerkte ihre Waden, als sie die Beine übereinanderschlug. Ohne ein weiteres Wort fuhr er los.

Amber starrte aus dem Fenster, wie benommen, als sein Wagen in einer Straße, die ihr nicht vertraut war, durch die Kurven jagte. Sie wusste nicht, wohin sie fuhren. Und der Alkohol, der vor wenigen Momenten noch alles in ein wundervolles Licht getaucht hatte, verflüchtigte sich schnell aus ihrem Körper. Es war einfach nur eine sternenlose Nacht, in der vom Mondlicht wenig zu sehen war.

Aber das war ihr egal.

Innerhalb von Minuten waren sie bei einem Hotel angekommen. Ein Bediensteter nahm den Schlüssel von ihm entgegen und er half ihr aus dem Wagen, die Hand erst an ihrem Ellbogen, dann an ihrer Hüfte. Sie durchquerten das Hotel wie ein ganz normales Paar.

»Ich habe eine Suite«, sagte er, als sie in den Fahrstuhl stiegen. Er trat näher, schob ihr die Haare von der Schulter und küsste ihren Hals. »Wie heißt du?«, flüsterte er.

»Spielt das eine Rolle?«

»Ich bin –«

»Ich will es nicht wissen.«

Seine Finger glitten an ihrem Arm hinab und sein Handrücken schob sich an ihrer Hüfte entlang.

Im achten Stock öffnete sich die Tür des Fahrstuhls. Er schlang einen Arm um ihre Taille und führte sie den Gang entlang, zog seine Karte durch das Lesegerät, um die Tür aufzuschließen, und trat ein.

Dann drehte er sich um und bemerkte, dass sie sich nicht vom Fleck bewegt hatte.

»Kommst du?«

Amber sah auf ihre Füße hinab, die vor der Schwelle standen.

KAPITEL 16

»Ich bin ein Dinosaurier.« Clay riss das Päckchen zuckerfreien Zimtkaugummi auf, das er vom Süßigkeitenständer unter der Ladentheke weggenommen hatte. »Ich meine, sehen Sie mich an.« Er nahm ein weiteres Päckchen und warf es ebenfalls auf die Theke. »Sind Sie überhaupt schon älter als einundzwanzig?«, fragte er den Verkäufer.

Die Augen des jungen Mannes wurden groß, als er beobachtete, wie sich Clay zwei weitere Streifen in den Mund schob. »Dies ist ein Spirituosenmarkt, also, ja.«

»Aber schauen Sie mal, Sie fragen nicht mal, wie alt ich bin.«

»Sie sagten Dinosaurier, also dachte ich, Ende zwanzig.«

»Wie können Sie da sicher sein? Vielleicht sehe ich alt für mein Alter aus.«

»Na ja, Sie kaufen Kaugummi. Man muss mindestens drei sein, um das zu kaufen, also – he, was machen Sie denn jetzt?«

Clay nahm den Karton, in dem all die in Zellophan verpackten Kaugummipäckchen lagen, und ließ ihn auf die Theke fallen. »Was soll das alles? Hab ich recht?« Er deutete mit einer Geste auf sich, den Kaugummi, die Decke.

Der Verkäufer riss die Augen noch weiter auf. »Wollen Sie mich ausrauben?«

Clay zog seinen Geldbeutel heraus, und der Verkäufer zuckte zusammen. Er schob den Stapel Kaugummis nach vorne. »Was kostet das Zeug überhaupt?«

»Einen Dollar fünfzig das Päckchen.«

»So viel für Kaugummi?«

»Drüben im Supermarkt verkaufen sie ihn billiger. Gegenüber. Wo die meisten Leute ihren Kaugummi kaufen.«

Clay warf einen Blick über seine Schulter und aus dem Frontfenster. Erst jetzt bemerkte er einen Mann, der mit einer Flasche Whiskey hinter ihm stand. Er wartete geduldig, schwankte aber ganz leicht.

Der Mann lächelte, schloss die Augen, als würde er jeden Moment einnicken, und sagte dann: »Eiskalt.«

»Ich bin nicht kalt!«

»Es ist der Geschmack des –«

»Denkt sie das von mir? Dass ich kalt bin? Denken das alle? Ich versuche, mich anständig zu verhalten. Ich versuche –«

»Der Minzkaugummi. Den nennt man eiskalt. Der versteckt die Spuren.« Der Mann grinste und zeigte auf seine Flasche. »Der ätzt dir die Geschmacksnerven direkt von der Zunge, Mann.«

Clay drehte sich wieder zu dem Verkäufer um, der die Kaugummis anstarrte.

»Also ... wollen Sie die alle?«, fragte der Verkäufer.

Wieder zu Hause, setzte sich Clay im Wohnzimmer auf den Boden und kaute vier Streifen Zimtkaugummi auf einmal, bis der Geschmack sich verlor. Sie hatte recht. Zimt war wirklich gut. Mit einer Hand prellte er den Basketball. Mit der anderen Hand drehte er an seinem alten Radio, aber auf jedem Sender klang alles so ... nutzlos. Es war so spät in der Nacht, dass selbst die Radiosender schlafen gingen.

Er schloss die Augen, wollte beten, wollte, dass der Gott des Universums herabkam und ihm sagte, was er tun sollte. Doch selbst der Versuch, richtig laut zu beten, blieb erfolglos. Seine Gebete stiegen nicht einmal weit genug auf, um an der Zimmerdecke abzuprallen. Sie blieben einfach in der Luft hängen wie Staub.

»Gott ... Gott ...« Er kniff die Augen zu und konnte es nicht fassen, dass sein Leben wieder so kompliziert geworden war. Vor Jahren, nachdem er zum ersten Mal in der Bibel gelesen hatte, schien es, als müsse er sich durch Monate der Trauer kämpfen und die volle Auswirkung, den vollen Schrecken seiner Sünde erkennen. Doch damit verbunden war eine beständige, feste, starke Hoffnung, die wie eine rauschende Brandung über seine Schuld hinwegschwappte, sich dann leise zurückzog und den Sand glatt und schön zurückließ.

Er stand auf, nahm wieder einen Kaugummi und ging zu seiner Eingangstür, wo die Zehn Gebote an der Wand hingen. Selbst in der Dunkelheit konnte er sie deutlich erkennen. Tante Zella hatte sie ihm geschenkt, als sein Leben so eine dramatische Wende genommen hatte. Die Schriftrolle hatte Onkel Lloyd gehört, den er nicht einmal besonders gut gekannt hatte. Er war ihm im Lauf der Jahre nur wenige Male begegnet. Lloyd war gestorben, als Clay im Teenageralter war, aber Tante Zellas lebhafte und manchmal halluzinative Erinnerungen an ihn hatten ihn lebendig erhalten.

Man erzählte sich, dass Lloyds Vater, der auf archäologischen Expeditionen in Ägypten und Israel gewesen war, die Schriftrolle als Geschenk für Lloyd mitgebracht hatte, als dieser noch ein Kind war. Als sie an Clay weitergegeben wurde, rahmte er sie selbst.

Die Worte waren auf Hebräisch geschrieben, aber Clay brauchte keine Übersetzung dafür. Er kannte sie auswendig. Jedes einzelne.

Ich bin der Herr, dein Gott.

Du sollst außer mir keine anderen Götter haben.

Du sollst dir kein Götzenbild anfertigen.

Du sollst den Namen des Herrn, deines Gottes, nicht missbrauchen.

Denk an den Sabbat und heilige ihn.

Ehre deinen Vater und deine Mutter.

Du sollst nicht töten.

Du sollst nicht die Ehe brechen.

Du sollst nicht stehlen.

Du sollst keine falsche Aussage über einen deiner Mitmenschen machen.

Du sollst nicht begehren ...

Das letzte Gebot, »Du sollst nicht begehren«, hatte ihn vor so vielen Jahren auf die Knie gebracht und eine bittere, allumfassende Reue in ihm geweckt. Die selbstsüchtigen Begierden seines Herzens hatten ein Monster der Lust in ihm geschaffen. Ihm wurde bewusst, dass ganz besonders dieses Gebot die innersten Absichten seines Herzens ans Licht brachte. Gott hatte Clay zu verstehen gegeben, dass er all seine Geheimnisse kannte. Er sah jede Nacht mit jeder Frau. Er kannte alle ihre Namen, selbst wenn Clay sie nicht mehr wusste. Es gab nichts, was vor ihm verborgen war.

Es war das merkwürdigste Gefühl, überführt zu sein und doch nicht verurteilt.

Gott hatte ihn niedergerissen und ihn dann langsam wieder aufgebaut. Er hatte ihn zerschmettert und dann wiederhergestellt. Je ehrlicher Clay wurde, desto mehr offenbarte Gott ihm den Zustand seines Herzens – eines Herzens, das in der Finsternis geboren worden war und sich auf Weltliches verließ.

Als Nächstes machte Gott Clay deutlich, dass er Rettung von der Macht der Sünde brauchte.

An diesem Punkt erkannte er die Schönheit des Gesetzes. Er verliebte sich in das Gesetz und fing an zu verstehen, warum es für König David wie Honig auf den Lippen war.

Doch als er jetzt davorstand, konnte Clay sein eigenes Spiegelbild sehen, selbst in der Dunkelheit. Ja, in der Dunkelheit war es sogar deutlicher, als wenn das Licht brannte. Er starrte in sich selbst hinein. Ekel starrte zurück.

Was er auch tat, er hatte eine erstaunliche Begabung, Menschen zu verletzen.

Offenbar konnte er das am besten.

Er nahm den Rahmen von der Wand. Sein Blick glitt über die ausdrucksvollen Schriftzeichen der hebräischen Sprache, seine Daumen lagen auf der reich verzierten Leiste.

Und dann ließ er los.

Der Rahmen rutschte aus seinen Fingern, taumelte abwärts, als wäre er schwerelos und donnerte dann auf den Boden, als wiege er eine Tonne. Das Glas barst mit einem kurzen Knacken, als würde ein Rückgrat brechen.

Dann hörte er ein Klopfen.

Clay schnappte nach Luft und sah zur Eingangstür neben ihm. Er hatte niemanden die Stufen hinaufkommen hören und auch kein Licht eines Fahrzeugs gesehen. *Amber. Danke, Gott. Danke.* Er machte einen Schritt über den zerbrochenen Rahmen, griff nach der Türklinke und öffnete die Tür.

Sie stand in der Dunkelheit, das Licht der Veranda schien über ihrem Kopf wie ein Heiligenschein, ihr Gesicht war in Tränen gebadet. In der Hand hielt sie eine Flasche Wein. In ihren Augen stand Verzweiflung.

»Kelly ...«

»Hallo.« Sie schüttelte den Kopf, als wollte sie alle Worte, Gefühle und Absichten loswerden. Clay konnte es nicht fassen, dass sie wirklich dort stand. Direkt vor ihm. Im Lauf der Jahre hatte er sich das Tausende Male vorgestellt.

»Darf ich reinkommen?« Sie war nur Zentimeter von ihm entfernt. Clay schaute zu Boden. Bemerkte ihre Füße an der Schwelle und seine eigenen auf der anderen Seite. Sein Herz pochte wild in seiner Brust.

Er dachte an Amber – an ihr hübsches Gesicht, so vertrauensvoll und unschuldig. Aber so war Kelly auch gewesen, bevor sie an Clay geraten war. Sie hatte ein bezauberndes Wesen gehabt und wunderbare funkelnde Augen – Augen, die immer eine Aufrichtigkeit spiegelten, zu der Clay sich außerstande fühlte.

Nein, er sollte sie nicht hereinlassen. Er wollte alles wiedergutmachen, doch dazu gab es keine Möglichkeit. Nicht in dem Plan, den er für sein Leben hatte.

Manchmal änderten sich Pläne jedoch.

Wider besseres Wissen trat er zurück und nickte, obwohl er gleichzeitig von Schuldgefühlen durchbohrt wurde.

Kelly kam herein und lächelte ihn an. Genau dieses Lächeln hatte seine Aufmerksamkeit geweckt, als sie Jahre zuvor das erste Mal auf ihn zugekommen war, an einem lauten, chaotischen Strand von South Padre Island. Es war in den Frühlingsferien während einer Reise zur schwülen Bolivar-Halbinsel gewesen, wo er und Brad für einen Last-minute-Auftritt engagiert worden waren.

Kelly stellte den Wein auf den Couchtisch, schlüpfte aus ihrem Mantel und ließ ihn zu Boden fallen. Sie war schlicht gekleidet, doch alles an ihr unterstrich ihre Schönheit. Clay schloss die Tür und hielt dort inne, die Hand immer noch auf der Klinke. Sie stand auf der anderen Seite des Zimmers und blickte ihn einfach an.

»Es tut mir leid«, sagte er, und mit diesen simplen Worten stiegen all seine Emotionen an die Oberfläche. Genau das hatte er ihr im Lauf der Jahre immer wieder sagen wollen. Er hatte den Hörer in die Hand genommen, um sie anzurufen, aber nie ihre Nummer gewählt. Er schrieb ihr drei einzelne Briefe und schickte sie nicht ab. Er betete manchmal für sie und wollte gleichzeitig nicht so viel an sie denken. Oder vielleicht wollte er zu viel an sie denken. Schließlich musste er sie vergessen. Er hatte sie aus seinen Händen fallen lassen wie soeben die Zehn Gebote.

»Clay, du musst nicht –«

»Doch.« Er nickte mit dem Rücken zur Tür. »Ich hätte mich schon lange entschuldigen müssen, Kelly. Was ich getan habe, war …« Es war unaussprechlich. Es gab keine Worte, um es zu beschreiben.

»Ich habe keine Wut auf dich. Ich wollte dich einfach nur wiedersehen«, sagte sie leise. Sie umrundete den Couchtisch, kam ihm näher, war aber immer noch weit genug weg. »Es ist so lange her. Und ich bin …« Sie verstummte und schüttelte den Kopf. »Ich hatte ein schweres Jahr.«

Sie standen lange einfach nur da und schauten sich an. Eine vertraute Unbefangenheit machte sich zwischen ihnen breit und Clay spürte, wie ihn alles, was er immer an ihr geliebt hatte, erneut in den Bann schlug.

Seine Knöchel waren jetzt blutleer und weiß wie Watte, während er sich an den Türgriff klammerte.

»Kelly, es ist nur so, dass …«

»Ja? Was ist denn?« Ihre Frage war aufrichtig gemeint, so wie immer. Sie war in jedem Bereich ihres Lebens aufrichtig, bei jeder Frage, die sie stellte, bei allem, was sie anpackte.

Er schloss die Augen und drehte sich, sodass sein Kopf am Holz der Tür ruhte. Genau dort, in seinem Wohnzimmer, stand alles, was er begehrte und nicht haben durfte.

Was tat er da?

Und dann spürte er sie hinter sich. Ihre Hand berührte seine Schulter, glitt unter seinen Arm. Ihre Wange lag an seinem Rücken.

Er drehte sich zu ihr um, seinem wunderschönen Mädchen, der Frau, die er hatte gehen lassen. Sie war jetzt zehn Jahre älter und die jugendlichen Augen von früher hatten ein wenig von ihrem Glanz verloren, bedingt durch ein gescheitertes Leben – zu dem er seinen Beitrag geleistet hatte.

Kelly hob die Hand und berührte sein Gesicht, um etwas wegzuwischen … eine Träne? Es war ihm nicht einmal bewusst gewesen, dass er weinte. Er kam ihr zitternd entgegen, verängstigt und hilflos. Er wollte alles wiedergutmachen, was er angerichtet hatte, und wusste doch zugleich, wie falsch ein solcher Versuch wäre.

Ihre Finger glitten durch sein Haar, über seinen Hals und an seinem Rücken entlang. Sie umklammerte ihn fest und er legte seine Arme um sie, um sie vor allem zu schützen, was ihr seit ... ihm zugestoßen war.

Sie sah ihm in die Augen und Tränen rollten über ihr Gesicht. Sie war die Einzige, die er jemals wirklich geliebt hatte. Aber bis ihm das klar geworden war, war sie von einem anderen Mann schwanger gewesen. Dann verheiratet. Dann weg.

Clay kniff die Augen zu und erinnerte sich, wie Kelly an einem kalten Winterabend auf einer kleinen, hundert Jahre alten Holzbrücke neben ihm gestanden hatte und sie auf das gefrorene Flüsschen starrten.

Sie war es, die ihn davon überzeugte, dass Gott ihn liebte. Sie war es, die ihm sagte, er könne gerettet werden. Er wehrte sich die ganze Zeit dagegen. Er wollte sie, aber nicht den ganzen Ballast, der mit ihrem Glauben einherging. Sie sagte ihm immer wieder, er könne sich verändern, aber das wollte er nicht. Er glaubte nicht, dass er es nötig hätte.

»Clay«, sagte sie in dieser kalten Nacht und verschränkte ihre Finger in seine, »du kannst mir nicht erzählen, du wärst glücklich. Du kannst nicht behaupten, dass all das dich glücklich macht.« Zu dieser Zeit wurden die Auftritte, die er mit Brad zusammen hatte, immer mehr.

»Du machst mich glücklich«, sagte er, grinste sie an und zog sie fest an sich.

Aber sie ließ sich nicht ablenken.

»Ich meine es ernst«, sagte sie, während sie zusammen in der Kälte zitterten. »Clay, ich sehe etwas in dir. Etwas Größeres als all dieser Blödsinn, den du mit Brad zusammen machst. Du bist intelligent. Du bist witzig. Du hast diese Leidenschaft, dieses Feuer in dir, mit dem du etwas im Leben der Menschen bewirken kannst.« Gott würde ihn brauchen, sagte sie immer. Gott hatte einen Plan und ein Ziel für sein Leben.

»Ich möchte nur in deinem Leben etwas bewirken«, sagte er ihr. In diesem Moment wusste er irgendwie, dass er sich in sie verliebt hatte, denn im Allgemeinen machte er sich keine Gedanken darüber, ob er bei jemand anderem etwas bewirkte oder nicht. Er interessierte sich nur für sich selbst. Vielleicht fühlte er sich zum Teil deshalb zu ihr hingezogen, weil sie von allen Frauen, mit denen er zusammenkam, die Einzige zu sein schien, die ihm widerstehen konnte.

Jetzt, in Clays Haus, drückte sich Kelly im Schutz der Dunkelheit dichter an ihn und legte ihren Kopf an seine Halsgrube. Er zog sie an seine Brust, seine Lippen berührten ihr Haar, und er holte tief Luft.

KAPITEL 17

Sooft sie konnte, ging Amber durchs Gras und fühlte die kühlen, stachligen Halme zwischen den Zehen. Clay hatte ihr das beigebracht: wie schön es war zu gehen. Manchmal war sie so darauf fixiert, nach oben zu schauen, dass sie den festen, beständigen Boden unter ihren Füßen vergaß. Ihre Schuhe baumelten von ihrer Schulter, ihr Mantel war fest um ihre Taille gebunden. Sie liebte das Geräusch der knirschenden Blätter unter ihr.

Nun erhob sich die Sonne am Himmel, gedämpft durch die Bäume am Horizont. Pfirsichfarbene Lichtstrahlen schoben sich in den vergehenden schwarzen Himmel. Obwohl die Sonne noch nicht vollständig aufgegangen war, wärmte sie schon. Sie lächelte, als sie an Clay dachte. Sie war noch nie jemandem wie ihm begegnet. Dass ihr ausgerechnet hier in dieser Stadt und ausgerechnet zu dieser Zeit das Benzin ausgegangen war, das schien mehr als nur Schicksal zu sein. Vielleicht war die göttliche Vorsehung endlich in ihr Leben getreten.

Dieser Mann, diese seltsame, sanfte Seele mit den ozeanblauen Augen und den zerzausten, jungenhaften Haaren – er war das Gute, nach dem sie ihr Leben lang gesucht hatte, verpackt in einen Kapuzenpulli und eine verblichene Jeans. Sie war an vielen Orten gewesen und hatte viele Menschen kennengelernt, von denen manche ein Leben lang Freunde bleiben würden. Aber niemanden wie Clay Walsh. Keinen, dessen Überzeugungen nicht wankten, selbst wenn sie in seinen Augen sehen konnte, wie gern er die Linie übertreten würde. Wie konnte sie mit diesem Mann falschliegen?

Also ging sie weiter, bis sie in seiner Straße war. Dann kämmte sie sich die Haare aus dem Gesicht und holte tief Luft. Es war lange her, dass sie alles auf eine Karte gesetzt hatte. Es war zu riskant. Aber endlich hatte sie den Mann gefunden, auf den sie sich völlig verlassen konnte.

Endlich.

An diesem Morgen würde sie alles in Ordnung bringen. Sie würde ihm sagen, dass sie genau in dem Tempo weitermachen könnten, wie es für ihn richtig war. Dass sie ein Dutzend Bücher durcharbeiten könnten. Massenweise Eheberater aufsuchen. Einen Finanzplan erstellen, neben dem der Großinvestor Warren Buffett wie ein Waisenknabe aussah. Alles, was er wollte. Für ihn lohnte es sich.

Sie eilte den Gehweg entlang und konnte es nicht erwarten, zu seinem Haus zu kommen. Als sie den Rand seines Grundstücks erreichte, direkt hinter einer buschigen Hecke, sah sie, wie seine Haustür aufging. Ein leichtes Schwindelgefühl sagte ihr, dass sie es gut getroffen hatte. Das Timing war perfekt.

Und dann trat eine Frau heraus.

Amber stolperte rückwärts und landete fast zufällig hinter den Büschen. Die Blätter raschelten und mit angehaltenem Atem erstarrte sie, konnte aber noch durch die Lücken sehen.

Die Frau war groß, dünn und blond. Sie wirkte elegant. Alles, was Amber nicht zu sein schien. Sie erkannte, wer das war – die Frau auf dem Foto, das sie aus Clays Bibel gezogen hatte.

Kelly.

Amber bedeckte ihren Mund, um nicht zu schreien, zu weinen oder zu fluchen. Sie war nicht sicher, was herauskommen würde.

Kelly hatte eine große Reisetasche in der Hand und trug ein langes schimmerndes Kleid wie für eine Hochzeit. Jedes einzelne Haar war an seinem Platz. Sie blieb an Clays Truck stehen, berührte das Fenster und ging weiter. Was? Hatte es alles im

Wagen angefangen? Eine heiße Knutscherei in einer einsamen dunklen Straße, wohin Clay Amber nie mitgenommen hätte?

Es nicht *gewagt* hätte? Oder es nicht gewollt hätte?

Mit einem Mal verschwand Kelly in ihrer schnittigen Limousine und fuhr davon.

Amber wandte sich ab. Ihre Brust hob und senkte sich unter einer unerträglichen Last der Gefühle. Sie hatte sich schon viele Sorgen und Gedanken wegen Clay gemacht, aber sie hatte nie mit einer anderen Frau gerechnet.

Wie hatte sie nur so dumm sein können? Ihr Magen verkrampfte sich, als Kummer und Reue sie schmerzhaft wie ein Pfeil durchbohrten. Sie drehte sich um und rannte davon, so schnell sie konnte. Ihre nackten Füße traten auf tote, trockene Zweige, auf die sie nicht einmal hinuntersah. Der Boden war nicht mehr fest unter ihren Füßen.

Sie rannte weiter, bis sie keine Luft mehr bekam. Sie befand sich in einer Straße, die sie nicht kannte, gesäumt von alten, verlassenen Lagerhäusern. Sie nahm an, dass sie sich in östlicher Richtung bewegte und nach Norden musste, also bog sie in eine Gasse ab. Doch die Schatten der Gebäude traten vor die Morgensonne und schwebten über ihr wie dunkle Hände.

Und sie stellte fest, dass sie nicht weiterlaufen konnte.

Amber ließ sich gegen eine alte Backsteinwand fallen. Ein paar Katzen beobachteten sie ohne großes Interesse. Vielleicht war es das, was sie verdiente. Doch alles, wonach sie sich wirklich sehnte, war, dass jemand Sehnsucht nach ihr hatte.

Sie bedeckte ihr Gesicht mit den Händen und schluchzte.

* * *

Clay rannte so schnell ins Haus, dass alle gleichzeitig stehen blieben und ihn anstarrten. Er hielt in der Menge Ausschau nach David.

Ein paar Gäste nickten freundlich zur Tür des Schlafzimmers hin. Dort war er.

»David«, sagte er, »es tut mir so leid. Ich bin hier. Ich habe den Ring.«

David machte ein böses Gesicht. Er und Brad musterten Clay von oben bis unten, während Brad Davids Krawatte geradezog. »Du siehst schrecklich aus«, sagte David schließlich versöhnlich. »Ist alles in Ordnung bei dir?«

»Mir geht's gut.«

»Du siehst verkatert aus«, sagte Brad mit einem verdächtigen Grinsen.

»Mir geht's gut, wirklich. Ich habe nur verschlafen.«

»Ich hab mir keine Sorgen gemacht«, erklärte Brad. »Ich hab ihm gesagt, dass du sein Heiratsversprechen wahrscheinlich noch einmal genau auf theologische Fehler prüfst oder etwas in der Art. Dass du sichergehen wirst, dass seine Trauung allen Anforderungen gerecht wird, ohne jeglichen Makel.«

Clay bemühte sich, gutmütig zu lachen, doch es kam ihm vor, als wäre in seinem Inneren kein Funke Freude geblieben. Wahrscheinlich wirkte es wie eine Grimasse, aber er hatte nicht die Absicht, in den Spiegel zu schauen und sein eigenes Bild zu sehen.

David warf Brad einen mahnenden Blick zu. »Lass ihn einfach sein eigenes Leben führen.«

»Ist schon gut«, sagte Clay und drehte sich vom Spiegel weg, um seine Weste anzuziehen. »Du hast es ja schon immer gesagt, Brad – am Ende werde ich mit Pauken und Trompeten untergehen.«

»Und ich hoffe, ich bin da, um es mitzuerleben.«

»Vielleicht hast du es jetzt direkt vor Augen.«

David und Brad wechselten Blicke, aber Clay konzentrierte sich darauf, seine Krawatte richtig zu binden.

Brad stand neben ihm, wandte sich zum Spiegel und fing an,

seine Haare mit Gel zu glätten. »Also, Männer, wollt ihr wissen, was ich letzte Nacht gemacht habe?«

»Nein«, antworteten David und Clay im Chor.

»Als Vorspeise, zum Aperitif, gabele ich diese rattenscharfe Mieze im Brauhaus auf. Unwiderstehlich! Ich nehme sie mit zu meinem Hotelzimmer ...« Brad fügte einen Gitarrenklang ein.

»Lass das«, stöhnte David.

»Jungs, es ist gleich so weit«, sagte eine Frau, die ihren Kopf durch die Tür steckte und in die Hände klatschte, als wären sie kleine Kinder.

»Tut mir leid«, sagte David. »Das ist Lisas Tante. Sie ist Hochzeitsplanerin, darum nimmt sie das alles sehr ernst.«

Clay ging zum Fenster und betrachtete das Arrangement im Hof. Weiße Stühle säumten den Rasen, in vollkommen gerader Linie wie eine Blaskapelle. Am hinteren Ende des Hofes stand ein hölzerner Bogen, von Blumen bedeckt. Selbst das Gras sah gepflegter aus als er. Vielleicht sollte er etwas mit seinen Haaren machen.

Er spürte eine Hand auf der Schulter. David.

»Mensch, das sieht unglaublich aus«, sagte Clay. »Wunderschön.«

»Danke. Das hat alles Lisa gemacht. Ich tauche nur auf und tue, was man mir sagt.«

Er grinste. »Kommt Amber auch?«

Clay schüttelte den Kopf und starrte aus dem Fenster.

»Okay«, sagte David und sein Tonfall verriet, dass er zu klug war, um in diesem Moment weitere Fragen zu stellen.

Innerhalb weniger Minuten hatte die hochzeitsplanende Tante die Männer an der Hintertür aufgestellt, die Brautjungfern hereingeführt und sie den Trauzeugen zugeordnet.

Kelly trat neben Clay. Sie sah umwerfend aus. Ihr Haar war nach hinten gebunden und ließ ihr Gesicht frei, so wie es ihm am besten an ihr gefiel. Sie standen schweigend nebeneinander und Clay lächelte ihr nur kurz zu. Er wünschte wahrhaftig, er müsste nicht hier sein.

Die Musik setzte ein und Brad und seine Brautjungfer bewegten sich auf den Bogen zu.

Kelly schob ihren Arm unter den von Clay. Und mit unvorstellbar leiser Stimme sagte sie unter der Deckung des Streichquartetts: »Clay.« Die Art, wie sie seinen Namen sagte, überrumpelte ihn wie der Klang eines alten Lieblingsliedes oder der Geruch von selbst gebackenen Schokoladenkeksen. Ihre Vertrautheit war die größte Versuchung.

Er warf ihr einen Seitenblick zu, obwohl er es nicht wollte.

»Ich war ziemlich dumm gestern Nacht«, sagte sie.

Er wollte nicht über die vergangene Nacht reden. Überhaupt nicht.

»Clay, du hättest alles haben können, was du wolltest.« Ihre Augen wurden feucht und ihre Stimme zitterte. »Was ich sagen will, ist ... danke, dass du nicht ... ich meine, danke, dass du ...« Sie holte tief Luft und schien entschlossen, das auszudrücken, was ihr auf dem Herzen lag. »Danke, dass du so ein anständiger Mann bist.«

Erleichterung durchströmte ihn. Er schenkte ihr sogar ein Lächeln, ein Lächeln von der ungefährlichen Sorte, die Freunden galt.

Sie lachte ein wenig. »Ich kann es nicht glauben, dass du in deinem Wagen geschlafen hast. Das hättest du nicht machen müssen.«

Ihr Ehering glänzte in der Sonne. Clay spürte die volle Wucht des Bedauerns über das, was all die Jahre zuvor geschehen war. Trauer, weil er nicht an einer wirklich guten, netten Frau festgehalten hatte. Schuld, weil er ihr so viel Not eingebracht hatte. Und Dankbarkeit, dass er nicht mit den Nachwehen eines schrecklichen Fehlers in der vorhergehenden Nacht hier stehen musste.

Die Hochzeitsplanerin gab ihnen ein Zeichen, sich in Bewegung zu setzen, also taten sie es, Arm in Arm, bis sie sich trennen und jeder an seinem Platz stehen musste.

Als Nächstes kam die kleine Cosie in ihrem winzigen Festkleid, dessen Rock sich bauschte wie bei einer Ballerina. Auf ihrem Kopf trug sie einen Kranz aus Herbstblättern. Sie streute händeweise Rosenblüten, genoss die Aufmerksamkeit und brachte alle zum Lachen, als sie unregelmäßig und zufällig hier und da einem Hochzeitsgast einen bösen Blick zuwarf.

Dann trat Lisa aus der Hintertür. Sie sah wunderschön aus und schien den ganzen Sonnenschein in sich aufzusaugen. Ihr Kleid schwebte um sie wie die großartigen, schaumigen Kronen eines Wildwasserfalls.

Sie konnte die Augen nicht von David abwenden.

Der Friedensrichter begann mit der Trauung, aber Clay konnte nur auf den einsamen leeren Platz im Hof starren. Er stellte sich vor, wie Amber dort saß, ihn beobachtete, ihn anlächelte, wie nur sie es konnte, und ihm einen Blick zuwarf, der ihm sagte, dass er hinreißend und albern zugleich in seinem Smoking aussah.

Er schaute zu Kelly, die ihn sanft anlächelte. Das war Ironie vom Feinsten. Er war endlich das geworden, worauf sie gehofft und wofür sie gebetet hatte. Aber erst, nachdem er eine so zerstörerische Saat in ihr Leben gelegt hatte. Die beste Frau, die er kannte, hatte jetzt mit Schmerz und Entmutigung zu kämpfen und steckte in einem Leben, das sie sich nie erträumt hatte. Und es besiegelte ihr beider Schicksal: Sie würden niemals zusammen sein können.

Clay richtete seinen Blick aufs Gras und schaute kein einziges Mal mehr auf.

KAPITEL 18

Amber umklammerte einen Zipfel ihres Kissens und machte sich auf einen weiteren Weinkrampf gefasst. Er kam und ging völlig willkürlich, deshalb hatte sie sich den ganzen Tag nicht aus dem Haus getraut. Stattdessen war sie in der Wohnung geblieben, hatte versucht, sich zu beschäftigen, und überlegt, vier oder fünf verschiedene Hobbys anzufangen. Aber nichts brachte ihr Frieden. Bald endete sie wieder auf dem Bett, weinte und umklammerte ihr –

Sie warf das Kissen zu Boden. Nein. *So* eine Frau wollte sie nicht sein. Sie musste stark sein.

Aber sie war es nicht. Sie war überhaupt nicht stark. Darin lag ja der ganze Sinn des Bonbonglases, oder nicht? Dass sie wegrannte, wenn sie die Situation nicht mehr ertragen konnte! Sie lag auf der Seite und betrachtete es, wie es unschuldig auf ihrem Nachttisch stand. Manchmal schien es nach ihr zu rufen.

Sie sprang vom Bett und ermahnte sich selbst. »Reiß dich zusammen!«

Als sie ihr Gesicht abtrocknete und in ihren bequemsten, kuscheligsten Schlafanzug schlüpfte, sah Amber die Bibel auf der Theke liegen, die sie gekauft und kaum einmal aufgeschlagen hatte. Sie kannte sich mit Religion nicht gut aus, aber sie wusste, dass dieses Buch ihr wenig nützen würde, wenn sie es nicht las. Ein oder zwei Mal war es ihr vorgekommen, als würde es ebenfalls nach ihr rufen.

Sie machte es sich im Bett bequem und fing an, die Bibel durchzublättern. Ihre Augen überflogen die Worte, stundenlang, wie es ihr vorkam, auf der Suche nach irgendetwas, das ihr helfen würde. Es war alles so verwirrend, so ... überwältigend. Und so vieles ergab gar keinen Sinn. Ein sprechender Esel? Was sollte das Ganze? Wo waren die Stellen über die Liebe? Sie brauchte etwas, an dem sie sich festhalten konnte, etwas, das ihr sagte, dass sie nicht allein war.

Clay liebte dieses Buch. Aber warum? Was brachte ihn dazu, jeden Tag darin zu lesen? Was brachte ihn dazu, ein guter Mensch – der beste Mensch – sein zu wollen, obwohl sich alle über ihn lustig machten? Was hielt ihn in der Spur? Es musste etwas hier drin zu finden sein, das seinen Sinneswandel verursacht hatte.

Nach einer Weile ertappte Amber sich dabei, dass sie mehr im hinteren als im vorderen Teil des Buches las und sich auf die Worte konzentrierte, die rot gedruckt waren – sie reimte sich zusammen, dass das Rote das war, was Jesus sagte. Und sie wollte diesen Jesus kennenlernen, aber er sprach vom Abhacken einer Hand und vom Herausreißen eines Auges, und es erschien ihr alles so grotesk. Dennoch *wusste* sie, dass da etwas dran war.

Weiter hinten las sie eine Menge über Heiligkeit von einem Mann namens Paulus, der anscheinend aus dem Gefängnis eine Menge Briefe an alle möglichen Leute schrieb. Und sie fand einen Abschnitt darüber, was Liebe sein sollte. Freundlich. Geduldig. Hoffnungsvoll. Doch obwohl sie sich das alles wünschte und es auch selbst gern weitergeben würde, schien es ihr unmöglich. Wie sollte es ihr jemals gelingen, so gut zu sein? Immer das Richtige zu tun, jederzeit? Gut genug zu sein, um jemandes Liebe zu verdienen?

Sie war drauf und dran, das Buch zuzuschlagen und wegzulegen, als ihre Aufmerksamkeit von einer letzten Zeile geweckt wurde. Als sie diese Worte las, füllte sich ihr Herz mit Hoffnung, wie es ihr noch nie widerfahren war. Ein Friede, so greifbar, als wäre ihre Seele am Feuer gewärmt worden, ließ sie ganz still werden. So ein Gefühl hatte sie noch nie erlebt, es war nie vorgekommen, dass nicht irgendeine Sorge ihr Herz bedrängte. Sie las die Worte noch einmal laut, obwohl sie sie bereits beim ersten, stillen Lesen deutlich gehört hatte, als hätte sie jemand direkt vor ihr ausgesprochen.

»›Ich werde dich nie vergessen und dich niemals im Stich lassen.‹«

Genau das wollte sie von Clay hören – von jedem Mann in ihrem Leben. Genau das waren die Worte. Clay hatte sie nie ausgesprochen, aber hier gab es jemanden, der sie zu ihr sagte, jetzt und hier in diesem dunklen, von Kerzen beleuchteten Zimmer ihrer Wohnung.

»Ich werde dich nie vergessen und dich niemals im Stich lassen.« Diese Worte durchbrachen ihr Herz wie eine geräuschlose Unterwasserwelle. Ihr ganzer Körper entspannte sich. Ihre Gedanken kamen völlig zur Ruhe. Und mit einem Mal erkannte sie etwas, eine wortlose Wahrheit, so real, als wäre Gott herabgekommen, hätte sich vor sie gestellt und ihr dies verkündet. War es das, was Liebe sein sollte? *Wie* sie sein sollte?

Dieser Mann, dieser Jesus. Er würde ihr nachgehen. Er würde sie nicht aufgeben. Sie wusste in diesem Augenblick, dass er ihr seit sehr langer Zeit nachgegangen war.

Und heute wollte sie ihm erlauben, sie einzuholen.

Amber stand auf und spürte den Drang, Wasser in ihre Badewanne einzulassen. Sie stieg hinein und glitt hinunter. Das Wasser hatte eine friedliche Wärme und ging ihr bis zum Kinn. Und dann ließ sie sich, ohne noch einmal Luft zu holen, ganz davon verschlucken.

Als sie wieder auftauchte, fühlte sie sich leicht. Und sauber. Erneuert. Und sie spürte, dass sich jemand an ihr freute.

Nach ihrem Bad saß sie lange auf ihrem Bett, in Decken gehüllt, und lächelte. Alles, was sie in ihrem Leben getan hatte, war ihr vergeben worden. Auf der Stelle. Es verwunderte sie. *Er* verwunderte sie, dieser Mann, der alles von ihr wusste und sie trotzdem bei sich haben wollte.

Minuten vergingen. Dann Stunden. Sie verharrte tief in ihren Gedanken bei Gott, sprach offen mit ihm, als säße er hier im Raum bei ihr.

Nach einer Weile wusste sie, was sie zu tun hatte. Bevor sie wirklich weitergehen konnte, musste sie alles mit Clay klären. Sie musste ihm vergeben, auch wenn sie ihn nicht verstand. Es war leichter zu vergeben, wenn die eigene Schuld bezahlt war.

Als Amber zu seinem Haus fuhr, kehrten ihre Gefühle für ihn mit jeder Ecke, um die sie bog, stärker zurück. Nur Gott wusste, was sie finden würde, wenn sie bei ihm ankam, aber Clay verdiente es zu wissen, was er ihr bedeutete. Ja, er hatte die Sache verdorben. Aber es gab Vergebung. Es gab Gnade. Er hatte sie mit der Bibel und mit diesen Worten bekannt gemacht. Sie musste zumindest Danke sagen. Aber sie wollte ihm noch viel mehr sagen.

Es war früher Abend, als sie sanft an seine Tür klopfte. Es kam keine Reaktion.

»Bist du da? Mach auf.« Sie klopfte wieder, lehnte sich gegen die Tür, so wie sie träumte, sich an seine Brust lehnen zu können. »Bitte mach die Tür auf.« Ihr Klopfen wurde immer zaghafter. »Bitte ...«

Nichts.

Amber fühlte, wie ihr Kinn zitterte. Es gab so viel, was sie zu sagen hatte. Es stürzte aus ihr heraus, obwohl nichts weiter als eine Holztür dastand, um es zu empfangen. »Ich will nicht das Normale. Ich will dich.« Sie drückte die Stirn gegen die Tür und Tränen rollten ihr übers Gesicht. »Weißt du, was ich bei meiner Hochzeitsreise gemacht habe? Ich hab mich in den Schlaf geweint und versucht zu verstehen, warum mein brandneuer Ehemann mehr Interesse am Fernsehen hatte als an ... Er hat mich nicht angerührt. Er wollte mich nicht berühren.« Sie legte eine

Hand an die Tür. Lauschte nach ihm. Dann trat sie zurück. »Und das ist nicht deine Schuld. Du bist nicht er.«

Plötzlich öffnete sich die Tür. Sie ging kaum einen Spaltbreit auf, als würde sie von einer Sicherheitskette gehalten, aber da war keine. Clay blinzelte, als schaute er in die Mittagssonne. Er sah schrecklich aus und trug noch immer die Kleider von der Hochzeit.

Sie hatte ihn noch nie so verzweifelt gesehen. Aber er war da und sie musste sagen, was zu sagen war. Es würde nicht leicht werden, die Wahrheit hervorzuholen und durchzustehen.

»Warum hast du sie hereingelassen?« Es war nicht die beste Einleitung, aber sie musste es wissen.

Er blinzelte und wusste offenbar nicht, was er sagen sollte.

»Ich hab sie heute Morgen weggehen sehen. Das war die Bibelfrau, stimmt's?«

Ein Funken Zustimmung huschte über sein Gesicht, aber er blieb stumm. Gut. Sie konnte das Reden auch ganz übernehmen.

»War noch irgendjemand hier? Im Haus?« Das war doch offensichtlich die Frage, oder nicht?

»Nein.«

Amber atmete durch und versuchte ihre Gefühle nicht zu zeigen. »Wart ihr zusammen allein?«

Er nickte und seine Augen wurden feucht. Sie versuchte sich an den Worten festzuhalten, die sie gelesen hatte, dass Gott sie niemals im Stich lassen würde. Aber in diesem Moment fühlte sie sich im Stich gelassen. Als würde ihre Seele zertrümmert – obwohl sie versuchte zu vergeben.

»Nur einen Moment lang«, sagte Clay, dann lächelte er kurz und schüttelte den Kopf.

»Was ist so lustig daran?«

»Ich habe in meinem Truck geschlafen.«

Amber versuchte zu verstehen. Er hatte im Truck geschlafen?

Das bedeutete … das war der Grund, warum Kelly am Fenster des Wagens stehen geblieben war. »Ihr habt nicht …?«

»Beinahe.« Er schaute auf seine Füße. »Ich hab es in Erwägung gezogen.«

»Willst du mit ihr zusammen sein?«

»Nein.« Seine Antwort war entschlossener, als sie gedacht hätte.

Amber umklammerte den Türrahmen. »Warum bist du mir nicht nachgegangen?«

Seine Augen wurden wieder feucht, was auch ihr die Tränen in die Augen trieb. Sie wollte diesen Mann nicht weinen sehen.

»Ich habe eine Theorie«, sagte sie sanft. »Vielleicht muss Liebe nicht vollkommen sein, um sich trotzdem zu lohnen. Und für mich musst du nicht vollkommen sein, damit ich dich …« *Lieben kann.*

»Du weißt nicht, was ich alles getan habe.«

»Ich weiß mehr, als du denkst. Soweit ich sehen kann, sind wir alle große, erbärmliche, schmutzige Haufen von … dir zu Ehren werde ich den Satz nicht beenden. Aber ich habe in der Bibel gelesen, die du so sehr liebst.« Sie seufzte und versuchte die richtigen Worte zu finden. »Du bist es wert. Das ist es, was ich sagen will.«

Aber er sah nicht so aus, als würde er ihr glauben.

»Ich bin nicht sicher, ob ich überhaupt mit jemandem zusammen sein sollte. Jemals.«

Sie wollte die Hand ausstrecken und ihn berühren, aber seine Körpersprache sagte ihr, dass das keine gute Idee war. Stattdessen fragte sie wieder: »Warum bist du mir nicht nachgegangen?«

»Das bin ich doch.«

Irgendetwas an der Art, wie seine Lippen einen geraden Strich bildeten und seine Augen alles Licht verschluckten, sagte ihr, dass er etwas wusste.

»Ich ging zu Carol und die schickte mich zum Brauhaus. Ich

stieß auf Trish. Sie sagte mir, dass du mit einem anderen Mann herumgemacht hast.« Jetzt wurden seine Augen schmal und vorwurfsvoll. »Wer war es?«

Amber erstarrte. Sie hasste die Art, wie er sie ansah. »Ich weiß seinen Namen nicht. Ich hab nicht danach gefragt.«

»Was hast du getan?«, fragte er.

Die Frage verletzte sie mehr, als sie erwartet hätte, aber sie ließ sich nichts anmerken. Dies schien eine emotionale Pattsituation zu sein und sie wollte keinen Rückzieher machen. »Würde das etwas ändern?«

Er stand einfach nur da, ohne etwas Tröstliches auch nur anzudeuten.

»Autsch.«

»Amber ...«

»Ich war bereit, dir zu vergeben, egal was.« Ihre Stimme brach, aber es kümmerte sie nicht. »Das ist es doch, was ich tun soll, nicht wahr? Geht es nicht allein darum? Ist das nicht die *Gute Nachricht*?«

So gebrochen, wie er es war, hatte sie noch keinen Mann erlebt. »Bei dir klingt es so einfach«, flüsterte er.

»Und bei *dir* klingt es unmöglich.«

»Wenn ich alles verraten hätte, woran ich glaube und was ich bekenne, würde das etwas ändern.«

»Vielleicht«, gab sie zu. »Aber das würde nicht bedeuten, dass es nicht wahr gewesen ist. Nur weil du hingefallen bist, es missverstanden hast oder einen Fehler gemacht hast.« Sie schüttelte den Kopf und erkannte, dass sie genauso gut gegen eine Wand reden konnte. »Du weißt auf jeden Fall, wie man große Worte macht. Was denkst du denn, was ich letzte Nacht gemacht habe? Sag du es mir.«

Wieder war es wie ein Schlag in die Magengrube. Sein Gesichtsausdruck verriet alles. Er wollte es wirklich wissen und für ihn änderte es wirklich alles.

Sie zog sich von der Tür zurück – von ihm. »*Nichts* ist passiert mit diesem Mann. Wir haben die Bar verlassen, sind zu seinem Hotelzimmer gegangen. Er öffnete die Tür und ich stand einfach nur da und starrte auf meine Füße. Ich konnte nur an dich denken. Ich habe sein Zimmer nicht einmal betreten.«

Es zeigte sich keine Erleichterung auf seinem Gesicht. Er war nur ein verhärteter, gebrochener Mann, der in einer Schwarz-Weiß-Welt lebte und eine Frau anblickte, die aus fünfzig Grautönen bestand. Sie starrte ihn an, direkt in seine Seele, die beste, die sie kannte. Bis heute Morgen war er für sie das Gute in Person gewesen. Das einzige Gute, das sie je gekannt hatte. Langsam gelang es ihr, eine Unterscheidung zu treffen – Clay war nicht Gott.

Aber es schmerzte trotzdem.

Amber drehte sich um und ging davon. Sie schaute kein einziges Mal zurück. Sie wollte ihn nie wiedersehen. Und sie war sich sicher, dass sie, sobald sie diese Stadt verlassen konnte, es auch nie tun würde.

KAPITEL 19

Vielleicht fühlte man sich so, wenn man verrückt war, aber Clay bekam die Stimmen einfach nicht aus dem Kopf. Die Nacht senkte sich auf ihn herab, noch bevor die Sonne unterging, und alles, was er hörte, waren die Jubelschreie und Sprechchöre der Mädchen – die er mit den albernen, lächerlichen Dingen, die er ihnen sagte, in einen Taumel versetzt hatte. Sie stellten sich selbst zur Schau und er ließ es geschehen. Ermutigte sie noch. Allein mit seinen Worten und einem Mikrofon vor der Nase brachte er sie dazu, sich auszuziehen. Und wenn sie es taten, behandelte er sie wie Dreck, als wären sie es nicht einmal wert, dass er sich mit ihnen unterhielt. Unerklärlicherweise kamen sie wieder. Immer wieder. In Scharen.

Die ganze Nacht hindurch hörte er ihre Stimmen. Er saß zusammengesackt an der Wand im Wohnzimmer. Mondlicht fiel durch die Fensterläden und warf helle und dunkle Streifen auf ihn. Er streckte die Hand nach dem Radio aus. Vielleicht würde das Rauschen sie übertönen. Er drehte den Knopf wahllos hin und her, bis er ein Störungsgeräusch fand, und stellte es dann laut.

Wenn Kelly ein Hinweis auf die Spur der Zerstörung war, die er in seinem Leben hinterlassen hatte, dann konnte er ihren Umfang nicht einmal ermessen. Letzte Nacht, als er sie in den Armen gehalten hatte, war sie eine einsame, niedergeschmetterte, verlorene Frau gewesen. Als sie sich kennengelernt hatten, war sie ganz anders gewesen. Sie war so stark gewesen, so sicher, dass sie ihm den Weg in ein besseres Leben zeigen konnte. »Du bist ein Mann nach dem Herzen Gottes«, hatte sie einmal gesagt. »Du weißt es nur noch nicht.« An irgendeinem Punkt ihrer gemeinsamen Geschichte verliebten sie sich ineinander. In Wahrheit konnte Clay Walsh jedoch mit dieser Form von Realität nicht umgehen. Jedenfalls damals nicht. Also tat er das Gemeinste, was ihm nur einfallen konnte, als sie der Versuchung nicht nachgab. Anstatt sich von ihr zu trennen, wie jeder andere Mann es getan hätte, schlief er mit ihrer besten Freundin.

Er zog die Knie an, legte seinen Kopf darauf und erinnerte sich an die Konfrontation. Sie hatte keine Ahnung gehabt, was er getan hatte. Sie fand ihn eines Nachts in einer seiner Lieblingsbars, wo er mit seinen Freunden herumhing, betrunken bis zur Besinnungslosigkeit.

Wie immer wirkte Kelly inmitten dieses Trinkgelages fehl am Platz. Sie trat zu ihm und versuchte die Männer am Tisch, die über sie lachten, zu ignorieren. »Wir müssen miteinander reden«, sagte sie.

Er erinnerte sich, wie er zu ihr aufschaute und wie leicht ihm die Worte über die Lippen kamen. Jeder Gedanke an die Konsequenzen ging im Alkoholrausch unter. »Was gibt's, Süße?«

Sie bemühte sich, leise zu sprechen, um seine Freunde nicht am Gespräch teilhaben zu lassen. »Ich will mit dir reden. Du hast mich nicht zurückgerufen.«

Die Jungen hinter ihm lachten leise.

»Können wir nicht kurz nach draußen gehen?« Ihr Gesicht sah so süß aus in diesem Moment. Er merkte, dass sie wirklich keine Ahnung hatte, und er wurde wütend. Nicht auf sie, sondern auf sich selbst, wegen der Katastrophe, die gleich über sie hereinbrechen würde. Aber wie es für Clay Walsh typisch war, blieb die Wut nicht dort, wo sie hingehörte, und in Verbindung mit dem Alkohol stand sie kurz davor, bösartig zu werden.

»Schau mal, Süße, es ist einfach so, dass es mit uns nicht richtig klappt.«

Sie schüttelte den Kopf und ihre Tränen schimmerten in der rauchgeschwängerten Luft. »Das ist nicht wahr. Es gibt ein paar Dinge, an denen wir zusammen arbeiten müssen, das ist alles.«

»Es ist vorbei, Kelly.«

Sie schaute zu seinen Freunden. Er konnte ihre Gesichter nicht sehen, stellte sich aber vor, dass einige grinsten. Ein paar Anständige starrten wahrscheinlich in ihr Bier.

»Komm, lass uns nach draußen gehen und miteinander reden. Mehr verlange ich gar nicht. Ich will einfach nur wissen, was los ist.«

»Nein, das willst du nicht.«

Sie fuhr sich mit dem Finger unter einem Auge entlang. »Jessica hat gesagt, ich soll zu dir gehen und mit dir reden, und vielleicht könnten wir die Dinge klären, wenn wir miteinander sprechen.«

»Ich hab vor zwei Tagen in deiner Wohnung mit Jessica geschlafen, als du bei der Arbeit warst.«

Die Worte rutschten einfach so heraus, als glitten sie über einen Ölteppich, aber dann blieben sie zwischen ihnen hängen. Nie in seinem Leben, weder davor noch danach, hatte er einen solchen Schmerz und ein solches Entsetzen im Gesicht einer Frau gesehen. Alle Farbe wich aus ihren Wangen. Die leuchtenden, schönen, seelenvollen Augen erstarben, ihr Licht erlosch von einem Moment auf den anderen.

Kelly schüttelte den Kopf ganz leicht, als könnte es keine größere Unwahrheit geben. Hinter ihm war das Lärmen am Tisch völlig verstummt. Er hatte selbst seine Freunde vor den Kopf gestoßen.

Sie blinzelte langsam und sah in diesem Augenblick aus, als hätte sie plötzlich den Glauben an all das, was sie ihm hatte nahebringen wollen, verloren. In seinem taub gewordenen Herzen spürte er vor allem das. Ihm wurde bewusst, dass er ihr alles geraubt hatte, was sie für gut gehalten hatte: Ihn. Ihre Würde.

Ihre beste Freundin. Ihren Glauben, dass Gott Menschen verändern konnte. Ihren Glauben, dass sie das Warten wert war.

Sie würde sich nie wieder so betrachten können wie vorher.

Kelly hatte sich umgedreht und war gegangen, in Windeseile war sie zwischen Dutzenden von Menschen auf der Tanzfläche verschwunden.

Und jetzt war sie eine Mutter und hatte einen Mann, der sie betrog, und glaubte womöglich wieder, dass sie nichts wert war.

Clay war nicht sicher, ob er jemals wieder für das Herz eines anderen Menschen verantwortlich sein konnte. Und Amber verdiente das Beste. Sie verdiente jemanden, der sie nie im Stich ließ.

»Hallo, aufwachen. Steh auf, du alter Schatzjäger.«

Clays Augen öffneten sich flatternd, sein Herz pochte vor Verwirrung und er war ganz benommen von dem Schlaf, in den er offenbar gesunken war. Er hatte nicht gemerkt, dass er über all die Erinnerungen und Stimmen und Ängste tatsächlich eingeschlafen war. Er hielt die Hand über die Augen, um sich vor dem blendenden Sonnenlicht zu schützen. Wie konnte es heller Tag sein? Jemand stand in seiner Haustür, aber wegen des Gegenlichts konnte er nicht erkennen, wer es war. Ein scharfer Schmerz pochte in seinen Schläfen.

Die Person trat näher. Es war David. Und Cosie war bei ihm.

David schaute sich mit ungläubigem Blick im Wohnzimmer um. »Mann, ich wusste, dass mit dir etwas nicht stimmt. Wie siehst du denn aus? Wie sieht das Haus aus?«

»Was?« Clay stöhnte und sank wieder auf das Sofa zurück, auf das er sich offenbar in der Nacht irgendwann geschleppt hatte. Auf der anderen Seite des Zimmers lief das Radio. Warum war das Radio an? Er bekam Kopfschmerzen davon.

»Irgendetwas liegt ganz schrecklich im Argen, wenn im Haus von Clay Walsh ein schmutziger Teller auf dem Tisch steht und Kleider auf dem Boden herumfahren.« David setzte Cosie ab.

»Was stimmt nicht mit Onkel Clay?«, fragte Cosie.

Du liebe Güte. Er musste wirklich furchtbar aussehen, wenn das sogar einer Zweijährigen auffiel.

»Was machst du hier, David?« Clay legte sich den Arm über die Augen. Er hatte seit Jahren keinen Kater mehr gehabt, aber du lieber Himmel, was immer das hier war, im Vergleich dazu war ein Kater wie eine leichte Erkältung.

»Meine *Frau* hat mich geschickt, den Smoking zu holen, den du immer noch trägst. Wir müssen die Kleider heute wieder abgeben, sonst gibt es eine Strafgebühr.«

»Solltet ihr nicht auf Hochzeitsreise sein oder so?«

»Wir reisen morgen ab.«

Auf unerklärliche Weise war plötzlich Brads Stimme zu hören. *»Na gut, willkommen zurück, Leute. Ich bin immer noch da. Live und höchstpersönlich!«*

Clay hob den Kopf. Das Radio befand sich unglücklicherweise außerhalb seiner Reichweite. »Ist er wieder in Los Angeles?«

»Er hat direkt nach der Hochzeit einen Flug genommen.«

»Der Zen-Meister für alles, was ihr wollt und wann ihr es wollt. Also, wo waren wir vor der Werbepause? Ach ja – beim Rest meiner verrückten Geschichte von der rattenscharfen Mieze und der Hochzeit. Aus meiner Zeit, die ich vor kurzem im Hinterland ableistete. Ja, mein Herr, ich habe meine Pflicht getan, doch leider, wie ich vor der Pause sagte ...«, er fügte einen Gitarrenklang ein, *»... sollte es nicht sein. Sie sprach kein einziges Wort. Drehte sich nur auf dem Absatz um, ging davon, war weg, für immer aus meinem Leben verschwunden. Nur Anmache und nichts dahinter. Und ich dachte, das mit uns wäre etwas Besonderes.«*

»Oh nein. David, bitte tu was, ja? Schalt es einfach ab«, stöhnte Clay.

»Was blieb mir also übrig? Nach einer solchen Zurückweisung tat ich das Einzige, was jeder anständige Mann getan hätte. Ich ging in die Hotelbar, um mich zu rehabilitieren.«

Clay spähte unter seinem Arm hervor, weil er sehen wollte, was David tat. Er hatte sich in einen Sessel gesetzt und hörte Brad im Radio zu.

Jetzt angelte er ein Bilderbuch aus einer kleinen Spielzeugkiste, die Clay für Cosies Besuche bereithielt, und gab es ihr. »Süße, geh und schau dir das ein Weilchen an, ja?«

»Okay, Papa.« Cosie grinste breit und verschwand. David wandte sich wieder dem Radio zu.

»Die Nacht nahm eine herrliche Wendung in Richtung Wahnsinn. Mein Plan war, irgendeine einsame, unsichere, alkoholisierte Mama zu finden, die meine Wunden versorgen und mir über meinen jüngsten katastrophalen Verlust hinweghelfen würde. Doch stattdessen – ach, das ist so großartig.«

Clay hob den Kopf und beobachtete David. Seine so typische fröhliche Miene war ernst geworden, als er wie gebannt vor dem Radio saß.

»Ich fand nichts. Nein. Sie. Fand. Mich. Genau. Ich habe endlich meinen Meister gefunden, Leute. Ich nehme euch nicht auf den Arm. Und sie würde es nicht gestatten, dass ich sie verleugne. Glaubt mir. Es war herrlich. Einzelheiten? Ihr wollt die schmutzigen Einzelheiten hören? Ihr wollt, dass ich euch alles preisgebe? Hm? Dass ich meine Süßigkeiten mit dem Rest der Klasse teile? Wollt ihr das? Ja? Also dann, schnallt euch an …«

David beugte sich mit einer schnellen Bewegung nach vorn und drehte den Knopf. Das Radio verstummte.

Er blickte zur Küche, wo sie hören konnten, wie Cosie Selbstgespräche führte.

»Schau mal, geh wieder zu Lisa«, sagte Clay. »Ich komme zurecht. Ich gebe den Smoking selbst in dem Laden ab.«

»Du kommst nicht zurecht, Clay. Und von Mann zu Mann gesprochen, ich glaube, wir wissen beide, warum.«

»Es ist kompliziert.«

»Meinst du, du hast ein Vorzugsrecht für das Komplizierte?

Alles ist kompliziert.« Er ließ den Blick durch das unordentliche Zimmer schweifen. »Liebe ist schön, aber sie ist nie einfach.«

In diesem Moment kam Cosie aus der Küche. David brach in Gelächter aus. Clay drehte den Kopf, um zu sehen, was es so Witziges gab. Die Kleine hatte mit dem Tesafilm gespielt. Sie hatte ihn überall um sich herumgewickelt, um ihre Stirn, ihre Haare, ihre Schultern, die Taille und wieder hoch zu ihrem Gesicht.

Sie wirkte schrecklich schuldbewusst, ging zu Clay und gab ihm den Abroller, der immer noch mit dem Klebeband an ihrem Körper verbunden war. »'Tschuldigung.«

Clay richtete sich auf, riss den Abroller ab und nahm sie in die Arme. »Ist in Ordnung. Ich bin dir nicht böse.«

Er blickte zu David, der gleichzeitig den Kopf schüttelte und lachte. Er stand auf und nahm Cosie auf seinen Arm. »Wir gehen jetzt besser.«

»Ich kümmere mich um den Smoking.«

»Kümmere dich um dich selbst.« David ging zur Tür. Er hielt Cosie immer noch in den Armen, von deren Ellbogen und Kinn Tesafilm herabhing.

»Viel Glück, wenn du Lisa das erklärst«, sagte Clay lachend.

David öffnete die Fliegengittertür und drehte sich noch einmal um. »Weißt du was, ich kann nur hoffen, dass sie einen Mann findet, der wenigstens halb so gut ist wie du, wenn sie erwachsen ist.«

Clay sah ihnen nach. Angeschnallt in ihrem Kindersitz winkte Cosie ihm durchs Fenster zu.

* * *

Amber stieg aus der Badewanne. Das vierte Bad in zwölf Stunden. Die Kerzen, das Wasser und die Wärme halfen ihr immer irgendwie ... freier zu denken. Als sie sich abtrocknete, überkam sie ein unheimliches Gefühl. Es war nichts Gespenstisches, sondern etwas auf seltsame Weise Gegenwärtiges. Es kam ihr vor, als wäre das fehlende Puzzleteil in ihrem Leben endlich aufgetaucht. Als sie gestern diese Worte in der Bibel gelesen hatte – *»Ich werde dich nie vergessen und dich niemals im Stich lassen«* –, da hatten sie lebendig gewirkt. Als wären sie direkt zu ihr und direkt in diesem Moment gesprochen worden. Sie konnte es nicht erklären, aber das hieß nicht, dass sie es nicht glaubte.

Mit noch immer tropfnassen Haaren, den Körper fest in ein Handtuch gewickelt, ging sie zu ihrer Pinnwand. Am Abend vorher hatte sie alles abgenommen und verpackt, wie immer, bereit zur Flucht. Nur die Pinnwand hing noch da. Völlig entblößt, ein bisschen wie ihre Seele. Wie ihr Leben. Wie ihr Herz.

Aber als sie sie jetzt betrachtete, kam sie ihr weniger entkleidet vor als ... was? Sie stand still da und überlegte. *Ein unbeschriebenes Blatt.*

Amber drehte sich zu ihrem Bonbonglas um, das bis zum Rand vollgestopft war und aus dem die Dollarscheine oben heraushingen. »Du, mein Freund, hast eine neue Aufgabe.«

Dreißig Minuten später war sie angezogen, zur Tür hinaus und stand auf den Stufen des Verwaltungsgebäudes der Universität. Sie streckte gerade die Hand nach der Türklinke aus, als eine Gruppe Studentinnen herauskam, sodass sie zur Seite trat, um sie vorbeizulassen. Einige von den Frauen grinsten sie an, als wäre sie eine von ihnen. Ein Mann ein paar Stufen dahinter nahm sich die Zeit, Hallo zu ihr zu sagen.

Sie holte tief und gleichmäßig Luft, trat ein und fand den Weg zum Zulassungsbüro. Die Sekretärin führte sie zum Schreibtisch von Corinne Burns, einer fröhlich wirkenden Frau, deren Bluse zu eng war und an den falschen Stellen auseinanderklaffte. Aber Amber fiel das kaum auf, denn Corinne lächelte so strahlend, als stünde Amber etwas ganz Besonderes bevor.

»Was kann ich für Sie tun, meine Liebe?«, fragte sie.

Amber überreichte ihr all die Studienbücher, die sie aufbewahrt hatte. Sie hatte nicht damit gerechnet, sie je wieder zu brauchen. Sie hatten ein bisschen Staub angesetzt. Corinne blätterte sie durch, nickte und gab kleine Kommentare von sich. Amber gab ihr auch den Zulassungsantrag, den sie ausgefüllt hatte.

Schließlich legte Corinne die Papiere zur Seite. Sie legte die Arme auf den Schreibtisch, beugte sich näher zu Amber vor und deutete auf das Bonbonglas. »Wir nehmen Schecks, wissen Sie.«

Amber blickte auf das Glas hinunter. Sie umklammerte es so heftig, dass ihre Finger weiß geworden waren. »Das ist eine lange Geschichte.«

»Das hab ich schon ihren Studienbüchern entnommen. Sie sind eine intelligente Frau, wissen Sie das?«

»Ich hab in jüngster Zeit ein paar ... Lebenserfahrungen gemacht ... die mir bewusst gemacht haben, dass ich zu Ende bringen muss, was ich angefangen habe. Statt immer nur davonzulaufen.«

»Wie heißt er?«, sagte Corinne augenzwinkernd. »Oder ist es ein Name, der nicht genannt werden darf?«

Amber lächelte. »Etwas in der Art. Er ist eigentlich ein wirklich guter Kerl. Er ist irgendwie der Grund dafür, dass ich hier bin und das hier tue. Seinetwegen hab ich jetzt jemanden, der mich nicht im Stich lässt.«

Corinne nickte. »Na gut, ich muss noch mal die Zahlen prüfen, aber ich glaube, es gibt ein paar Teilstipendien, zu denen Sie berechtigt sind.«

»Wirklich?«

»Ja. Wir werden sehen. Aber es sieht vielversprechend aus.« Corinne öffnete die Hände und gab Amber ein Zeichen, ihr das Bonbonglas zu geben. »Fangen wir an zu zählen.«

KAPITEL 20

»Ich wollte sichergehen, dass du den Wink verstehst«, sagte Tante Zella, als sie zusammen Tee tranken.

»Das ist dir gelungen. Ich bin hier«, erwiderte Clay. Auf dem Tisch stand die große Schachtel mit Teebeuteln, die sie ihm geschickt hatte. Es waren fünfundvierzig Beutel.

»Du kannst das Glas jetzt absetzen, weißt du. Es wird nicht wegrennen.«

Clay starrte auf das Bonbonglas in seinem Arm. Ein paar Tage nach der Hochzeit hatte es vor seiner Tür gestanden. Das ganze Geld war daraus verschwunden. Bei diesem Anblick war er zuerst von einer tiefen Traurigkeit überwältigt worden, weil er dachte, sie wäre wieder davongelaufen. Aber es lag eine Nachricht darin. Sie stand auf einem papiernen Platzdeckchen aus dem Imbiss und bestand nur aus den Worten *zu Hause*. Als er auf der Veranda stand und das hohle Gefäß in den Händen hielt, fragte er sich, ob das vielleicht der Sinn des Ganzen war – sich selbst zu leeren, statt sich zu füllen. Er hielt das Bonbonglas in die Höhe. Es verstärkte und klärte das Sonnenlicht auf außergewöhnliche Weise, indem es das Licht hierhin und dorthin warf, es einfing und dann freigab, als er das Handgelenk drehte.

»Hm?« Tante Zella tippte mit den Fingern auf den Tisch. »Woran denkst du?«

»Sie hat an mich geglaubt«, war alles, was ihm einfiel. Allein der Gedanke an sie tat ihm im Herzen weh.

»An dich?«, sagte Tante Zella in sarkastischem Ton und zog eine Augenbraue in die Höhe. Sie drohte ihm mit dem Finger.

»Wenn du nicht um diese Frau kämpfst, hast du wenig von dem Mann in dir, für den wir dich gehalten haben.«

Clay blickte auf das Bild von Lloyd auf der Theke. Lloyd schien ihn direkt anzustarren und Tante Zella recht zu geben.

»Sie ist ohne mich besser dran. An mir ist alles verdorben. Ich verdiene nicht –«

»Du lieber Himmel, wenn du noch egozentrischer wärst, wärst du ein Punkt.«

»Du findest also auch, dass ich allein bleiben sollte.«

»Vermutlich.«

Sie nippten wieder eine Weile an ihren Tassen.

Schließlich sagte Tante Zella: »Ich würde dir am liebsten den Hals umdrehen. Ich würde ihm am liebsten den Hals umdrehen, Lloyd. Sieh dich doch mal an. Du bist so hochmütig. Du erwartest, dass sich die ganze Welt erhebt – und was dann? Sollen sich alle vor dir verbeugen? Dir einen Preis dafür geben, dass du so gut bist? Und wenn sie es nicht tun, dann ...« Sie murmelte etwas vor sich hin, was Clay wahrscheinlich ohnehin nicht hören wollte.

Diese Worte versetzten ihm einen Stich, besonders, da sie von Tante Zella kamen. Wenn er sich nicht darauf verlassen konnte, dass er gut war, was blieb ihm dann noch?

»So wahr mir Gott helfe«, fuhr sie fort, »wenn du dich jetzt noch einmal für neun Jahre einschließt ...« Sie schüttelte den Kopf und sah nach oben, als würde die Lösung vielleicht an der Decke hängen. »Meinst du, das macht dich heilig?«

»Ich wünschte, ich –«

»Ich, ich, ich!« Tante Zella war so wütend, wie er sie noch nie erlebt hatte. Sie konnte ganz schön bissig werden, aber er hatte sie nie zornig gesehen. »Hör auf, alles zu verdrehen! Wach auf!« Sie schlug ihm leicht auf den Schädel. »Komm endlich über dich selbst hinweg. Über dich und deinen Schmerz. Hör auf. Und hör mit dem Versuch auf, die Gnade Gottes als Backsteinmauer zu missbrauchen. Bist du auch so bestürzt über die Kinder, die verhungern? Über das Leiden von anderen?«

Clay schaute auf das Glas hinab und versuchte, seine Gefühle unter Kontrolle zu behalten. Das tat weh. Aber vielleicht hatte es zu lange niemand gewagt, ihn mit solchen Wahrheiten zu konfrontieren.

Die beiden beruhigten sich ein wenig und schließlich lächelte Clay leicht. »Also los. Lass mir deine Weisheit zuteilwerden.«

Sie nahm seine Hände und hielt sie leicht zwischen ihren. Ihre Fingerknöchel waren heiß und geschwollen. »Ich bewundere dich so sehr, Clay. Zeit meines Lebens habe ich nie jemanden gesehen, der sich mehr darum bemüht hat, gut zu sein.«

»Definiere *gut*«, sagte Clay. An diesem Punkt wusste er nicht mehr, ob er es wirklich konnte.

Ihre Augen funkelten. Die Weisheit eines Lebens blickte ihn an. »Es gibt kein Gutsein ohne Gnade. Keine Tugend ohne Vergebung.«

Sein stumpfes, lebloses Herz schlug schwach in seiner Brust. Er konnte nichts weiter tun als hier sitzen und zuhören.

»Und ich spreche nicht davon, dass Amber dir vergibt. Oder dass du ihr vergibst. Das hat alles gar nichts damit zu tun.«

»Was dann?« Er brachte nur noch ein Flüstern hervor.

»Die Art, wie du uralte, verkrustete, nutzlose Schuld mit dir herumträgst. Wie einen verzogenen Schoßhund, mit dem du angeben willst.« Sie ließ seine Hand los und streichelte einen imaginären Hund auf ihrem Schoß. »Wie eine Ausrede, ja, Lloyd? Lass sie los. Worauf wartest du? Wie lange noch?«

Clay schluckte. Er wusste es nicht. Blieb überhaupt noch genug von seiner Lebenszeit übrig, um alles wiedergutzumachen, was er verschuldet hatte?

Tante Zellas Hand streckte sich wieder nach ihm aus und dann nach dem Bonbonglas. »Du wirst geliebt. Du wirst so sehr geliebt.«

Die Unsicherheit über ihre Worte spiegelte sich in seinem Gesicht.

»Ach, mein Kind. Es stimmt wirklich. Hör mir zu, Clay.«

Er sah in ihr freundliches Gesicht.

»Es ist genug. Auf dieser Seite des Himmels erreichen wir das Ziel nie vollständig. Du könntest dich in deinem Haus hundert Jahre lang verkriechen. Isoliert. Losgelöst. Du könntest dich selbst begraben. Warm und gemütlich, geborgen und kuschelig mit all deinem Kummer. Deiner schmutzigen Vergangenheit.« Sie machte ein grunzendes Geräusch. Clay lachte ein wenig. »Würdest, könntest, solltest. Kein anderes Gesicht mehr sehen. Was wäre das für eine Schande.« Sie streichelte wieder seine Hand. Ihre Berührung fühlte sich sanft und warm an, wie ihr Blick. »Du würdest es verpassen, das alles mit einem Haufen anderer verwirrter Dummköpfe zu teilen. Von denen manche unerklärlicherweise sehr viel für dich empfinden.«

Tante Zella erhob sich und ging zur Theke, wo ihr Hochzeitsfoto stand. Sie nahm das Jerusalemkreuz, das über den Rahmen drapiert war, seit er denken konnte, drückte es fest in seine Hand und schloss seine Finger darüber.

»Die Spielzeit ist vorbei. Jetzt sei ein Mann.«

Clay blieb still sitzen, dachte über ihre Worte nach und versuchte alles zu begreifen, was sie gesagt hatte. Er hatte so lang geglaubt, genau das zu tun – ein Mann zu sein. Zu dem zu stehen, was er getan hatte. War er kein Mann gewesen?

»Dies ist der Tag, den der Herr macht, Clay. Es ist der Tag, an dem du anfängst, mehr auf ihn und weniger auf dich zu vertrauen.« Sie neigte den Kopf einem anderen Bild von Lloyd zu, das in der Nähe stand. »Wie Lloyd mir jeden Tag sagt – sei ein guter Verwalter deines Schmerzes.«

Wieder eine Wanderung, aber dieses Mal war es anders. Sonst war er immer gelaufen, um sich zu isolieren und vielleicht auch zu schützen. Jetzt dagegen war es, als wäre er ungeschützt, vollkommen offen und angreifbar für alles und jeden.

Clay ging zum Park, wo sie auf den Schaukeln gesessen hatten. Er beobachtete, wie sie im Wind leicht hin und her schwankten.

Ein Vater ging vorbei, sein kleiner Sohn trödelte hinter ihm her. Als der Vater seine Hand nach hinten zu dem Kind ausstreckte, griff der kleine Junge danach, verfehlte sie und fiel hin. Kichernd stand er auf, streckte wieder den Arm aus und griff daneben.

Hatte Clay sich nach der Hand des Vaters ausgestreckt und sie verfehlt? Oder hatte er gar nicht versucht, sie zu ergreifen?

Zu Hause kümmerte Clay sich um sein Haus, fegte den Boden und wischte Staub. Er brachte alles in Ordnung. Nur eines blieb zerbrochen. Die Zehn Gebote. Er saß auf dem Sofa und hielt den Rahmen vor sich. An welchem Punkt hatte er angefangen, sich vor ihnen zu verbeugen, anstatt vor dem Einen, der sie gemacht hatte? Dem Einen, der *ihn* gemacht hatte?

Neben ihm lag der Tesafilm. Er dachte an Cosie, die ganz darin eingewickelt gewesen war, von Kopf bis Fuß. Er fragte sich, ob er für Gott auch so aussah: Ein zerbrochenes Chaos, zusammengehalten durch die Gnade – eine Gnade, die er bisher abgelehnt hatte.

Genau wie die Gebote gegeben worden waren, um ihm seine Sünde zu zeigen, so blieben vielleicht die Bruchstellen, um ihm Gottes Gnade zu zeigen. Hatte er nicht das Zitat von Leonard Cohen an Ambers Pinnwand gesehen? »*Durch alles geht ein Riss. So fällt das Licht hinein.*«

Er legte sich den Rahmen auf den Schoß und fing an, ihn zu kleben. Tränen stiegen wieder in ihm auf, aber dieses Mal sammelte sich in ihnen all das, was er freigab und losließ. Seine Risse waren durchdrungen von Gottes Liebe. Gott konnte und wollte für all die Menschen, die Clay verletzt hatte, das Gleiche tun wie für ihn. Er ließ sie los, löste sie aus seinem Herzen, gab einen nach dem anderen frei, während er weiter klebte.

Er fühlte sich so ... leicht.

Das Fenster, das er vorher aufgemacht hatte, ließ eine sanfte Brise herein. Auf dem Tisch, wo seine Bibel lag, wurden die Seiten wie von einem unsichtbaren Finger umgeschlagen.

Schließlich hängte er die Gebote wieder an die Wand, umwickelt mit Klebeband. Und über den Rahmen hängte er das Zinnkreuz – das es möglich machte, gleichzeitig zerbrochen und heil zu sein.

KAPITEL 21

Clay saß auf dem Gipfel des Hügels im Gras, dort auf dem alten Friedhof, wo George Helen begraben hatte. Von hier hatte er buchstäblich die ganze Stadt im Blick. Der Spätnovemberwind war frisch, aber noch auszuhalten. Hinter ihm war die Erde auf Helens Grab zu einem kleinen Hügel zusammengesunken. Es war noch kein Grabstein gesetzt worden. Eine einzelne Blume lag auf der Erde. Sie war ein paar Tage alt, beinahe schon tot, klammerte sich jedoch an ihren Rest Leben. Er fragte sich, wie oft George hier hochkam, um sie zu besuchen. In ihrem verwelkten Stadium schien die Blume ein Symbol für Clays vergangenes Leben zu sein. Aber jetzt war alles anders.

»Auf einem Friedhof?«

Clay lächelte, als er hörte, wie Schritte sich näherten und das Herbstlaub raschelte. Sie atmete schwer.

»Ich wusste, dass Sie seltsam sind, aber das ist sogar für Sie ein merkwürdiger Ort, und das sagt eine Menge aus. Eine *Menge.*«

Sie grummelte den ganzen Weg über, bis sie bei ihm oben war. Er klopfte einladend auf den Boden neben sich und sie stöhnte laut über diese Zumutung. »Was wird das hier, eine Séance?«

»Danke, dass Sie gekommen sind, Carol.«

Sie brauchte einige Zeit, bis sie am Boden angekommen war, murrte weiter vor sich hin und machte ein böses Gesicht. Dann sagte sie: »Ich sag's Ihnen ins Gesicht. Ich treffe mich heute nur aus krankhafter Neugierde mit Ihnen. Und da sind wir nun. Auf einem Friedhof. Ich will Sie nicht anlügen – ich habe ein wenig Angst, als *Aktenzeichen XY* zu enden. Ich werde von dem zugeknöpften Typen – denn Ironie muss es immer geben – auf einem Friedhof ermordet.« Sie seufzte wieder. »Also, was wollen Sie von mir?«

»Ich sitze hier oben auf dem Hügel, auf diesem Friedhof, weil ich jemanden begraben habe.«

Carol schien ernsthaft verängstigt, als sie langsam den Kopf drehte und die aufgehäufte Erde hinter ihnen betrachtete.

»Keine Angst. Das ist Helen. Sie starb eines natürlichen Todes«, sagte Clay und genoss den Moment ein wenig zu sehr. »Es geht um Folgendes, Carol: Ich habe den alten Kerl begraben. Mein altes Ich. Die Person, die Sie immer so ...«

»Die ich so seltsam fand? So merkwürdig wie eine Nebendarstellung im Zirkus?«

»Die Sie so verschlossen fanden. So gesetzestreu. Meine Überzeugungen waren richtig, aber mein Ansatz war vielleicht ein wenig verkehrt.«

»Genau.«

Clay holte tief Luft. »Ich liebe sie.«

Carol stieß den Atem aus. »Oh Mann. Ich muss Ihnen wohl einen Bonus für den Symbolcharakter des Ganzen geben ...« Sie deutete auf die Grabsteine ringsum. »Aber ein Grab hat nur eine gewisse Tiefe. Und nur eine gewisse Masse passt hinein.«

»Ich weiß, ich habe eine Menge Fehler gemacht. Unzählige. Aber sie bedeutet mir alles. Alles. Und ich glaube von ganzem Herzen an die Liebe. Ein Mann, den ich kenne und der mit einer Frau namens Helen verheiratet war, hat mich davon überzeugt, dass wahre Liebe auch darin besteht, an den Unterschieden zu arbeiten, sodass man als zwei Menschen beginnt und als einer endet.« Er warf Carol einen Blick zu. »Geht es ... geht es ihr gut?«

»Sie ist beschäftigt. Studiert wie verrückt. Die Männer liegen ihr zu Füßen. Sie hatte acht Verabredungen in vier Tagen ... Das

Letzte hab ich erfunden, um Sie eifersüchtig zu machen, denn sie ist eine fantastische Frau, die eine Menge Aufmerksamkeit verdient.«

Clay nickte. »Das weiß ich.«

»Gut, hören Sie zu. Wenn Sie meinen Rat wollen, würde ich sagen, hören Sie auf, so ... verklemmt zu sein. Ich meine, es gibt steif wie ein Brett und steif wie eine Leiche und dann kommen Sie.«

Clay zog am Gras. »Ich arbeite schon daran.«

»Das merke ich: Wir treffen uns auf einem Friedhof, dem Inbegriff von Gemütlichkeit. Zweitens, Sie müssen ihr zeigen, was Sie für sie empfinden. Ich meine, wirklich zeigen. Setzen Sie alle Hebel in Bewegung. Da ist mehr gefragt als ein Essen und ein Kinobesuch.«

»Auch daran arbeite ich.« Clay griff in seine Tasche und zog eine schwarze Samtschachtel hervor.

Carol riss die Augen weit auf. »Bitte sagen Sie mir, dass das kein Fußkettchen ist.« Sie ließ sich die Schachtel geben und öffnete sie langsam. »Haben Sie den ausgesucht? Ganz allein?«

»Glauben Sie, er wird ihr gefallen?«

»Du liebe Güte, Mann. Sie wird ohnmächtig umfallen bei diesem Schock. Ich habe etwas wie einen Keuschheitsgürtel erwartet, auf dem *Sittlichkeit* eingestickt ist.«

»Ich wollte Sie um Ihre Erlaubnis bitten.«

Carols Blick wandte sich von dem Ring ab.

»Ich weiß, ich weiß. Ich bin altmodisch. Aber so wie ich es sehe, haben Sie sich um sie gekümmert, seit sie herkam. Sie sind wie eine Familie für sie. Und sie hat keinen Vater mehr. Also wollte ich fragen ... ob ich Ihre Erlaubnis habe, Amber zu heiraten.«

Carol blieb der Mund offen stehen.

»Und nur damit Sie es wissen«, fügte Clay hinzu, »für mich ist das hier weitaus furchterregender als einen Vater zu fragen.«

Ihre Augen füllten sich mit Tränen und sie schlug ihm auf den Rücken. »Clay Walsh, Sie hören nie auf, mich zu erstaunen und zu überraschen.«

Er hielt den Blick weiterhin auf sie gerichtet, in der Hoffnung auf ein Zeichen ihrer Zustimmung.

Sie gab ihm den Ring zurück. »Sie brauchen mein Einverständnis nicht, mein Lieber. Um die Wahrheit zu sagen, Sie sind zwar seltsam, aber auch das Beste, was diesem Mädchen wahrscheinlich in ihrem ganzen Leben passieren wird.« Sie sah über die Stadt hinaus. »Sie sind ein guter Mann. Anständig. Freundlich. *Zuverlässig*.«

Clay lachte.

»Sie hat Glück, Sie zu bekommen.«

»Ist das also ein Ja?«

»Los schnapp sie dir, Tiger.«

»Danke.«

»Und hören Sie zu, ich bin kein Experte für die Bibel. Gott weiß, ich hab das Ding nicht mehr aufgeschlagen, seit ich eine ausgehöhlt habe, um eine Pistole darin zu verstecken. Aber wenn ich mich nicht irre, war das nicht der wesentliche Punkt – dass ein Mensch sich niemals selbst retten kann, egal, wie sehr er sich anstrengt?« Sie zuckte die Achseln. »Darum geht es doch, oder?«

Clay legte den Arm um ihre Schultern. »Einzig und allein darum.«

Carol stand auf. »Können wir jetzt von hier abhauen? Dieser Ort macht mich wahnsinnig.«

Clay erhob sich ebenfalls. »Noch nicht sofort. Es gibt noch einen Gefallen, um den ich Sie bitten möchte.«

KAPITEL 22

Bücher und Papiere lagen verstreut auf der Küchentheke, dem Tisch und dem Bett. Überall hingen Merkzettel, selbst an der Pinnwand. Sie war heute Vormittag schon bei einer Lerngruppe gewesen und würde morgen vor der Arbeit eine weitere haben. Carol war so freundlich gewesen und hatte ihre Arbeitsstunden so gelegt, dass sie die nötige Zeit für das Studium hatte. Und obwohl sie enttäuscht war, verstand Trish, dass es außer Diskussion stand, bis spät in die Nacht auszugehen. Amber konzentrierte sich aufs Lernen – die Universität hatte sie freundlicherweise so spät noch aufgenommen und sie hatte viel aufzuholen. Sie wollte es schaffen.

Das Studentenleben gefiel ihr. Sie war älter als die meisten anderen Studenten, aber sie hatte sich mit einigen angefreundet – dennoch war sie einmal im Leben stark genug gewesen, um den Annäherungsversuchen einiger sehr süßer Kerle in ihrem Studienjahr zu widerstehen. In drei Wochen war sie drei Mal zum Ausgehen eingeladen worden. Zwei der Männer waren sexy, aber sie wollte Trishs Behauptung, sie wäre eine ältere Frau, die mit wesentlich jüngeren Männern ausging, keine Nahrung geben. Außerdem war sie reifer geworden. Sie hatte vom besten Wein gekostet und wollte nichts Geringeres. Sie wusste nicht, wen Gott für sie im Sinn hatte, aber sie wusste, auf welche Eigenschaften sie achten musste. Dafür würde sie Clay Walsh immer dankbar sein.

Sie sah Clay selten. Er war nicht oft in seinem Laden und wenn, dann kam er nicht heraus. Sie vermisste ihn schrecklich, aber sie wusste, dass er ein Mann mit einer dunklen Vergangenheit war und eine Menge Heilung brauchte. Diese Heilung konnte sie ihm nicht geben – sie hatte ihre eigenen Lasten, mit denen sie zurechtkommen musste.

Aber sie hatte jetzt jemanden, zu dem sie gehen konnte, und sie genoss es, Gott kennenzulernen. Es war interessant mit ihm. Er zeigte sich nicht immer dann, wenn sie es wollte, aber er vermittelte ihr auf unerwartete Weise, dass er die ganze Zeit da war. Sie stellte fest, dass sie immer mehr betete und sich immer weniger Sorgen machte. Da gab es einen Frieden in ihrem Inneren, der sich bemerkbar machte, wenn ihr Herz vor Bestürzung oder Enttäuschung flatterte. Und das geschah oft. Manchmal fühlte sie sich einsam. Manchmal wurde sie unruhig. Manchmal langweilte sie sich sogar.

Amber schüttelte den Kopf und versuchte sich wieder auf ihren Lernstoff zu konzentrieren. Sie hatte Arbeit zu bewältigen. Eine Menge.

Draußen war ein Geräusch auf ihrer Treppe. Ihre Tür stand offen, die Fliegengittertür war zu. Sie sah niemanden, aber sie meinte, Schritte zu hören, die sich die Treppe hinunterbewegten. Mr Joe sprang vom Sofa, um die Sache zu untersuchen. Dann hörte sie eine Hupe, die jedoch alt klang, fast wie eine verbogene Schallplatte.

Sie zog die Fliegengittertür auf. Unten, am Fußende der Treppe, stand George neben einem alten Auto. War das der Rolls-Royce, an dem er gebastelt hatte? Er sah großartig aus. Und George war gekleidet wie ein Chauffeur aus alten Zeiten.

Er deutete auf den Treppenabsatz. Sie blickte hinunter und fand einen kleinen Umschlag vor ihren Füßen.

Amber griff danach und öffnete ihn. Sie konnte ihre Aufregung kaum zurückhalten. Es war eine handgeschriebene Nachricht von Clay, ein kurzer Versuch in ziemlich schlechter Dichtkunst – ein Zitat für ihre Pinnwand.

Wieder ertönte die Hupe und George eilte zur anderen Seite des Wagens, um die Tür für sie zu öffnen. Er stand da wie der perfekte Gentleman. »Kommen Sie. Ihr Triumphwagen wartet.«

Sie sollte wahrscheinlich abschließen oder sich etwas anderes anziehen ... In ihrem Kopf drehte sich alles. Sie nahm die Karte und rannte die Treppe hinunter direkt in den Rolls-Royce. Das Innere war prachtvoll. George schloss sanft ihre Tür und eilte zum Fahrersitz.

Als sie losfuhren, blickte Amber zu Mr Joe hinauf, der an der Fliegengittertür stand und sich fragte, was los war. Sie fragte sich das Gleiche.

Sie sah, wie George eine CD einlegte, und aus einer sehr ordentlichen Musikanlage kam der Song, zu dem sie und Clay auf dem Feld getanzt hatten. Unwillkürlich grinste sie bis über beide Ohren. Als sie heute Morgen aufgewacht war, hätte sie nicht im Entferntesten mit so etwas gerechnet. Wenn das sein bester Versuch für eine romantische Verabredung war, dann hatte er ihre kühnsten Erwartungen schon längst übertroffen.

Aber ... was *war* das? Sicher mehr als ein Friedensangebot. Sie kannte ihn zu gut.

Der Rolls-Royce blieb in der Marvin Street neben dem Marktplatz stehen, wo Geschäfte die Bürgersteige aus Backstein säumten. Im Nu war George ausgestiegen und hielt ihr lässig und charmant die Tür auf. Sie schaute auf das Schild über ihr. *Lulus Nagelstudio.*

Mit der wohlerzogenen Förmlichkeit eines Dieners bedeutete er ihr, einzutreten.

Im Laden stellte Amber fest, dass eine Frau auf sie wartete. »Ich bin Jenny.« Sie sah aus wie Mitte dreißig, aber das war schwer zu sagen – ihre Nägel waren lang und leuchtend grün, ihr Lippenstift knallpink. Federohrringe hingen ihr bis auf die Schultern und ihre Augen waren meeresblau umrahmt. »Kommen Sie, setzen Sie sich.« Sie klopfte auf ihren Nageltisch und ging auf die andere Seite, um sich hinzusetzen. Dann nahm sie Ambers Hände. »Entzückende Hände, meine Liebe. Einfach entzückend. Diese langen Finger. Und wunderschöne Nagelbetten.« Jenny streichelte ihre Hand, als sie fragte: »Also, wie wollen Sie es heute haben? Sie haben die ganze Auswahl. Es ist alles bezahlt. Greifen Sie nach den Sternen. Nehmen Sie, was immer Sie wollen.«

Amber betrachtete ihre Hände einen Moment lang. »Sorgen Sie nur dafür, dass sie schön aussehen. Schlicht.« Sie lächelte. »Klarer Lack.«

Jenny machte ein beinahe beleidigtes Gesicht. »Klar?« Sie deutete auf die Farben an der Wand. »Wir haben alles, was Sie sich nur wünschen. Manche von ihnen leuchten sogar in der Nacht. Ich bin auch künstlerisch sehr gut. Ich kann winzige Blumen oder Zebrastreifen zeichnen. Einmal hab ich einer Lehrerin ein komplettes Alphabet gezeichnet. Wir mussten auch ihre Zehen mitbenutzen, aber es war niedlich.«

»Klarer Lack.«

»Vielleicht eine französische Maniküre?«

»Klarer Lack.«

Jenny gab schließlich nach und fing an, Ambers Nägel zu polieren und zu feilen. »Also ... klarer Lack. Das ist irgendwie langweilig. Sie sehen für mich nicht wie der langweilige Typ aus. Ich schätze, fünf Jahrzehnte zurück und wir beide wären vielleicht sogar Hippies. Aber die Erdfarben wären nichts für mich«, sagte sie und deutete mit der Nagelfeile auf Ambers Kleidung. »Ich hätte gebatikte Sachen.« Sie polierte weiter und ihre Hand glitt mühelos über jedes Nagelbett. »Und auf mich wirken Sie auch nicht wie eine Frau, die eine bestimmte Farbe tragen oder nicht tragen würde, nur um dem Geschmack eines Mannes zu entsprechen.«

»Heute trifft das zu.«

»Mögen Sie es also ... einfach?«

Amber zuckte die Achseln. »Ich denke, es ist irgendwie symbolisch.«

»Ach ja? Ich liebe Symbole. Ich kann Flaggen zeichnen. Friedenszeichen. Nichtraucher-Symbole.«

»Besaßen Sie jemals so eine Klarheit, dass Sie selbst dann, als nichts in Ihrem Leben einen Sinn ergab, darauf vertrauten, dass sich alles fügen würde? Dass Sie wussten, dass all Ihr Leiden dazu diente, Sie zu einer Person zu formen und zu bilden, wie Sie es sich nie hätten träumen lassen?«

»Sie meinen, wie in einem Pilates-Kurs?«

Amber lächelte. »Ja, genau. Nur für die Seele.«

»Oh.« Sanft bearbeitete Jenny jeden Nagel. »Sie sind eine von den großen Denkern.«

»Ich habe eine große Enttäuschung hinter mir«, sagte Amber, »die dazu geführt hat, dass mir ... vieles klar wurde.«

Jenny schien das zu verstehen. »Ich schätze, dann ergibt das einen Sinn. Vor allem, wenn man dabei an den heißen Typen denkt, der hier vor ein paar Tagen reinkam und das ganze Vergnügen bezahlt hat.«

Amber lächelte. »Süß, oder?«

»Mann, war der scharf. Mit diesem hellblauen Hemd und diesen Augen ...«

»Einem hellblauen Hemd?«

»Wie bitte?«

»Nein, ich meine ... es ist nur, dass er es nicht so mit Farben hat. Er trägt eine Menge ... schwarz.«

»Ach so. Einer aus der Gothic-Szene.«

»Und weiß.«

»Ein Amischer?«

»Nein, nein. Er hat nur einen sehr einfachen Geschmack. Ich bin überrascht, mehr nicht. Ich wusste nicht einmal, dass er ein hellblaues Hemd besitzt.«

»Also, dieser Typ – ich bin beeindruckt. Kommt herein, kauft seiner Freundin eine Maniküre. Das nenne ich romantisch. Die meisten Männer schauen sich gern die Landschaft an, helfen aber nicht, einen Baum zu pflanzen.«

Amber lachte, als Jenny nach dem klaren Lack griff. Sie würde in Zukunft öfter zu ihr gehen müssen. »Er ist ein guter Kerl. Wir hatten unsere Höhen und Tiefen.«

»So einer ist schwer zu finden, wissen Sie«, sagte Jenny. »Ich bin seit drei Jahren mit diesem Typen zusammen, Ted. Er hat mich vier Mal betrogen, aber was soll man da machen?«

Amber beugte sich vor. »Man haut ab, Jenny.«

Jenny sah sie an, ein gespanntes Interesse in den Augen. Aber es erlosch im nächsten Moment und sie schüttelte den Kopf. »Ich könnte Ted nie verlassen.«

»Warum nicht?«

»Ach, wissen Sie, er ist ...« Ihre Worte verloren sich. »Niemand hat es lang mit mir ausgehalten, und Ted, wissen Sie ... er ist in der Nähe geblieben.«

Amber berührte ihre Hand. »Sie verdienen mehr als einen Typen, der ›in der Nähe bleibt‹.«

»Na ja, ich weiß nicht.« Ihr Lächeln klebte an ihr wie ein künstlicher Fingernagel. Sie hob Ambers Hand. »Gut, es ist nichts Ausgefallenes, aber da haben Sie es, klar wie der Tag. Sind Sie sicher, dass Sie nicht ein wenig Pink darauf haben wollen? Oder Tupfen?«

»Die Nägel sind wunderschön, Jenny. Vielen Dank.«

Jenny seufzte. »Na gut.« Sie blickte durchs Fenster auf den Rolls-Royce. »Sieht aus, als hätten Sie einen tollen Abend vor sich.«

»Wie sieht es mit einem Termin nächste Woche aus?«, fragte Amber.

Jenny griff nach ihrem Kalender. »Da ist noch viel frei. Vor allem am Dienstag.«

»Tragen Sie mich für zehn Uhr ein.«

Jenny grinste. »Wirklich?«

»Ja. Und dann möchte ich alles in Neonpink.«

Jenny wedelte mit ihren Händen durch die Luft. »Sehr gut, Ma'am.«

»Ich möchte Ihnen von jemandem erzählen, den Sie bestimmt gern kennenlernen wollen. Jemand, der bedingungslos zu Ihnen hält. Einfach nur, weil er Sie liebt.«

Jenny wirkte geschmeichelt. »Ganz im Ernst, ich kann's kaum erwarten. Bis dann ...«

»Bis dann.«

George hielt ihr die Tür des Salons auf und öffnete dann die Autotür. Amber stieg eilig ein, so erwartungsvoll, dass sie sich kaum beherrschen konnte. Aber George fuhr nur einen halben Block weit, bevor er wieder anhielt. Amber spähte aus dem Fenster und sah es sofort: Das schöne grüne Kleid, das sie bei einem ihrer Spaziergänge mit Clay entdeckt hatte.

In dem Kleidergeschäft wurde sie von einer Frau begrüßt, die eine klassische Schönheit war und sich so kultiviert als Gloria vorstellte, dass Amber nicht sicher war, ob sie darauf reagieren sollte.

Sie sah sich in dem Laden um. Weiße Plüschteppiche und hellpinke Wände, an denen überall Cocktailkleider hingen. Die Umkleidekabinen hatten dicke Samtvorhänge anstelle einer Tür. Die Stühle sahen zu teuer aus, um darauf Platz zu nehmen.

Gloria fasste sie an der Hand und musterte sie mit scharfem Blick, der sie von oben bis unten abschätzte. »Größe 36?«

Amber nickte.

»Und Schuhgröße 41?«

Sie nickte wieder.

»Kommen Sie hier entlang.« Sie wurde in eine der Umkleidekabinen geführt. Gloria brachte ihr das grüne Kleid, zusammen mit dazupassenden Riemchenpumps. Schnell schlüpfte Amber in das Kleid und die Schuhe. Als sie aus der Kabine trat, präsentierte Gloria ihr buchstäblich auf einem silbernen Tablett winzige Smaragdohrringe.

»Hui, das sind ...«

»Ihre.« Gloria lächelte.

»Sie gehören mir? Aber sie sind –«

»Extravagant?«

»Sehr.«

Gloria zwinkerte nur und verabschiedete sich von ihr. Als sie wieder im Rolls-Royce saß, fuhr George weiter, diesmal drei Blöcke weit. Er hielt vor einem Blumenladen an, stieg aber nicht aus.

Carol schoss so schnell aus der Tür, dass Amber sich fragte, ob es irgendwo brannte. Aber als sie Carols aufgeregte Miene und den Strauß in ihrem Arm sah, musste sie grinsen.

Sie drehte das Fenster mit einem leisen Quietschen herunter, das George offenbar beunruhigte. Der Duft war berauschend. »Schwertlilien«, sagte Amber und schloss die Augen.

»Speziell für dich. Eine Aufmerksamkeit von Mr Clay Walsh.«

Amber blickte sie misstrauisch an. »Carol, das ist das erste Mal, dass du seinen Namen nicht so aussprichst, dass es wie ein Schimpfwort klingt.«

»Er ist immer noch seltsam. Aber offenbar auf sehr romantische Weise.« Plötzlich richtete Carol die Augen auf George und grinste genauso wie Amber.

George hatte sich auf seinem Sitz umgedreht und Charme strömte aus allen vorhandenen Poren. »Na, gefällt Ihnen dieses Gesicht?«, fragte er.

Amber räusperte sich leise. Sie konnte es kaum mehr erwarten, diesen romantischen Clay Walsh zu treffen, der neuerdings Farbe trug und spontan Geld ausgab.

»Ja, Ma'am«, sagte George im Ton eines Gentlemans, aber es war nicht klar, wem das galt. Amber und Carol lächelten beide.

»Bis bald, Schätzchen«, sagte Carol, als sie vom Wagen zurücktrat und winkte.

Amber kurbelte das Fenster mit einem leisen Quietschen wieder hoch, drückte die Blumen an sich, strich über ihre Blüten und ließ sich von ihrem Duft einhüllen.

George betrachtete sie im Rückspiegel. »Hey, diese Carol – tolle Figur für eine Frau in ihrem Alter.«

»George, an Ihrem Gesprächseinstieg müssen wir noch etwas arbeiten.«

»Was mag sie?«, fragte George unbeeindruckt.

»Schokolade.«

»Das ist mein zweiter Vorname! Sie müssen ein gutes Wort für mich einlegen.«

Amber lachte. »Also, dieses Auto verschafft Ihnen schon von vornherein eine hohe Punktzahl.«

George griff sich ans Herz. »Sie wissen genau, wie man es anstellen muss, dass ein Mann weiche Knie bekommt.«

Dann fuhr George schweigend weiter und es kam Amber vor, als wäre sie in einen Traum geraten. Während das Auto seinem unbekannten Ziel entgegenrollte, wurde das letzte Herbstlaub auf der Straße in die Luft gewirbelt und trudelte in einer atemberaubenden, bunten Darbietung durch die Luft. Amber drehte sich um, um durch das Rückfenster zu beobachten, wie die Blätter sanft zu Boden glitten.

Rund und orange sank die Sonne hinter ihr und durchflutete den Horizont mit Licht.

Sie hatte die Nobelkarosse, das perfekte Kleid, die gepflegten Nägel, die herrlichen Blumen, die auffallenden Ohrringe ... Sie hatte alles außer dem einen, auf den es eigentlich ankam. Sie freute sich unbändig darauf, ihn zu sehen, auch wenn sie keine Ahnung hatte, was sie erwartete.

Dies war nicht der Clay, den sie kannte, aber sie hatte immer den Verdacht gehabt, dass ein anderer irgendwo in ihm drinsteckte, weggeschlossen und versteckt, bis er seine Vergangenheit wiedergutgemacht hatte. Doch langsam begann sie, an diesem Punkt etwas zu begreifen. Weder sie noch er noch irgendjemand sonst konnte genug Buße ableisten, um das Ausmaß des Schadens zu heilen, zu dem sie alle fähig waren. Wenn es also nicht um Buße ging, worum dann?

Liebe.

Über ihr säumte die gerade erst aufgehängte Weihnachtsbeleuchtung die Straße und spiegelte sich in den Schaufenstern wider, in die sie schaute. Sie fuhren um eine Kurve und sie merkte, wie der Wagen langsamer wurde. Dann sah sie etwas sehr Merkwürdiges: Eine alte Ampel stand mitten auf dem leeren Parkplatz des Supermarktes, in dem sie zusammen eingekauft hatten.

Die Ampel leuchtete. Nicht rot. Nicht gelb. Grün. Noch nie war ein Grün ihr so einladend und strahlend vorgekommen.

George stoppte den Wagen und öffnete die Tür. Amber stieg verwundert aus und starrte auf die Ampel, dieses smaragdgrüne Symbol. War das vielleicht ein Zeichen? Sie drückte so viel aus, wie sie da allein in der Dämmerung stand, sie begrüßte und lockte. Sie blickte zu George, unsicher, ob sie überhaupt sprechen konnte. George schien die Tiefe dieses Moments zu spüren und betrachtete ebenfalls still die Ampel.

Dann zog er etwas aus seiner Tasche und präsentierte es ihr wie einen großen Schatz. Es war eine Kette. Gebastelt aus Rotelle-Nudeln.

Amber lachte, als George ihr die Kette vorsichtig um den Hals legte. Sie berührte sie und schüttelte den Kopf. Sie hatte keine Ahnung, was als Nächstes kommen würde.

Mit vielsagendem Blick und einem Lächeln deutete George auf die Eingangstür des Supermarktes. »Viel Vergnügen.«

Sie machte einen vorsichtigen Schritt vorwärts, aber George sagte: »Ach. Und ziehen Sie die Schuhe aus.«

Amber zögerte keinen Moment lang. Ja, diese Schuhe gefielen ihr, aber was immer da drin auf sie wartete, würde ihr noch viel besser gefallen, davon war sie überzeugt. Sie händigte George die Schuhe aus und ging weiter.

Am Eingang des Ladens öffneten sich die automatischen Türen mit einem Zischen und wehten ihr Haar nach hinten. Der Supermarkt lag in schauriger Dunkelheit bis auf ein schwaches Leuchten in der Ferne. Als sich ihre Augen an das schwache Licht gewöhnten, bemerkte sie Kerzen. Dutzende. Vielleicht Hunderte. Sie waren winzig, flackerten und glitzerten wie Sterne am Nachthimmel. Und sie schienen sie auf ihrem Weg zu leiten. Sie ging ein paar Schritte und fühlte Sand unter ihren Füßen. Sie wackelte mit den Zehen und bewegte sich langsam vorwärts. Sie wollte nicht, dass ihr etwas entging. Kein einzelner Augenblick.

Vor ihr begann ein Quartett zu spielen, vielleicht eine Jazzband. Sie erkannte den Marktleiter, der Klarinette spielte. Die Musik erinnerte sie an die Schallplatte, die sie aufgelegt hatte, als sie den *Old Fashioned*-Antiquitätenladen zum ersten Mal betrat, noch bevor sie Clay Walsh zu Gesicht bekommen hatte, damals, als sie immer noch vor einem Leben davongerannt war, in dem sie niemals zur Ruhe zu kommen schien.

Sie ging weiter, langsam, vorsichtig und spähte in jeden Gang, den sie passierte. Aber sie konnte ihn nicht sehen.

Und dann war er da, einen halben Gang von ihr entfernt. Ihr stockte der Atem. Er trug einen Anzug, eine Krawatte und … einen Fedora. Amber lachte und legte die Hand ans Herz. Noch nie hatte er so attraktiv ausgesehen. Es war wie ein Filmplakat.

Clay lächelte sie an und da bemerkte sie den Einkaufswagen, den er vor sich hatte und in dem sich Mineralwasser-Sixpacks stapelten. Es waren nicht einmal ordentliche Stapel. Es sah aus, als wären sie einfach in den Wagen geworfen worden, zusammen mit ein paar Packungen Rotelle-Nudeln.

Sie ging auf ihn zu, Schritt für Schritt, ohne den Blick von ihm abzuwenden, als ihr etwas ins Auge fiel.

Babynahrung.

Waren sie in der Abteilung für Babynahrung? Sie wollte alles in sich aufnehmen – jedes Detail steckte so voller Bedeutung, dass es ihr wie der Versuch vorkam, ein Steak als Ganzes zu schlucken.

Sie blickte Clay fragend an, und seine schönen blauen Augen lockten sie mit einem ungezwungenen, starken Selbstvertrauen. Sie hätte ihm nicht widerstehen können, selbst wenn sie es versucht hätte.

Er nahm den Hut ab und lächelte sie an. »Hallo, hübsche Frau.«

»Hallo, Stress-Mann.«

»Ich liebe dich.«

Amber blinzelte. An ihren Wimpern hingen Tränen, ohne dass sie es bemerkt hatte. »Sag das noch einmal«, flüsterte sie.

»Ich liebe dich.«

Sie schaute sich um. »Sind wir im Gang für Babynahrung?«

Mit einem einzelnen Finger schob er ein Glas aus der Reihe. Sie trat einen Schritt näher und schob es wieder an seinen Platz.

»Ein bisschen zu durchschaubar?«, fragte er.

»Sehr romantisch. Und ich liebe dich auch.« Sie lächelte. »*Te amo! Te amo!*«

Clay griff in die Tasche, wohin er normalerweise seine Hände schob, wenn er nicht wusste, was er mit ihnen machen sollte. Er zog eine kleine schwarze Samtschachtel hervor und öffnete sie mit geschickten Fingern, als würde sie einem Zauberer zuschauen. Eingebettet in weißen Satin lag darin der atemberaubendste Ring, den sie je gesehen hatte. Er war nicht protzig. Im Gegenteil, er war eher schlicht. Und natürlich eine Antiquität.

Amber blickte in seine Augen und das Herz wollte ihr fast zerspringen. Ihr ganzer Körper begann zu zittern. Sie ballte die Hände und drückte sie gegen ihre Wangen.

Dann zog Clay ein Hosenbein hoch und begann, sich auf ein Knie niederzulassen.

»Ja!«, rief sie.

»Du lässt mich ja gar nicht –«

»Ja. Ja!« Sie zog ihn am Revers nach oben. Zu sich her. Beide tauchten in einen Moment ein, wie sie ihn nie zuvor erlebt hatten, und fielen sich gegenseitig in die Arme.

»Es wird nicht leicht werden.«

Sie hielt ihm die Hand hin und spreizte die Finger. »Ja.«

Er ließ den Ring auf ihren Finger gleiten und unter seiner Berührung fing ihre Haut an zu tanzen. Sie verschränkte ihre Finger mit seinen und sah auf ihre Füße hinunter. Es gab keine Schwelle. Nur Sand. Also trat sie sicherheitshalber noch näher, bis sie mit den Zehen auf seinen schwarzen Budapestern stand.

Und dieses Mal wirkte er nicht verängstigt. Nur gebannt. Das war alles, was sie wollte – ihn in ihren Bann zu ziehen.

Er beugte sich vor und ihre Lippen kamen einander gefährlich nahe. Würde er sie tatsächlich küssen? War das ein Test? Amber sah in seine Augen und konnte kaum einen klaren Gedanken fassen.

Er lächelte sie auf eine Art an wie nie zuvor. Sie gab das Lächeln zurück, ein wenig verschmitzt, und schob ihre Lippen noch näher an seine heran – so nah, wie es eben noch ging, ohne dass sie sich berührten.

Und dann drehte sie den Kopf zur Seite und tippte sich auf die Wange.

Doch plötzlich umschlang er sie mit beiden Armen und sie geriet außer Atem. Er zog sie dicht an sich, wie sie es sich immer gewünscht hatte, legte seine Hand an ihr Kinn und drehte ihr Gesicht in seine Richtung. In seinen schönen Augen sah sie, dass sie ihm alles bedeutete.

Weder zuvor noch danach wurde je wieder eine Frau so leidenschaftlich rein, aufreizend unschuldig und schön auf die Wange geküsst.

The ~~end~~ beginning

Stephanie Rapp

Die Gehilfin des Buchdruckers

Gebunden, 14 x 21,5 cm, 544 S.
Nr. 395.514, ISBN 978-3-7751-5514-4

Der Mönch Martin Luther verändert die Welt für immer. Lena, Gehilfin des Buchdruckers Peter Schöffer, trägt unfassbare Schuld. Doch sie zu beichten, würde ihr Leben für immer zerstören. Die Saga einer Familie und ein meisterhaftes Porträt der Reformation.

Nicola Vollkommer

Wie Möwen im Wind

Paperback, 14 x 21,5 cm, 288 S.
Nr. 395.583, ISBN 978-3-7751-5583-0

Lady Charlotte hat keine Wahl: Sie muss standesgemäß heiraten, damit die Macht der Familie erhalten bleibt. Doch dann öffnet sich die Tür eines alten Klosterturms und dunkle Geheimnisse reißen ihren Heimatort in den Abgrund. Ein Cornwall-Roman von Nicola Vollkommer.

Bitte fragen Sie in Ihrer Buchhandlung nach diesen Büchern!
Oder schreiben Sie an: SCM Verlag, D-71087 Holzgerlingen;
E-Mail: info@scm-verlag.de; Internet: www.scmedien.de

Julie Klassen

Das Herrenhaus von Pembrooke Park

Paperback, 14 x 21,5 cm, 512 S.
Nr. 395.643, ISBN 978-3-7751-5643-1

Die junge Abigail Foster zieht mit ihrer Familie in ein altes Herrenhaus. Während sie das Anwesen wieder bewohnbar macht, sorgt nicht nur der gutaussehende Sohn des Gutsverwalters für Aufregung, sie kommt auch einem lang gehüteten Geheimnis auf die Spur ...

Julie Klassen

Das Geheimnis des Tanzmeisters

Paperback, 13,5 x 20,5 cm, 512 S.
Nr. 395.563, ISBN 978-3-7751-5563-2

England, 1815: Der junge Tanzlehrer Alec zieht ins kleine Beaworthy. Dort hat Lady Amelia das Tanzen verboten. In Amelias Tochter, der schönen und widerspenstigen Julia, findet Alec zwar eine Verbündete. Doch alte Geheimnisse bringen den Dorffrieden ins Wanken.

Bitte fragen Sie in Ihrer Buchhandlung nach diesen Büchern!
Oder schreiben Sie an: SCM Verlag, D-71087 Holzgerlingen;
E-Mail: info@scm-verlag.de; Internet: www.scmedien.de